遠藤周作による
象徴と隠喩と否定の道

対比文学の方法

兼子盾夫

キリスト新聞社

献呈の辞　このささやかな研究書を亡き辛島昇先生と江藤淳氏の霊に捧げます。

目　次

はじめに　7
序　宣教師ポール遠藤の生涯と文学　9
——真にグローバルなキリスト教をもとめて
I　神学と文学の接点——「神の母性化」をめぐって
1　神学と文学の接点からみる『沈黙』　37
——笠井秋生氏の『沈黙』論をめぐって
2　小説『沈黙』の肝、「切支丹屋敷役人日記」を読む　61
——その史実改変の意味

3　神学と文学の接点からみる『沈黙』Ⅱ〈神の「母性化」〉
　――ロドリゴの「烈しい悦び」をめぐって　67

Ⅱ　象徴と隠喩と否定の道

1　神学と文学の接点
　――キリスト教の「婚姻神秘主義」と遠藤の「置き換え」の手法　99
2　遠藤周作『わたしが・棄てた・女』
　――「否定の道」としての文学　124
3　『留学』第三章における象徴と隠喩
　――「白」「赤」と「ヨーロッパという大河」　152
4　遠藤周作とドストエフスキーにおける「象徴」と「神話」について
　――「蠅」と「蜘蛛」と「キリスト」と　171

Ⅲ　対比文学研究
——遠藤周作、ドストエフスキー、モーリアックとG・グリーン

1　多面体の作家遠藤周作とドストエフスキー
——作品の重層的構造分析による「対比文学」研究の可能性　193

2　『沈黙』と『権力と栄光』の重層的な構造分析による対比研究
——主役はユダか、それともキリストか　212

3　神学と文学の接点『深い河』と「創作日記」再訪
——宗教多元主義 VS. 相互的包括主義　241

4　『死海のほとり』歴史のイエスから信仰のキリストへ
——〈永遠の同伴者イエス〉を求めて　270

［付録］
書評1　小嶋洋輔著『遠藤周作論——「救い」の位置』　309

書評2　マコト・フジムラ著『沈黙と美――遠藤周作・トラウマ・踏絵文化』　313
書評3　加藤宗哉・富岡幸一郎編『遠藤周作文学論集　文学篇』『遠藤周作文学論集　宗教篇』　316
映画評　二つの映画『沈黙 SILENCE』と『沈黙――サイレンス』――「死んだ男の残したものは？」　322
おわりに　327
初出一覧　329

本文中の聖書引用は、断りのない限り、『聖書　新共同訳』（日本聖書協会）による。

はじめに

遠藤周作学会の『研究紀要』にほとんど毎年投稿し十年近く経った頃のことである。さりげなく副代表の山根道公先生が「そろそろ一本になる分量ですね」と仰った。前作『遠藤周作の世界――シンボルとメタファー』（教文館）は、その山根先生の励ましにより上梓までこぎつけた思い出深い本だが今回もまた先生の変わらぬお励ましにまず感謝したい。

前作は遠藤作品の「解釈」に関する本だった。遠藤作品には物語の展開の裏にもう一つの世界があり、そこに彼の真のメッセージが隠されている。具体的には作品中に散りばめられた象徴や隠喩（暗喩）を解読すると、表面的な物語の奥に形而上的（魂の次元の）世界が浮かび上がるのだ。遠藤が影響を受けたドストエフスキーや英仏のキリスト教作家には、もとよりそれがある。

今作は、神学と文学の接点から代表作『沈黙』と『深い河』その他を捉えて論じた。また前作同様、象徴と隠喩の解読とともにドストエフスキーやG・グリーンの作品を遠藤作品と、形而上的な次元（象徴層）において比較・対比し、作品理解に関する新たな「方法論」的提案も試みた。すなわち表面的なストーリー（物語層）の差異を論じるのではなく、その奥の形而上的次元において、二つの作品を比較・対比することである（Ⅲ―1・2の項参照）。

　この本を手にされた読者の方が遠藤はもとより、それらのキリスト教作家の作品の読解に新たな発見を見いだしてくださるなら、著者としては望外の喜びである。

序　宣教師ポール遠藤の生涯と文学

――真にグローバルなキリスト教をもとめて

「あわない洋服」　――ダブダブの洋服を日本人にしっくりする和服に仕立てなおす[1]

序　国民的作家としての葬儀風景

一九九六年一〇月二日カトリック麴町教会（イグナチオ聖堂）において作家遠藤周作の葬儀はとり行われた。司式は井上洋治師初め計七人の司祭、四〇〇〇人の会葬者の長蛇の列が聖堂を取り巻いた。その中には赤ちゃんを抱っこした若い女性や杖をついた老人の姿も見られた。そしていよいよ、柩を乗せた車が門を出ようとした時、道路反対側の土堤に陣取った人々から「遠藤さん、ありがとう！」という声がかかった。多くの読者に愛された国民的作家遠藤の、この世における別れの風景である。遠藤の柩には遺言によって『沈黙』と『深い河』の二作が納められた。それは象徴的な意味をもつ。私は後でそれら二作をやや詳しく取り上げよう。彼の『沈黙』はキリスト教の神と信仰をテーマとする、日本人にとっては分かりにくい作品だが、ではなぜキリスト教にあまり縁のない普通の日本人が、この作品を含め遠藤の数々の作品を愛読してきたのだろうか。

遠藤の愛読者

プロテスタント・カトリックを併せても全人口の一％にも満たない(2)「異邦人の国」日本で遠藤の代表作『沈黙』（一九六六年）は、二〇一〇年までの四五年間に単行本・文庫本合わせて二三五万部売れたと言われる(3)。『沈黙』に対する発表直後のキリスト教会の反応は総じて批判的なものであった。信徒を教え導く司祭がこともあろうに教会の教えを否定するとは、教会の教える神を棄てるとは何事か。それゆえカトリック教会では遠藤自身やその関係者の伝えるところ(4)によると、一種の禁書扱いだった。司祭が拷問に苦しむ農民信徒のためとはいえ「踏絵」を踏む（一六世紀のカトリック教会の教え(5)では、これは棄教の大罪に他ならない）『沈黙』には第二バチカン公会議の成果の先取りとも言える内容さえいくつか含まれていたにもかかわらず、当時のカトリック教会にとっては衝撃的な、一般信徒の信仰を危うくする虞《おそれ》のある書物だった。ではいったい誰が『沈黙』を読みついできたのか。『沈黙』の何が日本人読者の心の琴線に触れ得たのか。遠藤作品がキリスト教に縁のない普通の日本人読者を多く獲得していることは、『沈黙』の出版部数（二三五万部）と日本人信者総数の懸隔からいっても明らかである。そしてキリスト教の内部では信者・聖職者を問わず未だに遠藤の『沈黙』に対する賛否両論（これは最後の作品『深い河』についてもまた然り）があり、熱心な愛読者は必ずしも多くない。だとすると冒頭に紹介した「遠藤さん、ありがとう！」のかけ声は、彼の作品がキリスト教に縁の薄い普通の日本人により多く受け入れられたこと、そして混沌とした現代社会にあって彼の作品が、彼らごく普通の日本人にも何か「人生」についての価値ある指針を与え続けてきたからではないのか。キリスト教の信者であると否とにかかわらず、多くの日本人読者が自らの人生の意味を振りかえるときに、遠藤によって人生で本当に価値あるものとは何かを教えられてきたからではないのだろうか。

小論の課題

遠藤は主要な著作の中で「人生」で一番大切なことは、キリストが教えた人間どうしの「愛」と「赦し」であるというキリスト教の最も根本的な教えを説き続けてきた作家である。「愛」と「赦し」はキリスト教をはなれても普遍的な価値をもつ。それゆえ、多くの作品がキリスト教とは縁の薄い日本人読者の心にも訴え、心の琴線に触れることが出来たのだろう。葬儀にはキリスト教の信者とともに、それ以外の多くの老若男女が参集し、その別れに際して、どうしても遠藤に感謝の言葉をかけずにはいられなかったのだ。遠藤は幅広い層の読者から国民的作家として愛された。それでは彼の説く「愛」と「赦し」はどのように小説中で語られてきたのか。そのことは二一世紀のキリスト教の目指すべき方向とどう関わるのだろうか。その問いに答えることが小論の課題である。

右のエピグラフに掲げた有名な衣装哲学的比喩(6)で表される遠藤の生涯とは、日本的でも西欧的でもないグローバルな真に普遍的なキリスト教を求めての悪戦苦闘の生涯である。現代日本でキリスト者であることは、たんに民族の宗教（自然神道）や家の宗教（仏教）からもう一つの他宗教へと改宗することではない。それは日本の歴史的価値や文化的伝統を相対化するグローバル（普遍的）な視点を獲得することでもある。そして同時にそれはまた西欧キリスト教そのものをも相対化することである。言い換えれば、現代日本においてキリスト者であることとは、もはや日本的でも西欧的でもない真にグローバルなキリスト教を求めて生きることを意味する。キリスト教作家遠藤周作の生涯とはまさにその実践であった。

一　遠藤周作の主たる生涯の出来事(7)と転機となる作品

成人した作家の作品に幼少年期の体験が反映されることは多くある。遠藤に関して言えば幼少年期の体験で彼の作品形成にとって大きな意味をもつ出来事は両親の離婚とそれによってもたらされたキリスト教の受洗である。前者は彼の作品のモチーフの底流をなす個人的な体験、すなわち人生における人間存在の「絶対的な孤絶性」であり、さらにその孤独を慰め人間に生きる希望を与える「同伴者イエス」の原型としての動物との心の交流、そして父に棄てられた母に対する憐憫《れんびん》が「母なるイエス」に繋がっていく。後者は自分の選択によるキリスト教の受洗ではなく、まさに他人によって強制されたダブダブの洋服の着用から、やがて自分の意思でそれを和服に仕立てなおすところのキリスト教との生涯続く緊張関係の第一歩だからである。

（1）幼少年期

一九二三年東京巣鴨に生まれた遠藤は一九二六年～一九三三年、父の転勤で大連に住む。一九三三年父母の離婚により西宮市夙川に母、兄とともに移り住み、一九三五年（一二歳）兄と同じ灘中に進学する。同年、母郁（小林の聖心女子学院音楽教師）が夙川教会で受洗し、続いて兄とともに遠藤も母を喜ばせるために受洗する。洗礼名はポール、悪童ぶりで顰蹙《ひんしゅく》を買うが翌年一月にイエズス会の武宮隼人神父の黙想会に出席、感動し自ら早朝ミサに出席するなど将来、神父になることも考える。学校の成績は芳しくなく灘中にあって劣等生の悲哀を経験。遠藤の生涯にわたる多方面への飽くなき好奇心、探究心、多読・乱読の特技は有名だが、いわゆる学校における体系的な勉学にはムラがあった。後のいささか偽悪的なぐうたらのポーズ、落第坊主のポーズはこの頃の体験に基づく。

(2) 青年期

青年期に関しては死後に明らかになったが二年間の浪人生活を経て一九四一年四月〜一九四二年二月、母の指導司祭イエズス会士P・ヘルツォーク神父の影響で上智大学の予科(甲類独語クラス)に進学し、学内の聖アロイジオ寮に住む。しかしここでもまた学校の勉学に精を出した痕跡はない。一二月、哲学的エッセイ「形而上的神、宗教的神」を校友会雑誌『上智』一号(上智学院出版部)に発表。同年一二月八日太平洋戦争が勃発し、この頃と続く慶大予科の時期に受けた戦時下のキリスト教信者としての屈辱的で辛い体験は『死海のほとり』(一九七三年)で主人公の作家と聖書学者戸田(どちらも遠藤の分身)の学生時代の回想(背景)に繋がる。

(3) 一九四三年慶應義塾大学予科に進む

慶應義塾大学予科に進むが父の望む医学部でなかったので経堂の父の家を勘当され聖フィリポ寮(現真生会館)に住む。寮の友人の影響でR・M・リルケや独ロマン派を、また舎監ネオ・トミストの哲学者吉満義彦(東大、上智で哲学講師、『詩と愛と実存』の著者)の影響でJ・マリタンを読む。しかし吉満の勧めで哲学から文学へと転向し、同氏の紹介で堀辰雄を知り、堀の『曠野』(一九四四年九月)に書かれたモーリアックの小説論から人間の深層心理の問題を、また堀のエッセイから日本人の神々と西欧人の神の相剋の問題を意識する。堀に佐藤朔を紹介される。一九四五年

（二二歳）に慶應大学仏文学科に進み、佐藤の自宅でC・デュボスの評論『現代フランス作家の問題』を初めF・モーリアック、G・ベルナノス等の作品を熱心に読む。

（4）評論家としての出発と留学

一九四七年（二四歳）処女評論「神々と神と」、「カトリック作家の問題」（『三田文学』一二月）が世に出る。一九四八年三月慶應大学を卒業、卒論はJ・マリタン夫妻の詩論を論じた「ネオ・トミズムにおける詩論」。神西清の推薦で「堀辰雄論覚書」が『高原』に掲載される。一九四七年（二五歳）～一九五〇年（二七歳）盛んに評論（「シャルル・ペギイの場合」、「ジャック・リヴィエール――その宗教的苦悩」、「E・ムニエのサルトル批判」、「ランボオの沈黙をめぐつて――ネオ・トミスムの詩論」等）を発表。ヘルツォーク神父の『カトリック・ダイジェスト』日本語版の編集・発行を兄、母とともに手伝う。この仕事は遠藤母子の霊的な指導司祭であったヘルツォーク神父に協力したもので、就職の意味はない。

この時点の遠藤は出来れば大学に残りフランス文学の研究者になりたいと思っていた。しかし、この時に彼の生涯を決定するフランス留学という最大の転機が訪れる。フランス留学は後に詳述するが、制度としてのカトリック教会の時代に合わない存在、にもかかわらずフランス（ヨーロッパ）に厳然・連綿と続くカトリシズムの知的伝統の重み、大戦が残した生々しい暴力の痕跡、フランス知識人の社会参加の姿勢、カトリック側の社会改革運動、日常生活のなかの人種差別、誠実で善意のフランス人との心温まる交流、孤独を紛らわすかのようにひたすら読み耽った最新のヨーロッパの小説の影響等が彼に多大なカルチャー・ショックを与えることになる。

一九五〇年（二七歳）フランスにカトリック文学研究のため留学。六月仏郵船マルセイエーズ号で生涯の盟友井上洋治と出会う。ルーアンでのホーム・ステイの経験は『留学』（一九六五年）に繋がる。リヨンではカトリック大学と国立リヨン大学でフランス現代カトリック文学（とくにF・モーリアック）を研究する。

しかし日本人である自分と西欧キリスト教との距離を感じ、仏文学の研究よりも小説を書くことでその距離を埋めようと決心し作家修行を始める。一九五一年（二八歳）『テレーズ・デスケルー』の舞台ランド地方を徒歩旅行し、ボルドー近郊のカルメル会修道院に井上洋治を訪ねる。この頃、後の芥川賞受賞作『白い人』や『フォンスの井戸』に繋がる第二次大戦下の占領軍や坑独運動双方の暴力の跡をアルデッシュ県で知る。パリでE・ムウニエ創刊の『エスプリ』誌の編集者に会うなど、キリスト教会内の社会改革派の動きに関心をもつ。この頃のフランスの若い作家、知識人や聖職者には第二次大戦時のパルチザン活動の余波もあり、社会変革、政治改革に知識人なら参加が当然という使命感にも似た雰囲気があった。戦時中の辛い体験から若き遠藤自身も社会変革には大いに関心をそそられたが、直ちに活動に参加するのが唯一の道ではなく、むしろ見ること、一切をしっかり見つめることに専念する。一九五二年に結核の兆候が現れコンブルーの学生療養所でソルボンヌ、エコル・ノルマルの学生たちとも知り合う。リヨンとパリの間を往来するが一二月に発病、一九五三年（三〇歳）二月無念のうちに帰国する。父の経堂の家に帰宅し気胸療法に通う。この経験は『海と毒薬』の冒頭の狂言廻し「私」に繋がる。『カトリック・ダイジェスト』終刊。母郁脳溢血で死亡（五八歳）。臨終に立ち会えなかった遠藤は愛されながらも何ひとつ恩返し出来ず、母を裏切ったという思いで一杯で、この思いは終生、執拗な持続低音（basso obstinato）(8)として作品世界を彩る。一九五四年一一月、処女小説『アデンまで』を三田文学に発表。この小説は後に作家として大成する遠藤が小説家よりも、むしろ文明批評家としての資質をかいま見せる作品だが合評会で酷評される。作品全体に散りばめられたヨーロッパ文学や伝統に関する豊富な「象徴」や「隠喩」の解読なしに、文字どおりに読んでも理解困難な作品である。

（5）『白い人』で芥川賞受賞と結婚

一九五五年（三二歳）。『白い人』は戦時下のリヨンを舞台に占領軍ナチス・ドイツの協力者ニヒリストの私が抗独レジスタンス（マキ）を拷問する話が主な内容であるが、白い人という凝ったタイトルが示唆する、白い人（西欧キリスト教文化圏の住人）同士の織りなす観念的ドラマ、神と悪魔が人間を駒として対峙するあたかもサルトルの戯曲を想わせるような観念的ドラマである。『黄色い人』（『群像』に発表）は遠藤文学の基調となる「白（西欧キリスト教の伝統）」対「黄色（日本の汎神的風土）」の相剋の問題が提起される本格的な作品である。この頃、慶大仏文科の後輩岡田順子と結婚。ホテルでの挙式の前日、上智大学クルトゥール・ハイム内の小聖堂にてヘルツォーク神父の司式で結婚式を挙げる。しかし師はその二年後の一九五七年（遠藤三四歳）、イエズス会を退会、還俗し日本人女性と結婚。遠藤のショックは大きく、その後の作品『火山』（一九五九年）（ただし『黄色い人』（一九五五年）のモデルは別）の還俗・妻帯神父として、また『沈黙』のロドリゴさらに直接的には『影法師』（一九六八年）のモチーフとして遠藤につきまとう。

（6）一九五八年（三五歳）井上洋治神父と再会

最初の信仰的エッセイ『聖書のなかの女性たち』を『婦人画報』に連載。遠藤は前年、帰国していた井上師と再会、同じ「日本人のキリスト教」を模索する同志として日本人の心の琴線に触れるキリストの姿を伝えていくことを確認し合う。『聖書のなかの女性たち』にはこの頃の遠藤のキリスト理解が明確に表れている。すなわち「異邦人の国」日本で、ないものねだり的にキリスト教の「神不在の悲惨」を問うのではなく、日本人に理解されるキリスト像（罪人を裁くのではなく、憐れみ赦す愛の神）の創造をめざすことが以後の遠藤の課題となる。この同盟関係は遠藤の死まで続く。また批評家・作家としても活躍。すなわち佐伯彰一編集の文芸誌『批評』の同人として村松剛らと参加。作家としても『海と毒薬』（前年『文學界』に発表）が新潮社文学賞と毎日出版文化賞を受賞、文壇に着実に地歩を築いていく。

（7）一九五九年（三六歳）『おバカさん』

初の新聞小説を朝日新聞夕刊に連載。その内容については『わたしが・棄てた・女』とともに「主要作品における神」で扱う。長崎の四番崩れに取題し、『沈黙』のキチジローの前身ともいうべき弱虫の喜助が登場する「最後の殉教者」が発表される。しかし順風満帆と見えた遠藤の人生航路に突如、嵐が襲う。すなわち一九六〇年（三七歳）肺結核の再発である。病状は芳しくなく一九六一年（三八歳）に再三の手術を試みるが、退院までの二年二カ月の入院生活を余儀なくされる。この頃の死と隣り合わせの緊迫した体験（三度目の六時間に及ぶ大手術の途中で心停止をも経験する）と病床で読みふける切支丹ものが代表作『沈黙』を生む力となる。つまり周囲の患者や自己の死と否応なく真剣に向き合い、また自身は死の淵から辛うじて生還できたこと、この病床体験こそ遠藤に「神は沈黙しているのではなく苦しむ者とともにある」という信仰上の確信を与えた。一九六三年（四〇歳）『わたしが・棄てた・女』が『主婦の友』に連載される。翌年の一九六四年には東京オリンピックが開催され、それに先立って日本の高度経済成長が始まり、日本社会が大きく変貌を遂げる転換点となる。またカトリック教会も一九六二年〜一九六五年に「第二バチカン公会議」が開催され、現代化（アジョルナメント）に向けて大きく舵を切った。その公会議の成果をも一部、先取りするかのような革新的な内容をもつ『沈黙』、しかしカトリック教会にとっては激震ともいうべき『沈黙』が発表され、教会の内外で一大センセーションを巻き起こした。この作品については後の主要作品の解説で改めて論じる。

(8) 一九七三年(五〇歳)

遠藤の七年ごとの大作の次作は、一言でいうと日本人にもわかるイエス像の探究を目指した『死海のほとり』[9]である。『沈黙』のイエス像はもはや正統なキリスト教のイエスではなく、キリスト以外の他の何者かだという批判に応えるため遠藤は『新約聖書』学の研究を行い聖地を四度も訪れる。しかし遠藤によると小林秀雄だけは電話で直接、誉めてくれたそうだが、おおかたの日本人にはあまり理解されなかった作品である。この小説の創作ノートをなすのが『イエスの生涯』である。R・ブルトマンやE・シュタウファー等の『新約聖書』学関連の研究書を読破し、『新約聖書』におけるイエス像と真剣に取り組んだ。その結果、遠藤はブルトマンとは異なった意味で、徹底した「非神話化」を行ってイエスを奇跡とはまったく無縁の「無力の人、ただ愛の人」として描いた。遠藤はしかし復活の秘蹟だけは、これを信じますと明言する。そしてイエスがキリストとして復活するまでを論証したのが『キリストの誕生』である。一九八〇年(五七歳)には、一七世紀初頭の慶長遣欧使節の支倉常長を取題した歴史時代小説『侍』を書く。本人が選んだ洗礼でなくとも、いつのまにか神が主人公の侍の心の内に住み初め、孤独の彼の「同伴者」となるという洗礼の秘蹟の神秘を扱ったものである。

一九八一年(五八歳)病気(高血圧、腎臓病、肝臓病)と老いを意識する。この病と老いの意識は人間の心の深層に潜む悪の問題と、忍び寄る老醜を扱った意欲的な作品『スキャンダル』（一九八六年、六三歳）に繋がっていく。一九九三年（七〇歳）にはインドを舞台に過去の遠藤ワールドの主人公が全員結集する、宗教多元主義のマニフェストとも思える問題作『深い河』が発表された。「転生」か「復活」かという死後の世界における魂の存在の問題をめぐって、人間の煩悩にみちた様々な人生が支流となり「死と再生」の河、聖なるガンジスの辺ヴァーラナシーに主人公たちは吸い寄せられる。一九九六年（七三歳）死去。奇しくもこの年に恩師佐藤朔、ヘルツォーク師亡くなる。

二　主要作品における神の問題

まず『沈黙』以前の作品について簡単にふれる。

（1）『黄色い人』（一九五五年）、『海と毒薬』（一九五七年）

この二作品における神は旧約的な人間を厳しく「裁く神」として描かれる。キリスト教文化圏の住人は罪を犯したとき、この神の罰を恐れる。そしてR・ベネディクト『菊と刀』における罪の文化vs恥の文化の対比ではないが、日本人は本来的に西欧人のような「罪意識」はもたない。しかし『「甘え」の構造』[10]の土居健郎が言うように、そもそも日本人が罪意識を持たないはずはない。ただ日本人は文化として西欧キリスト教的「罪意識の表現」を持たないのである。それゆえ遠藤はこれらの作品のなかで西欧的な熾烈な「罪意識」の代わりに、「黄色い人」日本人が罪に直面するときに伴う心理的特徴「無気力」「気だるさ」「どうでもいい」という感覚を繰り返し描く。それらは文字どおりの意味を超え、象徴的な表現[11]として使われている。

（2）『おバカさん』（一九五九年、朝日新聞の連載）

遠藤は初めて日本の中高生にもわかりやすいキリスト像を描く。それは「同伴者イエス」のユーモア版（悲喜劇）である。二〇世紀の東京に舞い降りた現代版キリストの「受難物語」。その主人公ガストンは復讐の鬼と化した殺し屋遠藤を殺人の大罪から守ろうと復讐劇の邪魔をし怒った遠藤に打擲《ちょうちゃく》される。生来、弱虫のガストンは遠藤の暴力は死ぬほど怖いのだが、それでも「エンドゥさん、ひとりぼっち」と彼の後を追い最終的には「友のために（身代わり）生命を失う」。青空を白鷺となって飛翔していく姿や、ガストンのよき理解者、日垣隆盛の夢の中のガストンの昇天はメルヘン的な最期だが感動的でさえある。深刻なキリスト教の話は一切なく、読みおわって爽やかな思いの残る傑作[12]である。ところでガストンとは誰か。紀元一世紀のパレスチナでも一六世紀のセビリア[13]でもなく、高度経済成長の真っ只中の東京で、彼はやることなすことドジだが一度、寂しい人、悲しい人、苦しんでいる人を見たらけっして見捨てられない、徹底した「お人好し（おバカさん）」の主人公フランス人青年だ。彼は道化師ピエロとしてのイエス（ルオーのピエロはキリストの隠喩）なので、本当のバカなのではなくユロージヴィ（聖痴愚、おバカさん）なのだ。彼はどんなときでも絶対非暴力（平和の君）を貫き、どんな人間も信じよう、たとえ騙されてもついていこうという、本当の強さ（パウロ的な意味の逆説的な強さ）をもっている。

（3）『わたしが・棄てた・女』（一九六三年、『主婦の友』連載）

『おバカさん』の女性版悲劇、ピエタ。人は人生で一度でも触れ合った人と無関係ではいられない。とくに聖なる存在と触れ合った人はその痕跡を決して忘れ去ることはできない。女主人公の森田ミツは町工場に働くごく平凡な娘。ただし「ミツ」は闇をてらす「光の子」の意味。他の作品（『海と毒薬』の阿部ミツ）の「ミツ」にも注意。遠藤によると「わたしが・棄てた・女」とは弟子たちや大勢の人間によって棄てられたイエス自身のこと。自分の幸せよりも、可哀相な人をどうしても見捨てられない性格のミッちゃん。ミツは隣人愛（agape）または憐憫（pity）の塊であり、自分を棄てた吉岡（人間）をいつまでも待ちつづける。罪を犯した人間の過ちを赦し、いつまでも待ち続けるという意味では「放蕩（失われた）息子の帰宅」（ルカ一五・一一〜三二）の父（神）の化身なのかもしれぬ。二度も映画化されミュージカルにもなったやや感傷的な作品。しかしよく見ると人間に棄てられても裏切られてもなお罪深い人間を愛さずにはいられない「愛の塊」である神の姿を彷彿とさせる傑作である。キリストはほとんど表面に出てこないが（鎖についた十字架が捨てられるシーンはある）プロットを透かして見るとミツは犠牲の小羊（キリストの自己無化、ケノーシス）を想起させるキリストである。

（4）キリスト教作家遠藤の方向転換[14]、その二つの契機

初期の遠藤作品において顕著だった西欧キリスト教的観点から、日本の精神的風土の「罪意識不在」を問題視する姿勢は徐々に転換していく。すなわち「神不在の悲惨さ」をそもそも悲惨とも感じない日本の精神的状況のなかで、厳しく裁く神の視点から、苦しむ人に対する共感の視点へと変わったのである。作品に則して言うと『海と毒薬』（一九五七年）の頃とは異なり、『おバカさん』（一九五九年）を通じて『沈黙』（一九六六年）執筆の頃には「苦しむ人への共感」の眼差しへと変わった。そしてこの遠藤の転換には二つの要素が関わっている。一つは遠藤の年譜を見れば、フランスから帰国した井上に遠藤が再会し日本人のキリスト教を求めて戦友として共に闘おうという決意を確かめ合ったこと。それは遠藤の小説を書く姿勢で言えば、西欧キリスト教の神の視点から日本の精神的風土を描くのではなく、キリストの福音をキリスト教の伝統も文化もない日本に根づかせること、日本人の心の琴線に触れる形で伝えようという試みである。この決意とそれに基づく同盟関係は遠藤の死、すなわち一九九六年九月まで続く。そして遠藤の葬儀で井上は「西欧キリスト教というダブダブの服を自分の身のたけに合わせて仕立て直すという大きな路線で、私たちは彼を捨て石とせず、踏み石として登っていきたい」と追悼した。

もう一つは遠藤の二年余にわたる闘病生活とそこからの奇跡的な生還である。井上との再会に

よって、遠藤は自分の道がどんなに困難であろうとも立ち向かわなくてはならぬと固く決意する。しかしこうした矢先、一九六〇（昭和三五）年に遠藤は結核の再発で、二年余りの闘病生活を余儀なくされる。そして何度も死線を彷徨《さまよ》う辛い孤独な病床体験のなかで、遠藤は「同伴者イエス」を真にリアリティある存在として体得していく。

（5）『沈黙』（一九六六年）

「ともに苦しむ神」「母なるイエス（母性的なキリスト像）」誕生。「主よ。あなたがいつも沈黙していられるのを恨んでいました」「私は沈黙していたのではない。一緒に苦しんでいたのに」神の沈黙[15]……神は本当に沈黙しているか……神は沈黙されていない。神は苦しむものとともに苦しんでおられる。主人公ロドリゴは「神の沈黙」の意味を図りかねて「神の存在」そのものをも疑う。「神の沈黙」から導き出される推論は次の三つ。（一）神は存在しない（ゆえに神は沈黙している）。（二）神は存在する、しかしなぜか沈黙している。（三）神は存在し、沈黙していないが、われわれが神の言葉を聴く耳をもたない。

主人公は最後に三番目の結論「神は沈黙しておられず（苦しむ者とともに苦しんでおられる）」に到り着くのだが、そこまでの彼の心の変化は彼の抱く「キリストの顔」の変化によって表される。すなわちロドリゴがいつも心に思い浮かべるキリストの顔の変化はじつに一三～一四回も描かれる。遠藤は『異邦人の苦悩』のなかで「私にとって一番大切なことは、外国人である主人公が、心にいだいていたキリストの顔の変化である」[16]と言う。この作品において神はむしろ雄弁に語っているのだが、作者遠藤は「象徴」と「隠喩」によってそれをほのめかすのみである。[17]

(6) キリストの「復活」の意味を問う作品『死海のほとり』(一九七三年)

遠藤の描く『沈黙』のキリストはもはやキリストではないと批判された。そこで遠藤は真のキリストを求めてイスラエルを何度も訪ね聖書神学の勉強もし、その結果として彼のイエスを小説にした。そこでは徹底的な非神話化の結果、イエスは奇跡とは無縁の無力の人、苦しむ人の傍らでともに苦しむ愛の人「同伴者イエス」として描かれる。遠藤のイエス観の根底には「フィリピの信徒への手紙」二・六〜九にあるような徹底的な「ケノーシス(自己無化)」のイエス、無力のイエスだからこそ神はイエスを復活させられたという信仰がある。遠藤は徹底したイエスの「自己無化」の姿と、そしてまたイエスの予表たる第二イザヤ五三章の「苦難の僕」にそのイエスを重ね合わすことによって「無力の人イエス」を生みだした。『死海のほとり』ではR・ブルトマンたち聖書学者に対する批判が顔をだす。遠藤は『新約聖書』を体系的に勉強したが、その時に遠藤が採った方法とは歴史的事実として検証可能か否かという基準と、イエスの周囲の人々にイエスが実存論的に真実の存在だったかという基準であった。その成果は新潮社の『波』に連載され後に一本化され『イエスの生涯』となる。『イエスの生涯』[19]にはブルトマンを批判したシュタウファーの影響が多く見[18]られるが、シュタウファーとも異なり遠藤は奇跡物語に描かれるイエス像に対し、上述の彼の基準に従って徹底的に非神話化し、遠藤独自の「無力の人」としてしまう。
また戦時中の学生寮の舎監の神父と臆病な修道士ねずみの思い出、そしてその修道士の絶滅収容所における最期の挿話が重要な鍵となる。すなわち最も弱い卑怯な人間にもキリストの愛は時空を超えてはたらき（弱者は聖化され）素晴らしい愛の行為を実践させる。それがキリストの復活の意味ではないかと、現代の懐疑主義に侵された主人公二人はつぶやく。『キリストの誕生』（一九七七年）は無力の人イエスが、ではなぜ神の子キリストとなりえたのかを聖書や新約学者の考察を参考に作家として推理する。[20]
歴史に取題しながら作家自らの体験による「洗礼」の深化を告白する作品『侍』（一九八〇年）は文学的には完成度の高い作品であり、「同伴者イエス」による「洗礼」の秘蹟の意味を問う。旅の途上で出会う邦人修道士は、神はけっして金殿玉楼には住まぬというが、全編を通じて通奏低音（basso continuo）のように響くイエスの痩せこけた惨めな姿は「私の国は地上の国ではない」というイエスの最期の言葉を連想させる。

（7）『深い河』（一九九三年）

西欧キリスト教からの落伍者、ガンジス河で此岸から彼岸へとヒンドゥー教徒の行き倒れを渡す主人公の神父大津の正体は、イザヤ書五三・二〜一一の「苦難の僕」である。「彼は醜く、威厳もない。みじめで、みすぼらしい　人は彼を蔑み、見すてた……まことに彼は我々の病を負い　我々の悲しみを担った」。

遠藤はカメラマンの軽はずみな行為に怒った民衆により身代わり死を遂げる大津のみじめな死にざまこそ、キリストの磔刑にも比すべき出来事と考える。つまり大津は遠藤の描くもう一人の現代版イエスなのである。フランス、イスラエル、インドでも彼は西欧キリスト教の枠の中に収まりきれず何をやっても失敗する。しかし彼はキリスト教を決して捨てないし、それどころかキリストが絶えず彼の中にあって彼を励まし、彼を動かすエネルギーの源であると知っている。彼のアーシュラムでのミサとその後の瞑想の情景を想起してほしい。彼には惨めで威厳もない所にこそ真のキリストがおられることがわかっているのだ。彼の言う「もし、あの方が今……この町に寄られたら、彼こそ行き倒れを背中に背負って火葬場に行かれたと思うんです」という言葉は感動的である。

宗教多元主義的な大津のセリフと作者遠藤の信仰の違い

テレーズ・デスケルーのごとく孤独のままに心の奥底でつねに真実の愛を求める女主人公美津子。男性との愛の営み（エロス）のなかにも小児病棟でのボランティアの真似事（ピティ）にもけっして満たされることのなかった彼女は今、深い河、死と再生の河ガンジスに沐浴し（洗礼の秘蹟により）生まれ変わろうとしている。大津を何故か忘れることができない美津子の回心はたしかに予告されている。大津は彼女に「ガンジス河を見るたび、ぼくは玉ねぎを考えます……玉ねぎという愛の河はどんな醜い人間もどんなよごれた人間もすべて拒まず受け入れて流れます」「ぼくのそばにいつも玉ねぎがおられるように、玉ねぎは成瀬さんのなかに、成瀬さんのそばにいるんです」と言う。彼女は大津の言葉「神は幾つもの顔をもたれ、それぞれの宗教にもかくれておられる」をふと思い出す。愛という言葉でなくとも玉ねぎ、命のぬくもりでもいいという大津の言葉。彼女は大津がキリスト教の神父であるにもかかわらず、「神には多くの顔がある」「さまざまな宗教があるが、それらはみな同一の地点……同じ目的地に到達する限り、我々がそれぞれ異った道をたどろうとかまわない」「玉ねぎがヨーロッパの基督教だけでなくヒンズー教のなかにも、仏教のなかにも、生きておられる」と言う言葉を不思議な面持ちで聴く。しかし彼女は大津の生きざまに自分の求める真似事ではない、真実の愛の匂いを嗅ぎつける。[21]

ここでの大津の科白はヒック流の宗教多元主義の表明だが、作者遠藤の信仰のスタンスは文学的なアッピールとは微妙に異なることが行間から読み取れる。[22]

結び

「ダブダブの洋服を体にあった和服に仕立てなおす（日本人のキリスト教を求めて）」
――真に普遍的（catholic）であること

思うに現代日本でキリスト者になることとは、たんに民族としての宗教（自然神道）や家の宗教

（仏教）から、もう一つ別の宗教へと主として典礼の意味で改宗することではない。そうではなく、それは日本の特殊的、文化的伝統を相対化する普遍的な視点を獲得することである。しかし同時にそれは必然的に西欧キリスト教をも相対化することであり、現代においてキリスト者でありつづけようとするならば、もはや日本的でも西欧的でもない真に普遍的（catholic）な歴史的視点にたつキリスト教を信じて生きることを意味するのではないだろうか。

遠藤の『沈黙』から『深い河』に至る軌跡を振りかえると、それは遠藤が西欧キリスト教に違和感を抱き、日本人のキリスト教を求めて生涯、模索し続けた結果、もはや日本的でも西欧的でもない真に普遍的なキリスト教的視点を学びとっていった過程であることが理解できる。かつて『沈黙』を書き、期せずして第二バチカン公会議を先取りした遠藤は、最後の大作『深い河』でさらに二一世紀のあるべきキリスト教の姿を提示した[23]と言えるのかもしれない。

注

（1）西欧キリスト教に距離感を抱き生涯、小説を書くことでその距離を埋めようとした遠藤は「ダブダブの洋服を自分の體に合うよう生涯、努力する」という比喩でその思いを表現した（「合わない洋服——何のために小説を書くか」『新潮』一九六七年一二月）。しかしこの発想は元々、井上洋治師が「聖テレジアと現代日本の教会」（『世紀』一九六四年七月号）で使用したものであり、さらには井上の留学時代にトミストとして令名高いイエズス会士J・ダニエルー師の「中世キリスト教はもはや現代フランス人にとって身に合わない服」という表現にまで遡るもの。師は中世キリスト教に対する現代人の乖離を言ったのだが井上と遠藤はそれを東西の文化的な違和感の意味に転用した。

（2）日本におけるカトリック信者総数は二〇一〇年一二月現在で四四万八四四〇人であり（『日本カトリック司教協議会イヤーブック２０１２』参照）、総人口の〇・三五％強である。プロテスタント諸派を含む日本のキリスト教信者総数でさえ総人口の一％にも満たない。石井研士『データブック　現代日本人の宗教（増補改訂版）』新曜社、二〇〇七年、調査資料参照。

（3）加藤宗哉「プロローグ・「沈黙」」『没後一五年　遠藤周作展』神奈川近代文学館・神奈川文学振興会、二〇一一年、一一頁参照。

（4）柘植光彦編『遠藤周作――挑発する作家』至文堂、二〇〇八年、七頁参照。

（5）「ゴメスによる講義要綱」、「丸血留の道」でも絵踏は棄教で大罪である。浅見雅一『キリシタン時代の偶像崇拝』東京大学出版会、二〇〇九年参照。

（6）トマス・カーライル（谷崎隆昭訳）『衣服哲学』山口書店、一九八三年参照。

（7）山根道公『遠藤周作　その人生と『沈黙』の真実』朝文社、二〇〇五年、「〔資料篇〕遠藤周作年譜・著作目録」他を参考に小論の趣旨に基づき兼子が編んだ。

（8）兼子盾夫「深い河と母の顔」『三田文学』九〇号、二〇〇七年八月参照。

（9）柘植光彦編、前掲書、神谷光信「新約聖書学の衝撃」参照。

（10）土居健郎『「甘え」の構造』弘文堂、一九七一年。

（11）拙著『遠藤周作の世界――シンボルとメタファー』教文館、二〇〇七年、五一、一二五頁参照。

（12）文芸評論家の江藤淳は「一見只のユーモア小説であるかのように見えながら、大部分の日本の近代小説にはないスケールの大きさを秘めているのは、そこに人間の基準にいわば垂直にまじわっている神聖なものの基準があるからである」と称賛している。遠藤周作『おバカさん』角川文庫（解説江藤淳）、一九六二年、三二二頁参照。

（13）ドストエフスキー『カラマーゾフの兄弟』大審問官の項を参照。キリストはセビリアに出現する。遠藤自身の言葉によるとガストンはドストエフスキーの『白痴（ユロージヴィ）』のムイシュキン公爵と伊映画『道』のジェルソミーナに負っている。他にもモーリアックの『小羊』、ベルナノスの『田舎司祭の日記』の影響が見られる。『聖書のなかの女性たち』講談社、一九六七年参照。

（14）この頃の心境の変化を表すものとして『聖書のなかの女性たち』（一九五八〜五九年『婦人画報』連載、後に講談社、一九六七年）がある。

（15）『沈黙』はカトリックの内外から作品の真意について毀誉褒貶《きよほうへん》が激しかったが、作者によるとタイトルの沈黙は「神は沈黙していない」という意味だったにもかかわらず、文字通りの沈黙と受け取られたし、主人公はキリストの愛に対する信仰まで棄ててはおらず、人生の最後まで周囲のものにキリストの愛を説きつづけたことが巻末につけた「切支丹屋敷役人日記」に記してあるが、大方の読者は単なる付属資料と思って読んでくれなかったという（加藤宗哉、前掲書、一一一頁参照）。

（16）『遠藤周作文学全集』第一三巻、新潮社、二〇〇〇年、一七五頁参照。

（17）前掲拙著、一五五〜一六〇頁参照。

（18）柘植光彦編、前掲書、天羽美代子「イエス像の変革」参照。

（19）菅原とよ子「奇跡という『無力』――遠藤周作『イエスの生涯』とE・シュタウファー『イエスその人と歴史』」『遠藤周作研究』第三号参照。

（20）兼子盾夫「遠藤周作における文学と宗教――『死海のほとり』――永遠の同伴者イエスを求めて」『横浜女子短期大学研究紀要』一六号（二〇〇一年三月）参照。また遠藤『対談集　日本人はキリスト教を信じられるか』講談社、一九七七年、一七二、一八六～一八七頁参照。

（21）遠藤はG・グリーンの『情事の終り』（『グレアム・グリーン全集』第一二巻、早川書房、一九七九年）から借用したと考えられるが、玉ねぎは中心が空であることから神の中空性の意味で、この言葉を使用したのかもしれない。河合隼雄『中空構造日本の深層』中央公論社、一九八二年参照。

（22）遠藤の宗教多元主義についての簡単な紹介は前掲拙著三三頁を参照。また遠藤は創作日記（『三田文学』一九九七年夏季号）でJ・ヒックの『宗教多元主義』に出会った時のことを次のように記す。「これは偶然というより私の意識下が探り求めていたものがその本を呼んだと言うべきだろう。かつてユングに出会った時と同じような心の張りが読書しながら起ったのは久しぶりである……この衝撃的な本は一昨日以来私を圧倒し、偶々、来訪された岩波書店の方に同じ著者の『神は多くの名を持つ』を頂戴し、今、読み耽っている最中である」。しかしヒックの多元主義（大津の科白）と遠藤自身の信仰は別なことに注意。小嶋洋輔はヒックとの出会い以前に遠藤には日本の伝統的宗教からの影響があることを『深い河』論の研究者は異口同音に言うと指摘。柘植光彦編、前掲書、「ヒック神学との合致」参照。

（23）第二バチカン公会議はヨハネ二三世その後パウロ六世により教会の現代化を目的に開催された（一九六二年から一九六五年）全世界の司教会議。実践面で画期的内容は典礼の改革（各国語のミサ、各地域の教会と文化の独自性の尊重）、信徒使徒職の推奨、エキュメニズム（キリスト教他宗派との一致運動）、キリスト教以外の宗教との対話（諸宗教間対話）（南山大学監修『第二バチカン公会議公文書全集』サンパウロ、一九八六年参照）であるが、『沈黙』のなかでロドリゴが司祭不在の村の信仰共同体の組織コルディアをみて肯定的に評価するところ、オラショをロドリゴが信徒とともに日本語で唱える箇所に小嶋洋輔は信徒使徒職の推奨、各国語による典礼に通じるものを見て取る。『遠藤周作論

——「救い」の位置』双文社出版、二〇一二年参照。

参考文献（注及び本文で言及しなかったもの）

泉秀樹編『遠藤周作の研究』実業之日本社、一九七九年
笠井秋生・玉置邦雄編『作品論　遠藤周作』双文社出版、二〇〇〇年
加藤宗哉『遠藤周作』慶應義塾大学出版会、二〇〇六年
熊沢義宣『増補改訂　ブルトマン』日本基督教団出版局、一九八七年（増訂新装五版）
佐藤泰正・遠藤周作『人生の同伴者』春秋社、一九九一年
戸田義雄編『日本カトリシズムと文学　井上洋治・遠藤周作・高橋たか子』大明堂、一九八二年
山形和美編『遠藤周作　その文学世界』国研出版、一九九七年

I　神学と文学の接点——「神の母性化」をめぐって

1　神学と文学の接点からみる『沈黙』
――笠井秋生氏の『沈黙』論をめぐって

序　笠井論文における三つの問題提起

笠井氏はその論文「『沈黙』をどう読むか――ロドリゴの絵踏み場面と「切支丹屋敷役人日記」」[1]の冒頭において、『沈黙』をどう読むかということは、ロドリゴの絵踏み場面と「切支丹屋敷役人日記」をどう読むかということであり、そしてそれはまた遠藤周作をどう読むかということと不可分だと述べておられる。その趣旨は『沈黙』の解釈においては、まず絵踏み場面（神の声）をどう捉えるかが極めて重要な契機であること、次いで絵踏み後のロドリゴの神への新たな愛の痕跡が遠藤により「切支丹屋敷役人日記」において明示されているということである。

笠井氏の標記論文に接して私が思うことは、いつもながら極めて良質な検事調書（例えば用語においても従来、曖昧だった「踏絵」とそれを踏む動作の「絵踏み」を区別）を読むような心地がすることである。すなわち氏は錯綜した問題をキチンと仕分けし、議論すべき問題の所在を明確化される。小説の行間を読み犀利《さいり》な分析を下すことに氏は長けておられるが、導き出された明快な結論とそこに至る妥当な議論の積み重ねは、我々が『沈黙』というテキストと向き合う際に、そしてまたこれまで試みられた全ての「沈黙論」を検討する際に、模範とすべき論文として金字塔的な存在と言えよう。

さて笠井氏の論文に触発された私は氏が提起された三つの問題、すなわち（一）絵踏み場面の三つの解釈と代表的な『沈黙』評（神の沈黙と神義論）、（二）イエス像の変容（遠藤のキリスト論）、（三）「切支丹屋敷役人日記」における改変とその意味（背教司祭ロドリゴの救済と新たな宣教論）について、氏の議論とそれに対する異論を紹介しつつ私自身のコメントを述べるつもりである。右の括弧内は氏の議論を踏まえた私自身の問題意識である。つまり小論で私は笠井氏の問題提起を要約・検討しつつ『沈黙』という文学作品に含まれる五つの神学的命題、すなわちタイトルでもある神の沈黙（神義論）、主人公背教司祭ロドリゴの脅迫観念であるユダの救済（ユダ論）、今やユダと堕したロドリゴの新たな宣教（宣教論）、笠井氏のこの論文の中では直接、取り上げられていないが、それと関わりある井上筑後守とロドリゴの間で交わされる対話（日本沼地論）、そして最後に作品の縦糸をなす遠藤のイエス像の変化（キリスト論）の問題を順序は不同だが取り上げていくつもりである。

一　笠井論文の要約とそれに対するコメント――プロ・エト・コントラ

（1）絵踏み場面の三つの解釈とそれに基づく『沈黙』評

笠井氏はまず「踏むがいい」と神が言ったという五文字のみを短絡的にとり上げるのではなく「踏むがいい」から、それに続く「十字架を背負ったのだ。」までの七八字全体がイエスの言葉なのだと述べる。その上で氏が取り上げる「第一の解釈」は絵踏み場面において実際にその七八字の言葉が（音声となり）ロドリゴの耳に聞こえ、その言葉に促されてロドリゴは踏絵を踏んだ。つまり「現実に神の声が聞こえた」（「神は沈黙を破った」）という解釈である。この解釈は笠井氏によると三百篇近い沈黙論のなかの多数派であり、カトリック司祭粕谷甲一師、プロテスタント牧師で評論家の佐古純一郎氏もこの分類に入る。

前者については「この『沈黙』の最も決定的な点は神が沈黙を破った点であり、しかもその内容が、踏絵を踏むようにと訴えた点である」[3]という言葉を引用し、後者については「私の信仰的リアリズムからの願いをのべると、ここで『踏むがいい』とイエスにいわせないで、内に苦しみもだえながら、ロドリゴ神父に踏絵を踏ませてほしいのである」[4]を引用、両者とも神が「沈黙を破った」という解釈にたつと分類されている。

『沈黙』は一九六六（昭和四一）年の第二回谷崎潤一郎賞を受賞するが、選考委員の大岡昇平は『沈黙』を高く評価しながらも、絵踏み場面に関し作者遠藤が神に沈黙を破らせ、しかもキリストの顔がそう言ったというのは幻聴説を打ち破るだけのリアリティを欠くと批判する。また同じく選考委員の三島由紀夫は遠藤の最高傑作と評価しながらも、神に沈黙を破らせたことについては文学的な疑問を呈していると笠井氏は述べられる。

さて「第一の解釈」の是非について笠井氏は次のように述べ否定的である。すなわち、当初の絵踏み場面の「その時、踏むがいいと銅版のあの人は司祭にむかって言った」という記述は一年後の（さらにその後も）ロドリゴの回想中では、踏絵のイエスの眼が（踏むがいい。踏むがいい。お前たちに踏まれるために、私は存在しているのだ）と訴えていた、という言葉に還元されるのであり、現実に「神が踏むがいいと言った」という表現は正しくないという。ひらたく言うと「神（イエス）が言った」と記されてはいても、その本意は「神（イエス）の眼、眼差しが『踏むがいい……』と言っているように思われた」という解釈である。

「第二の解釈」は踏むがいいという着想自体幻想で、底が割れているという「幻聴（想）説」で、その立場をとる例として上智大学の中野記偉氏の論[5]を挙げ、中野氏の幻想説を甚だ愉快な説としながらも、もしこの論に立てば著名な神学者、小説家、評論家は皆そろって「素朴な老婆」と同じ「単純な読者」と見なすことになるとされ、この説をとる人は極めて少数と批判的に紹介されている。そこだけ引用すると中野氏の真意をくみとり損ねるので私はいささか長いが少し前のところから引用しよう。

（G・グリーンの『力と栄光』の主題と異なり）『沈黙』の主題は、愛や義務と錯覚されたユダ・コムプレックスと筆者は断じたい。だからこそ技法の点ではおおむね好評を博しながら、この作品がその中核の宗教性で譏誉褒貶の渦にまかれることになったのである。だがロドリゴ対井上筑後守という形で盛りあげられるはずの大詰の場面、息をのむ葛藤の踏み絵の部分は、西洋の挑戦としてのロゴス対日本の応戦としてのエトスという遠藤の文明批評を背後の主張に響かせながら、それを満場を圧するやりとりにもできず、また満場の慟哭を誘う敗北にもできなかった。それは遠藤のモチーフにそもそものはじめから感傷性があったためである。（傍点は兼子）

ここまでの中野氏の批判は適切である。さらに氏は続けて次のように述べている。

『沈黙』出版の前年の『狐狸庵閑話』（桃源社刊行）の「踏絵」のなかにすでに「あの踏絵の磨滅した基督の表情はいかに哀しかったか。天草、島原の風景と同じようにそれはまた哀しい。

彼はその時、ぐうたら信徒たちにこういったかもしれぬのだ。「ふめ。ふめ、ふみなさい。それでいいのだ」と」。歴史には文献でうめることのできない空白がある……中略（筆者）……この空白を想像力をかつて（ママ）うめるのが歴史小説家の仕事なのである。たまたま遠藤の耳に「ふみなさい。」という声が幻聴のごとく聞えたのだろう。「いったかもしれぬ」神の言葉を、確かにいったように納得させるため遠藤の力倆が全部発揮されたのが『沈黙』で、この作品は、十三頁のIから始まっているのではなく二百二十五頁の「踏むがいい。」から実は構想されたことを知る必要がある。「踏むがいい」着想は、はじめて映画を観て、画面のなかを汽車がこちらに直進してくると跳んで逃げた素朴な老婆のような単純な読者にはほんとうに聞えたらしいのだが、読み巧者には通用しなかった。選評者円地は「神は沈黙していてこそ神であるというのは真理」とまっとうな判断を下し、同じく大岡昇平は「棄教者の怯懦を正当化する幻想という世俗的解釈を排除する説得力をもっていないようである」と辛く、三島は「神の沈黙を沈黙のまま突き放すのが文学ではないのか」と遠藤の感傷的着想をしりぞけているし、しりぞける理由を作家の技術のせいでなく、着想の「いつわり」だと大岡はきめつける。ともかく問題の箇所を再録してみよう……中略（中野）……「踏むがいい」着想は、それが幻想だと底が割れていることに欠陥があるのでなく、それがこの緊迫した歴史小説を途中まで盛りあげていきながら最高頂《クライマックス》を作りそこねていることにある。（傍点は兼子）

スクリーン上の汽車を本物と勘違いし跳んで逃げた「素朴な老婆」云々の比喩は、この文脈での表現の適切さも作家に対する礼儀上からも甚だ問題であるが、右のように多くを引用すればうなずける箇所もないわけではない。私はこの批判を読み四十数年前に中野氏への反論[6]を試みた当時と同じく、今読み返しても残念ながら「からかい」以外に氏の真意が読み取れないままである。

「第三の解釈」は笠井氏自身の解釈でロドリゴが「踏むがいい」以下の七八字の言葉をイエスの顔から読み取った、言わば神の声の「現象学的還元説」ともいうべき論である。「現象学的還元」というのは今、眼前の机の存在を記述するのに「ここに机が存在する」という判断には認識論的に誤りの可能性がないわけではないが、「ここに机が存在するよう私には見える」という記述には私という認識の主体にとって絶対確実なものとして「机の見えが存在する」という意味である。哲学談義はさておき氏の言葉を引用する。

従って、『沈黙』八章末尾の絵踏み場面の〈その時、踏むがいいと銅版のあの人は司祭にむかって言った〉は、二度の回想場面と同じように、〈その時、踏むがいいと銅版のあの人の顔は司祭にむかって言った〉、あるいは、〈その時、踏むがいいと銅版のあの人の眼差しは司祭に訴えていた〉という意味に受け取るべきではないか。つまり、〈「銅版のあの人」の顔が「踏むがいい。……」と言っているようにロドリゴには思われた〉というふうに読むべきであるとい

うのが私の意見であります。(傍点は兼子)

以上三つの解釈は「(神は踏むがいいと) 実際に言った」というすなわち、神の声の外在説と「(主人公は) 神が言ったように幻想を抱いた」という幻想 (聴) 説、そして「イエスの顔や眼差しが踏むがいいと言っているようにロドリゴには思われた」という顔や眼差しが語った説とである。

さて以上、「沈黙を破る神の声」をめぐって三つの解釈があり、笠井氏は、言わば現象学的な厳密学の立場 (兼子の推測) から「第三の解釈」をとられることを言われたのであるが、私自身は次のように考える。すなわち、笠井氏の言われるごとく厳密学の立場から言えば「第三の解釈」が正しい解釈であると判断すべきではあるが、文学的に言えば、私はむしろ素朴な第一の解釈、すなわち「外在説」でかまわないのではないかと思う。理由は次の三つである。すなわち『沈黙』八章末尾の絵踏み場面でテキストには明示的に「その時、踏むがいいと銅版のあの人は司祭にむかって言った (以下傍点は兼子)」と記されていること。そしてまたその後のロドリゴの回想場面では、「言った」そのものではなく「眼が訴えていた」「眼差しは私に言った」という具合に「言った」を対象とするメタの命題に微妙に言い換えられてはいるけれども、それは事後の回想なので、回想の性質上そう書く方が自然だからである。さらには事後の回想場面ではなく最初の絵踏み場面でも、「踏むがいいと言ったように……には思われた」、あるいは「踏むがいいと言ったように……には聞こえた」という表現では、つまりクライマックス・シーンで「踏むがいいと神は言う（言った）」ではなく、「踏むがいいと神が言ったように……には聞こえた」では文学的なレトリックとしてはどうだろうか。絵踏みというクライマックス・シーンで「……と神が言った」ではなく、「……と神が言ったように……には聞こえた」とすれば、現実に起こっている現象を記述するのに厳密ではあっても、文学としては明らかに迫力がトーン・ダウンしてしまうのではなかろうか。大岡や三島という作家は、だから疑いもなく「第一の解釈」すなわち「神が言った」という神の声の外在説（神が沈黙を破った）をとったのではなかろうか。

いずれにしても迫害され苦しむ信徒に対する神の沈黙は破られた。「神はなぜ黙っているのか。神の正義は一体、どこにあるのか」という神義論的疑問は答えられた。神は沈黙されていたのではなく「ともに苦しんでおられた」のだ。そしてそれは力強い全能の裁き主によって明かされたのではなく、自らも苦しむ神が沈黙を破ったのである。

(2) イエス像の変容（遠藤のキリスト論）

笠井氏は遠藤文学を理解するうえで最も重要なことはイエス像の変容という事柄であるとした上で遠藤自身の「異邦人の苦悩」中の次の言葉[7]を引用される。

私にとって一番大切なことは、外国人である主人公が、心にいだいていたキリストの顔の変化である。私の主人公は、心の中に力強い威厳のある、そして秩序をもった、秩序が支配するようなイエスの顔を持っていた。……中略（笠井）……しかしさまざまの困難や挫折のうちに、彼はついに捕えられて、踏絵の前に立たされた。彼がはじめて日本で見た、日本人の手によって作られたキリストの顔は、彼がヨーロッパ人として考えていた、秩序があり、威厳があり、力強いキリストの顔ではなくて、くたびれ果てた、そしてわれわれと同じように苦しんでいるキリストの顔だったのである。この顔の変化が私の『沈黙』の主題の縦糸となるはずだった。（傍点は兼子）

笠井氏は『沈黙』の一番重要な主題は「イエス像の変容」であり、遠藤が聖書を永年、研究した後に確信をもってつかんだイエス像は人々の「永遠の同伴者」だったことも引用されている。私自身も拙著(8)のなかで遠藤の「象徴」の最大の効果的使用例として「キリストの顔の変化」をあげた。遠藤の終生の課題は、衣装哲学的に「ダブダブの洋服をしっくりする和服に仕立てなおす」という比喩で知られる「彼我の距離（西欧キリスト教と日本人の感性）の克服」であるが、『沈黙』の中でロドリゴは計一二、三回、キリストの顔に言及する。それは西洋美術史でいうところの「復活のキリスト」の威厳のある美しい顔から徐々に変化し、最後は日本人職人(9)の手になる見すぼらしい、惨めな、踏まれてすり減った顔に収斂する。回想では、踏絵の中のあの人の眼がそう語っていたと書かれているが、その顔（眼）がロドリゴを見上げ「踏むがいい」と言うのである。中世末期のN・クザーヌスは神の顔について（私たちが）神の顔を見るというとき、それは私たちを見ておられるところの神の顔なのだと言う。[10] またその他にもとりわけ顔を重視するのは現代ユダヤ人哲学者レヴィナスである。[11] 彼は他者という存在を語るときに、すぐれて他者の顔の存在を強調する。

福音書記者はイエスの肖像についていかなる記述も残さなかった。それは史的イエスが古代の人だったからではなく（ソクラテスはイエスより三百年以上も前の人だったにもかかわらず、シレヌス神のような獅子鼻の持ち主と顔の特徴が後世に伝わっている）釈尊もイエスもその言行を伝える人たちにとっては具体的な顔の特徴ではなく、人間的魅力をはるかに超越した宗教的人格性にこそ関心が寄せられていたからに違いない。だからイエスの場合は福音書記者たちは美的な意味での肖像画も心理的な意味での肖像も描かずに、ただ周囲の人たちに与えた強烈な人格的印象だけを記したのであった。E・ルナンから遠藤まで作家は史実の隙間を自由な想像力で埋めようとする。そういう意味で「イエス・キリストとは誰か」という（難しく言えば）「キリスト論」を構成する際に、遠藤は自由な作家的裁量を駆使する。隠喩（象徴）としての遠藤の「眼（鳥の眼、犬の眼、あの人の眼）」の使用は笠井氏の上記の解釈の根拠に遡って、その観点からもっと関心をもたれるべきものかもしれない。

いずれにしろ、ここで遠藤はロドリゴの抱く西欧キリスト教の威厳に満ちた堂々たるキリストの顔、例えばハギア・ソフィアにあるビザンチン風のパント・クラトール（全能の神）やピエロ・デラ・フランチェスカによる有名な「復活のキリスト」（サン・セプルクロ）の死に打ち勝った勝利顔の回想ではなく（その場合にはキリストは農民信徒の苦難を前にして、ただじっと沈黙していただけだが）、日本人職人の手になる見すぼらしく、惨めで、踏まれてすり減ったイエス像を回想したときに初めて「踏むがいい」と口を開かせたのであった。この遠藤の文学上の冒険は神学的にも極めて意味深長である。つまりキリスト像の変容・変化のプロセスを文学的に「象徴」を使って巧みに表現したことに止まらず、日本人的な感性で捉えられたイエス像だけが、迫害下の日本人信徒に「共苦の姿勢」を見せたことは重大な神学的意味をもつと言わねばならない。

と言うのは筆者はここで遠藤が「象徴的な手法」を駆使し日本人にとってのキリスト教の土着化 indigenization（文化内受肉・開花 inculturation）[12] をも表現していると思うからである。たしかに迫害下にある信徒たちにとって全知全能の威厳ある神の似姿は、イメージとして宇宙的規模の裁き主にこそふさわしくとも、迫害されている自分たちの今の苦しみとは無縁の存在だろう。自分たち同様に惨めで「苦しむ神」でなければ信仰の対象として、この苦しみをわかってくれるという信頼と神にすべてを委ねる委託の念は湧きがたいだろうからである。ここで従来、考えられてきた全知全能の神がそもそも人間のように苦しんだり、痛みを抱くのだろうかという現代の神学上の問いにも言及しておく。一九六七年（遠藤の『沈黙』が出版された翌年）に『希望の神学』で一世を風靡したＪ・モルトマン（彼は来日経験もある）は二〇世紀を代表するプロテスタント神学者の一人だが、彼の一九七二年の『十字架につけられた神』[13]はより大きな反響をよんだ。「十字架の神学」という課題は古くはマルチン・ルターの神学的命題でもあるが、モルトマンは、かつてのようにキリストの十字架（磔刑）を人間の罪に対する贖いの意味にではなく、神にとっての苦難の意味を問うものに置き換えたのである。つまり「十字架の神学」を人間がどこで神を知るのかという神認識の問題ではなく、苦難の、それも神の苦難の問題として提起し直したのである。彼はキリストの十字架を「子なる神」の十字架として理解し、「子なる神」の十字架の苦難が同時に「父なる神」の苦難であると言う。しかしこのモルトマンの神はキリスト教史で異端とされた「受苦する父神」ではなく苦しんで十字架上で死ぬのはあくまで「子なる神」であるが、「父なる神」もまたその時に共に苦しむのである。戦争の悲惨さを身をもって体験したモルトマンは、文学的なセンスも持ち合わせていたので、遠藤が『死海のほとり』で借用するエリ・ヴィーゼルの『夜』[14]の中から引用する。

アウシュヴィッツ収容所で見せしめのためにナチスの親衛隊によって吊るされたユダヤ人の若者が断末魔の苦しみに喘いでいるとき「神はどこにおられるのだ」と背後で一人の男が問う。そのとき私（ヴィーゼル）の中で一つの声が答えるのを聞く。「どこだって。ここにおられる――ここに、この絞首台に吊るされておられる……」

モルトマンは従来の神の全知・全能という観念をあまりにもギリシャ的・ヘレニズム的だと（ア

リストテレスの哲学者の神を想起せよ）批判する。つまり神の完全性を従来は不死、不苦、不動、不変化だと理解してきた。しかし聖書が伝える神は愛ゆえに苦しむ神だと言うのである。キリスト教神学になじみの薄い我々には、このように神の観念が変わることはそもそも、理解困難だがこう考えればよい。すなわち神自体は不変・不動だけれども、人間の神に対する観念は時代とともに変化するのだと。ちょうどカントの「もの自体（われわれはそれについて知り得ない）」と「悟性によって構成された世界（認識の対象）」の違いのように「神それ自体」の存在と我々の「神の観念」とを別けて考えるのである。たしかに聖書のなかのキリストの苦しみには迫害や弾圧に苦しむ人々の苦しみを「ともに苦しむ」姿勢が見られる。キリストは信徒の苦しみに先立って十字架上で、あるいは今、ともに苦しんでいるのだという「苦しむ神」の観念は理解可能である。

(3)「切支丹屋敷役人日記」について——改変の意味するもの

遠藤はわざわざ「あとがき」で史実の岡本三右衛門（本名ジュゼッペ・キアラ神父）を「日記」では岡田三右衛門としたこと、キアラ神父は八四歳まで生存したが「日記」中のロドリゴは六四歳で死亡したこと、さらに「日記」は『続々群書類従』中の「査祇余録」を適当に改変したものであることも明かしている。「日記」中の岡田（三右衛門）と吉次郎の名前には傍線まで付してあるので、この二人とその動向は嫌でも目につく仕掛けである。これなどは遠藤が自分の小説の主題とかかわる最も大事なところには注目して読んでくださいと読者に注文する常套的な手法(15)なのだろうか。

筆者は遠藤研究とは遠藤が改変した屈折率の解釈学だと思うのだが、笠井氏は遠藤の改変の箇所（出来事や年月日）を子細に検討し、その改変の意味を問うておられる。氏の論文を評して、あたかも良質な検事調書を読むようだと（失礼をも顧みず）小論冒頭で私が述懐したのは、『沈黙』論の絵踏み解釈の分析や、この改変箇所の検証にみられるような氏の仕事の的確さに対してなのである。このように笠井氏のおかげで我々は直ちに遠藤による改変の意味を問うことが出来る。

具体的な改変箇所の一つに例えば「査祆余録」の「宗門之書物」（『西洋紀聞』にも岡本三右衛門が三冊の説明書を書いたと記されている）が「日記」中では「宗門の書物」となっており、その改変の意図は史実のキアラ（ロドリゴのモデル）が作成したキリスト教に関する説明文書が、ロドリゴの提出させられた再度の棄教誓約書の意味とされていることなどがある（つまりロドリゴは信心戻しを繰り返したという示唆）。その他にも「査祆余録」に記されている窃盗事件の、内部犯行説に基づく容疑者への刑法的な詮議の意味がキリシタン改めの宗教的な詮議に改変されていることなどが挙げられている。

私は笠井氏の指摘を参考にしながら、高木一雄著『江戸キリシタン山屋敷』（聖母文庫、二〇〇二年）に記載の寛永元年（一六二四）～寛政四年（一七九二）の「年表」と新井白石『西洋紀聞』のシドッチと、長助お春に関連する箇所を読んでみた。前者にはフェレイラの救援隊は二派に渡って来日していること、彼らはことごとく捕らえられ転んだこと。寛文元年（一六六一）には初代宗門改役井上筑後守政重が七七歳で死去、同じく寛文一一年六月には与力河原甚五兵衛（「日記」の最後に名前が連ねてある）の手になる記録「査祅余録」が始まるとされている。後者には長助お春夫婦[16]が召使として（キリシタンの類族は生涯、山屋敷に囚われていた）シドッチ（宝永六年＝一七〇九年、山屋敷に入牢）に仕えるうち、彼の人格に影響され、亡親の宗旨と同じ信者となることを望んでその旨、自白したことが記されている。つまり遠藤は後に自ら明らかにするが「査祅余録」以外にも白石の文書[17]を参考にしたのだった。

いずれにしても遠藤による改変の意図は、ロドリゴは転んだ後も中間キチジローと協力し、キリシタン改お膝元の山屋敷において、教会の教える神ではなく（ナザレ人イエスの説いた）永遠に変わらぬ愛を死ぬまで宣教し続け（おそらく）彼の人格と愛の教えに感化され同心となった周囲の役人たちまで厳罰に処されたことが淡々と述べられているのである。つまりロドリゴのその後を描くことで遠藤は裏切り者ユダと堕した転び司祭にも救済のかすかな光をあてようとしたのである。[18]

二　『沈黙』の最大のモチーフ――ユダ論と遠藤のユダ論

ユダ論（ユダをめぐる神学論争）は、初期キリスト教の時代からあった。イエスの弟子の中でも唯一のインテリのユダが何のために銀三〇枚の端金で主を裏切ったのか。裏切りの動機、ユダの性格、イエスとの関係、その最期について、そしてユダの救いはどうなのか。なによりもイエスの十字架によっても救われない罪があり得るのか。すべては謎である。遠藤自身の脅迫観念である裏切り者ユダとは、還俗し教会の汚点となりながらも余生を過ごさざるを得なかった妻帯司祭の生き様だ。遠藤の『沈黙』にはじつに多様なテーマが盛られているが、私自身は最大のテーマとは還俗し妻帯した司祭が裏切り者としてのやましさをかみしめつつ、生きていかねばならぬ哀しい生と、にもかかわらず彼に注がれる、人間にはおよそ計り知れぬ神の慈しみだと思うのである。

右に述べたように史的ユダの存在はキリスト教会史上大きな謎であるが、我々の時代におけるユダ論は従来のユダ論とはまた異なるユダの見直しを迫るものである。たとえば神学的な意味では二〇世紀最大の神学者K・バルトによるユダの「神的引き渡し」説[19]がありキリスト教文化圏ではない我が国でもそれは知られている。文学としては太宰治の「駈込み訴え」[20]が有名だが、外国ではワルター・イェンス『ユダの弁護人』（小塩節・小鎚千代訳、ヨルダン社、一九八〇年）が注目された。しかも近年グノーシス派の文書としての『原典　ユダの福音書』（邦訳・日経ナショナルジオグラフィック社、二〇〇六年）が出版されるや、それを受け研究書として荒井献著『ユダとは誰か――原始キリスト教と「ユダの福音書」の中のユダ』（岩波書店、二〇〇七年）や同じく大貫隆編著『イスカリオテのユダ』（日本キリスト教団出版局、二〇〇七年）が相次いで世に出た。前者によれば最初の福音書記者マルコと古伝承は復活のイエスに再会するユダを前提（つまりユダは呪われた存在ではなかった）にしていたが、やがてユダの扱いは「生まれなかった方が、その者のためによかった」（マタイ二六・二四、マルコ一四・二一）という厳しいものになっていく。ユダの裏切りの動機についても、また彼の最期についても異同が多すぎる。これに対してグノーシス派のユダの扱いはまるで逆だ。[21] そして後者はユダをめぐる文学や組織神学・新約聖書学までの重要な文献を網羅した内容で、ユダ論のほぼすべてを簡潔に記している。

ここで遠藤のユダ論について考察しよう。ロドリゴのオブセッションはすなわち遠藤のオブセッションである。そのことを証するために今から四十数年前に私が中野氏の『沈黙』批判に応える形で書いた文章[22]から抜粋して引用する。

確かに「沈黙」という作品が、十三頁のⅠから始っているのではなく、実は二百二十五頁の「踏むがよい」から構想されたという中野氏の指摘は正しい。しかし、それならばなぜ、遠藤はロドリゴの踏絵をもって筆を置かなかったのであろうか。ロドリゴの踏絵こそ「踏むがよい」という着想の全き成就であり、全篇にわたって最も劇的な盛り上がりをもつ場面ではなかっただろうか。それにもかかわらず、彼が踏絵の後日譚をあのように長々と描き続けたのはなぜか……中略（筆者）……作者の問題意識はロドリゴの踏絵そのものよりも、むしろその後日譚により多く向けられている（この事は、一見付け足りのような「切支丹屋敷役人日記」によっても確証される）のだとすれば、この作品においてユダとは作者にとってなにを意味するものなのかが問われねばならない……中略（筆者）……われわれはここで、事実としての踏絵と後日におけるその再現との間に、ひとつの重大な挿話があることを想起すべきであろう。それは、やがて彼が江戸に移り、そこで妻帯することを井上筑後守から、半ば強制的に勧められる個所である。終生不犯の司祭であった彼が妻を娶る。彼は、しかし、その運命の皮肉に対しても嗤いながら、「私はあなたを恨んでいるのではありません……中略（筆者）……あなたにたいする信仰は昔のものとは違いますが、やはり私はあなたを愛している」と独語する……中略（筆者）……「沈黙」という作品は、他のいくつかの作品の創作の動機と同じもの、すなわち、遠藤の個人的な体験の深みに根ざし、絶えずその解決を迫らずにはいないあの謎に対するひとつの了解の試みなのであろう。

『沈黙』が出版された一九六〇年代の後半には第二バチカン公会議の余波もありじつに多くの聖職者が還俗し結婚された。若い信者にとって言葉につくせない程の衝撃だった。だから私は遠藤のこの作品のモチーフ（『火山』『黄色い人』『影法師』にも共通する還俗し妻帯する司祭）[23]が自分自身の衝撃と照らしよく理解できたつもりであった。

ここで「日本沼地」論[24]についてもふれたい。小論冒頭の粕谷甲一師は「泥沼論」の観点からも

『沈黙』を論じておられるが、この沼地論は宣教論の観点からの遠藤の真摯な問題提起のようでもあり、また逆説的な意味での肯定表現のようにもとれる。井上はロドリゴとの対話のなかでフェレイラの日本宣教における悲観的総括をさらに敷衍《ふえん》する形で日本は泥沼だ、日本には本質的にキリスト教を受けつけない何かがあると本気で慨嘆する。文学上の誇張を離れれば、つまり神学的・宗教学的に言うならばこれは事実ではない。なぜなら、(一) 四〇万とも言われる一六世紀末から一七世紀初頭のキリシタン人口の内実はともかく、全国で少なくとも三～四〇〇〇人の殉教者をだしていること、(二) 日本の宗教的土壌がすべて多神教的・汎神論的だと思っている人は誤解している。キリスト教受容にあたり日本仏教（当時の浄土真宗）は多神教的ではなく唯一神教的な発展[25]を遂げていたから。日本人の宗教が多神教的（あるいは汎神論的）と思い込んでいる人には戦時中に遠藤が悩まされた「お前は天皇陛下とアーメンの神のどちらが偉いと思うか」という二者択一的な問いの意味が理解不可能であろう。近代日本の国家神道の神はまさに唯一神であった。(三) 現代日本にあっても日本人の神観念（自然神道における）が、あまりにも外在的な西欧キリスト教の神観念に対して、内在的なものとしてよい影響を与えていることが指摘[26]され、日本人の宗教的感性のなかにも十分、キリスト教の神を受け入れる能力があると考えた方が合理的だからである。

最後に一言触れておきたいのだが「あとがき」で遠藤は「ロドリゴの最後の信仰はプロテスタンティズムに近いと思われるが、しかしこれは私の今の立場である」と記している。この意味は一体何なのだろうか。冒頭に笠井氏によって引用された粕谷甲一師と佐古純一郎師はそれぞれカトリックとプロテスタントの聖職者の立場から、カトリックの「聖霊による聖化」とプロテスタントの「信仰による義認」(粕谷師は義化と義認とに区別されるが)の違いを根拠にカトリックでは信徒が救われる(永遠の命に入る)ためには恩寵と同時に本人の善き成長の努力が必要とされるが、プロテスタントではただ信仰によってのみ義認されるので、ロドリゴ(遠藤)がカトリック教会の定める位階制度などとは無関係に絶対的な「神の恩寵」のみを信じる点で、プロテスタンティズムに近いというのだろうと考察・推測されている。そうなると確かに強き者だけは救われ、弱き者は救われないという宗教上の罪人(弱者)救済の差別もなくなり、弱者の復権を主張するキチジローの弁護にもなるが、他方すべての人が救いに与るオリゲネスの万人救済説や親鸞の悪人正機説などが関わってきて話がたいへん複雑になる。遠藤はモーリアックを通じてジャンセニズムの影響を受けており、ロドリゴのあの人(主キリスト)に対する信仰告白を聞くと、トマスの恩寵論[27]よりもむしろジャンセニズム的な絶対恩寵の影響を感じさせるので、遠藤の真意は恩寵論争よりも、むしろローマ教会の位階制度を中心とした教会組織を介さないところの、言わばナザレ人イエスの愛そのものに生きる司祭の心境の吐露ではないかと思う。遠藤の『沈黙』には第二バチカン公会議の諸改革を先取りするような内容まで含まれるが、ロドリゴがキチジローの再三の求めに応じて授ける「告解の秘蹟」とはまさにカトリック的な秘蹟の中心でプロテスタントと区別されるものなので遠藤の信仰的立場はしっかりとカトリックの上に根ざしていると言える。プロテスタンティズムうんぬんの話によって必要以上に遠藤にミスリードされてはならない。この点で小嶋洋輔氏の近著のなかで氏が遠慮がちに記されている見解(28)に私は賛成である。

注

（1）『遠藤周作研究』第五号。
（2）背教、棄教（apostasia）の定義は「ゴメスによる講義要綱」「丸血留の道」でも、公に信仰を否定し棄てること（絵踏みもふくむ）であり、大罪とされる。浅見雅一『キリシタン時代の偶像崇拝』東京大学出版会、二〇〇九年、二四三～二九一頁参照。「還俗」とは聖職者が一般信徒に戻ることだが、神学や宗教に関する用語が日常の用法と混用される傾向がある。多くの文学研究者は「棄教」神父と「還俗」神父の区別に無頓着である。例えば『沈黙』のロドリゴは教会からは「転びバテレン（棄教神父）」とされるが、笠井氏が論文末尾に言われるように、彼はキリストの愛を生涯信じつづけたと言える。『火山』のデュランは「棄教」神父だが、遠藤母子の指導司祭のヘルツォーク師は還俗されても「棄教」されてはいない。教会法二九〇条によれば還俗後も司祭の叙品は無効にはならずその身分を失う。『カトリック新教会法典』日本カトリック司教協議会教会行政法制委員会訳、有斐閣、一九九二年。
（3）粕谷甲一「『沈黙』について」『世紀』一九六六年七月号、七頁。
（4）佐古純一郎「『沈黙』について」『世紀』一九六六年九月号、七八頁。
（5）「G・グリーンと日本の作家たち(二)――〈遠藤周作の場合〉」『世紀』一九七〇年六月号、七三～八〇頁。

(6)「沈黙の謎——一司祭の妻帯」『世紀』一九七一年六月号、四五〜四九頁。
(7)『遠藤周作文学全集』第一三巻、二〇〇〇年、新潮社、一七五頁。
(8)『遠藤周作の世界——シンボルとメタファー』教文館、二〇〇七年、一五九〜一六〇頁参照。
(9)『沈黙』の姉妹編である『黄金の国』ではイタリア人の絵描きのものではなくフェレイラ自身が描く稚拙な絵となっている。
(10)N・クザーヌス（八巻和彦訳）『神を観ることについて』岩波文庫、二〇〇一年参照。
(11)佐藤義之「絶対的に他なるものとしての「顔」——学の基盤としての倫理学というレヴィナスの主張をめぐって」『思想』八二四号、岩波書店、一九九三年参照。
(12)兼子盾夫「井上洋治師と遠藤周作の日本人のキリスト教を求めて——福音の文化開花・文化的受肉の観点から」『比較思想研究』三六号、二〇一〇年三月参照。
(13)J・モルトマン（喜田川信・土屋清・大橋秀夫訳）現代神学双書59『十字架につけられた神』新教出版社、一九七六年。
(14)E・ヴィーゼル（村上光彦訳）『夜』みすず書房、一九九五年。
(15)小嶋洋輔『遠藤周作論——「救い」の位置』双文社出版、二〇一二年参照。
(16)新井白石（松村明校注）『西洋紀聞』（日本思想大系三五）岩波書店。二人が影響された人については二説ある。
(17)山根道公「オラショ紀行」『遠藤周作研究』第四号参照。
(18)山根道公『遠藤周作　その人生と『沈黙』の真実』朝文社、二〇〇五年参照。
(19)K・バルト（吉永正義訳）『イスカリオテのユダ』新教出版社、一九九七年。また『教会教義学（神論）』Ⅱ巻2分冊（神の恵みの選び下）新教出版社、一九八二年。

(20)『走れメロス』新潮社、一九六七年。
(21)荒井献『ユダとは誰か――原始キリスト教と「ユダの福音書」の中のユダ』岩波書店、二〇〇七年参照。
(22)注6参照。
(23)注2参照。
(24)片山はるひ「遠藤周作の文学における『母なるもの』再考――『かくれキリシタン』とフランスカトリシスムの霊性」『遠藤周作研究』第四号参照。
(25)末木文美士『日本宗教史』岩波新書、二〇〇六年参照。
(26)E・ピレインス(佐々木博監訳)『出会いと対話からの宣教と福音化』オリエンス宗教研究所、二〇〇二年参照。
(27)トマス・アクィナス『神学大全』「恩寵論」第一〇九～一一一問題。恩寵には「成聖の恩寵」と「無償の恩寵」があり、前者はさらに「作動的」と「協働的」に分かれる。同問第二項。邦訳は稲垣良典・山田晶他、創文社(二〇一二年九月全巻完結)を参照。
(28)小嶋洋輔、前掲書、一九七～一九八頁の注18参照。

2　小説『沈黙』の肝、「切支丹屋敷役人日記」を読む

――その史実改変の意味

作家遠藤周作は生前、「ホラ吹き遠藤」の名で有名だった。彼のホラは日本国内だけでなく、留学先のフランスにおいても有名だったらしい。遠藤より後にフランスに留学した先輩が「お前はあの遠藤の友人なのか」とよく尋ねられたそうだ。遠藤はまたイタズラ電話で他人をひっかけるのも得意だったという。よく考えれば、『海と毒薬』のような深刻なテーマを扱うキリスト教作家が、普段から眉間に皺を寄せた憂い顔をしていると思われるのが嫌で、シリアスな状況下こそユーモア溢れる無害？な嘘で、自らの鋭敏すぎる精神と周囲とのバランスを取っていたのかもしれない。

彼は作品においてもまた誤読されることの多い作家だった。自分の意図が必ずしも読者に伝わらないことに不満を覚えることも多々あった。たしかに遠藤ぐらい作品の発表後に「私の作品の正確な読みはこうですよ」と読者に文芸誌やメディアのインタビューで、正確な着地点を示してみせる作家もいない。もちろん、作品の内容がキリスト教に関わるものが多かっただけに、異邦人の

国、日本ではそうせざるを得ない事情もあったのだ。遠藤作品をよく読むと、作品に忍ばせたメタファーや象徴の使用にも苦心の跡がしのばれる。しかしそのほとんどは、理解されなかったようだ。西欧の読者なら黙っていてもピンとくる苦心の表現もまるで分かってもらえず、がっかりしたことを後に告白している。

誤読と言えば、代表作『沈黙』もまた例外ではなかった。遠藤は文芸評論家の三好行雄との対談で「最後に『切支丹屋敷役人日記』というのがございますね……中略……読者は『切支丹屋敷役人日記』の前のところで、もうこの小説を読むのをおやめになってしまうんです」（『國文學』一九七三年二月）とこぼしている。フォントのサイズを下げ、仮名混じり漢文の体裁をとった、一見、読みにくそうな文章が、あのように重いテーマの巻末に来れば、普通の読者はこれは小説本文ではなく、付属の歴史的資料だと思って読まないだろう。しかしその箇所をよく見ると、読みにくい漢字には必ずルビがふってあるし、主人公のロドリゴ改め岡田三右衛門とその中間吉次郎（キチジロー）の箇所にはわざわざ傍線まで付されているではないか。つまりこの小説はタイトルになった「神の沈黙（神義論）」そのものを問うものではなく、棄教後のロドリゴの信仰（神への愛と神からの愛）を語るものなのだ。憐憫からとはいえ一度は転んだ神父が、にもかかわらず神に赦され自らに注がれる極みない神の愛に気付き、沸騰するような悦びを描いたものなのだ。と言うのも、その小説は最大の山場である絵踏み場面では終わらず、五年後のロドリゴの回想シーン、さらにその後の切支丹屋敷での出来事が丁寧に描かれているからである。

手っ取り早く結論を言えば、この小説は神の沈黙と農民信徒の苦しみを救うために憐憫の情に突き動かされて絵踏みして（転んで）しまう神父の絵踏み（棄教）自体が問題なのではなく、制度としてのキリスト教、教会を裏切った神父にも許される、その後の彼の生き方、その後の真摯なキリスト教信仰のあり方をめぐるものなのだ。問題の「役人日記」には一度は転んだ彼がたびたび、信心戻しを願い出たこと、それに対する宗門改め方の対応、再度の棄教の誓約書の提出、そしてまたロドリゴを売ったあのキチジローが牢内の周囲の者にキリシタンの宣教を試み尋問・処罰されるという、二人のその後の宣教の姿が描かれているのだ。ここをこそ読者に読んでもらいたかったという遠藤の気持ちはよく分かる。

「踏むがいい」という判断は一七世紀禁教令下、日本の転び司祭ロドリゴに対する神の言葉に限らない。じつは古代の迫害を通過したキリスト教の先人たちが経験した言葉でもあるのだ。教父のアウグスティヌスはドナティストの行き過ぎた殉教主義と潔癖主義にどう対処したか。もちろん、殉教は尊い行為であり、テルトゥリアヌスが言うように、殉教者の血が流されれば流されるだけ信仰の種が蒔かれるのは歴史的事実だ。しかしもし全員が殉教したら、キリスト教のその後の繁栄があったろうか。

さて禁教令下の山屋敷（切支丹屋敷）の役人の残した実際の記録「査祆余録」（『続々群書類従』）

に記された史実を遠藤はどのように改変したかの話に戻ろう。遠藤は（一）史実のジュゼッペ・キアラ神父改め岡本三衛門が屋敷内で書かされたキリスト教の解説書『宗門の書』を、小説中のロドリゴ神父改め岡田三衛門が「信心戻し（棄教を否定し再度、切支丹にたち戻ること）」を否定する誓約書に改変した。（二）現実に切支丹屋敷内で発生した窃盗事件を中間吉次郎の周囲への宣教という宗教的な活動に対する嫌疑に改変した。詳しくはぜひ、作品巻末の「切支丹屋敷役人日記」を（もう一度）ご覧いただきたい。

また遠藤はしばしば、「真実」と「事実」の違いを口にするが、『沈黙』の中には史実としてはありえない人物の邂逅が二度も描かれている。小説中ではロドリゴ、ガルペとサンタ・マルタの三人が恩師のフェレイラ神父棄教の真相を確かめるため一六三八年にポルトガルを出発し、翌年、澳門にたどり着く。澳門で彼らは巡察使ヴァリニャーノ神父に日本への渡航を反対される。が、このヴァリニャーノ師が、三度来日し「天正遣欧使節」を送り出したあのヴァリニャーノ師とすれば、史実の彼は一六〇六年に澳門で没しているのでロドリゴたちが会えるはずはない。同様に捕えられ牢に入れられたロドリゴが、自分が話すポルトガル語はかつてセミナリオで習得したという日本人通辞と会話する箇所がある。そのなかで通辞は昔の宣教師カブラルの布教のやり方を非難する。カブラルは日本に来ながらも日本の文化、生活習慣や言語を軽蔑していたと。たしかに、巡察使ヴァリニャーノがそのやり方に驚き改めさせたイエズス会の宣教師カブラルのことならば、ヴァリニャーノ師と同時代人なので、これまたロドリゴと六〇年位の時間の差があり、勘定は合わない。

ではどうして遠藤は史実をあえて改変したのだろうか。新潮文庫『沈黙』の解説で佐伯彰一氏は、切支丹隆盛期に活躍した巡察師ヴァリニャーノ神父をあえて作中に取り込もうとしたのは、「ロドリゴたちの日本潜入の暗さと絶望性を、対照的に浮び上らせるため」ではないかと推測されている。キリシタン交流が最も華やかだった時代を象徴するヴァリニャーノ師。小説中、ロドリゴは道中の随所で、往時の華やかさを想像する。そして宣教方法に問題のあったカブラル師をあえてロドリゴと同時代人として登場させたのは、遠藤がヨーロッパ・キリスト教の宣教姿勢が文化的な意味でも、ヨーロッパの優位を示唆していることに対する反発からではないか。つまりヨーロッパの植民地主義と表裏一体をなすキリスト教の文化的覇権主義にたいする遠藤独自の反発からではないかと私は思う。

戦前に駐日英国大使の秘書官を務められた歴史家G・B・サンソム卿の『世界史における日本』(岩波新書)のなかでも一六世紀のヨーロッパと日本を比較してみて、その時点におけるヨーロッパに文化的な優位は存在しなかったことが述べられている。ルイス・フロイスたちキリスト教宣教師の残した記録にも、日本人の清潔好き、礼節を貴ぶこと、文章の理解力、貧しくとも豊かな精神性に感嘆したことが縷々《るる》、述べられている。もっともフロイスたち、ヨーロッパの宣教師は日本人の性に対するおおらかさ、男女間の結婚観のヨーロッパ人との違いには少々、驚いたようであった。

キリスト教は一夫一婦制を守り、とくにカトリックは離婚を認めなかったから。

遠藤の史実の改変とその意味は以上に述べてきた次第だが、いずれにしても小説『沈黙』の肝ともいえる巻末の「切支丹屋敷役人日記」をもう一度、丹念に読むことがこの作品をより一層、面白くさせるだろうことは間違いない。ぜひ、もう一度（読まれた方も）鵜の目鷹の目でお読みいただきたいと思う次第である。

3　神学と文学の接点からみる『沈黙』II 〈神の「母性化」〉
――ロドリゴの「烈しい悦び」をめぐって

彼が無意識のうちに求めるものが「母」による赦しと「父」への復讐である以上、「私」に「あの人」を、つまりイエスを母性化する以外にどんな方法があるだろうか。

――江藤淳『成熟と喪失』

この作品の最大の功績は、日本に於て、キリスト教が直面する……一つの本質的問題の所在を明らかにしたことである。しかし、それに伴う最大の危険は、その問題の解決への意欲そのものをも内部から崩してしまうが如き可能性を内に持っている点である。

――粕谷甲一「『沈黙』について」『世紀』

序　『沈黙』の諸問題とイエスの母性化(1)――その肯定と否定

今更言うまでもないことだが『沈黙』はじつに多くの神学的問題を孕《はら》んでいる。例えばタイトルの（神の）沈黙――これは神の正義を問う問題なので神学的には「神義論」である。次に巧みな文学的象徴表現で「キリストの顔の変化」の意味を問うキリスト論。三番目には「宣教論」から最も興味ある問題提起、日本沼地論。最後にユダ論[2]である。そしてこれらすべての鍵となるものが「日本人のキリスト教」、「神（イエス）の母性化」の問題である。

さて右に述べた「神学的な問題」は、当然ながらまた「文学上の問題」と分かちがたく結びついている。たとえば神の沈黙の問題に関して言えば、「踏むがいい」と神が沈黙を破る箇所の代表的な神学的批評が右に引用した粕谷師の批評[3]であるが、『沈黙』発表直後の新・旧キリスト教の聖職者及び保守的な信徒の受け取り方は概して批判的なものであった。ちなみに右の粕谷師の指摘する「一つの本質的な問題の所在を明らかにした」功績とはいわゆるキリスト教受容、言い換えればキリスト教の「土着化」（indigenization）、「文化内開花・受肉」（inculturation）の問題であり、もう一つの「それに伴う最大の危険」とは、キリスト教の「変容」（acculturation）と言われる問題である。

これらを言い換えると、遠藤の『沈黙』はキリスト教を日本人にも受け入れやすく提示したけれども、同時にそれはキリスト教の本質まで変えてしまう虞《おそれ》があるという意味であり、具体的にはロドリゴの絵踏みを是認するごとき神の言葉「踏むがいい。お前たちに踏まれるために、私は存在しているのだ」という言葉の投じる波紋の大きさのことである。

絵踏みは当時の切支丹の教え[4]からすると当然「背教」（apostasy）であり、それはいかなる状況にあろうとも、信徒の守るべき最大の規範を破ることになる。「踏むがいい」という言葉は神が自ら教えを破棄することを意味する。そしてこの「踏むがいい」という絵踏み是認の根拠には、それが絵踏みの事前か事後かによっても問題が大きく変わる性質をもつ。もし絵踏みの事後になら、一方で「七の七十倍までも（無限に）赦しなさい」（マタイ一八・二三、括弧内は筆者）というキリスト教的愛の赦しが関わるし、他方で「なんでもあり」の「いいよ、いいよ、母さんはお前をゆるします」式の無限抱擁的な日本の母性的宗教の問題にも関わってくる。遠藤の小説ではもちろん、神が沈黙を破るのは司祭の絵踏み前である。回想場面ではなく実際に絵踏みする場面を時系列的に想い起こしてみよう。

「踏むがいい」という司祭の内面のあの人の声は絵踏みを覚悟して司祭が足を上げた後に聞こえるが、それは実際の絵踏みの動作の完了以前である。だからそれは事前か事後かと問えば、絵踏みの前である。この時の事前と事後とでは神の言葉の意味はまるで違ったものとなる。それゆえ椎名麟三[5]も佐古純一郎[6]も、たとえ作者が神に沈黙を破らせるにしても、ロドリゴの絵踏み前に破るのではなく、神に絵踏みを言わば、追認してもらいたかったと言う。これは「精一杯、努力したんだけど、やっぱり踏んじゃいました。神様ごめんなさい」ということでキリスト教の倫理神学的には罪と赦しの観点から極めて真っ当な批評である。もっともロドリゴに対して神はあくまで沈黙すべきだったという亀井勝一郎や三島由紀夫[7]のような文学的な観点からの正統派のコメントもある。

一　『沈黙』は危うい書物――にもかかわらずなぜ、多くの日本人に読まれてきたか

発表から二〇一〇年までの四五年間で、文庫本をふくむ単行本の出版総数が二三五万部という驚異的な数字[8]は一体、何を意味するのであろうか。そもそも、キリスト教信者総数が人口の一％にも満たない異邦人の国で『沈黙』の何が日本人の心の琴線に触れたのだろうか。私はそこに大袈裟に言えば「日本宣教論」の一つの大きな鍵が潜んでいるように思う。誤解のないように言うが私は手放しで遠藤の『沈黙』に賛成するものではない。なぜなら、そこには一歩誤ると、キリスト教受容の本質にかかわる問題が含まれているからだ。もし過度な「神の母性化」がキリスト教の本質だと誤解されれば神学から批判されるだけでなく、『沈黙』という文学作品の価値をも貶めてしまう虞があるからである。

『沈黙』の成功は一言で言えば適度な「神の母性化」にあり、それが日本人の「母なる神を求める心」にしっくり感じられたのではないか。『沈黙』の成功は日本人の心の空洞を埋める何かがあったからに相違ない。本質的には『沈黙』という作品からにじみ出る、愛するがゆえの「裏切り行為」に注がれる神の慈愛、キリスト教的に言えば神の無限の「愛と赦し」の功徳ではないだろうか。かつての思想的な転向者は大切にしてきた思想信条や信念に背くことの自責の念から、『沈

黙』の神の言葉に慰めを見いだし、また時代背景からすれば、心ならずも自分と仲間を裏切った経験者は、そこに理屈抜きの慰めを見いだしたのかもしれない。

二　「神の母性化」――遠藤の「母なるイエス」と「同伴者イエス」

ここで「神の母性化」の意味を遠藤自身の言葉(9)をかりて明らかにしよう。遠藤によれば「父の宗教というのは……神が人間の悪を裁き、罰し、怒るような神である。母の宗教というのはそうではなくて、ちょうど母親ができのわるい子供に対してでもそうあるように、神がそれをゆるし、神が人間と一緒に苦しむような宗教である」と。要するに「母性的な神」とは罪を犯しても怒り罰するのではなく、やや時代遅れのたとえで言うと、いま仮に万引きした我が子が首根っ子をつかまれ、つれて来られたときに父親はいきなり拳骨《げんこつ》を食らわすかもしれないが、母親ならば泣きながら一緒に謝ってくれるという場面であろう。たとえ反抗期の子供であっても申し訳ないと思うのは母親の詫び方のほうである。遠藤は同じ箇所で『歎異抄』にもふれているが、これはキリスト教的に言えば「罪が増したところには、恵みはなおいっそう満ちあふれました(10)」というあのパウロの発想に近いと言えよう。

『沈黙』ではかすかな萌芽であったが『死海のほとり』では遠藤の確信となっていた「同伴者イ

エス」とは「神の母性化」そのものである。(遠藤は評論家の江藤淳との対談「『死海のほとり』をめぐって」〈初版付録〉で「同伴者イエスっていうのは、わたくしは『沈黙』以来、最終的な決め手になるもんだっていう感じがしたんです。つまりあなたがさっき母親とおっしゃったけど、母親ってのは同伴者ですからね……」と述べている)。

たしかに遠藤の「イエスの母性化」をいちはやく指摘したのは江藤である。江藤は『成熟と喪失』(11)で概略、次のように言う。踏まれたのはまず「父」なる神であり、教会そのものを支える世界像である。それはいわばこの行為の公的な意味である。踏絵を踏むことによって司祭は、したがって作者は「父」の機軸を抹殺した。しかしこの踏絵のイエスの顔は「悲しげ」な眼差しをした「母」である。その声にはげまされてついに踏絵に足をかけた彼は、同時にその行為によって「父」を抹殺し、「母」との合体をとげた。破壊し、汚すことによって「母」と合体すること。そのとき彼をつらぬいた燃えるような恍惚《こうこつ》と痛みとは、ついに母子相姦の願望をとげた者のひそかな、しかし激しい歓喜にほかならない。

江藤らしい鋭く刺激的な断定である。彼はまず絵踏みの行為を公的な意味(父なる神の否定)と私的な意味とに分けて捉え、さらに絵踏みのイエスの顔がじつは「母の顔」であるとしてロドリゴの感じた「烈しい悦び」の意味を「母子相姦」によるものと断定する。

三　ロドリゴの感じる「烈しい悦び」の意味――「性的な歓喜」か「聖なる悦び」か

しかしよく読むと江藤のこの断定には遠藤の原文に本来ないものまで含まれているのが分かる。すなわち絵踏みの行為は、たしかに「父なる神」を否定し教会を裏切ることである。しかし「母の顔」を踏むことはどういう意味をもつのか。百歩譲って仮に踏絵の「イエスの顔」が「母の顔」であるとしても、絵踏みすなわちイエスの顔として「母の顔」を踏むことがどうして「母子相姦」を意味するのだろうか。なぜなら『沈黙』のロドリゴによる回想場面には次のように書かれているだけだからである。


「主よ。あなたがいつも沈黙していられるのを恨んでいました」

「私は沈黙していたのではない。一緒に苦しんでいたのに」

「しかし、あなたはユダに去れとおっしゃった。去って、なすことをなせと言われた。ユダはどうなるのですか」

「私はそう言わなかった。今、お前に踏絵を踏むがいいと言っているようにユダにもなすがいいと言ったのだ。お前の足が痛むようにユダの心も痛んだのだから」

> その時彼は踏絵に血と埃《ほこり》とでよごれた足をおろした。五本の足指は愛するものの顔の真上を覆った。この烈しい悦びと感情とをキチジローに説明することはできなかった。[12]

たしかに小説の原文にはロドリゴが五本の足指を愛するものの顔の真上に下ろした時に「烈しい悦び」と感情とを感じ、しかもそれをキチジローに説明することはできなかったと書いてある。愛するものすなわちイエスの顔、さらに江藤によれば「母の顔」の真上にロドリゴが血と埃で汚れた足を置くことは、大切なものを汚すこと、最も大切なものを踏みにじる行為には違いない。しかしはたしてそれが山本健吉の言う「倒錯したセックスの喜び[13]」に繋がる行為であるだろうか。それが直ちに江藤の言う「母子相姦的な行為」に結びつくものなのだろうか。原文をみる限り「母子相姦」を思わせるものは何もない。ならば江藤はなぜ「母子相姦」とまで言い得たのだろうか。

そもそも、ロドリゴの感じたこの「烈しい悦び」と感情とは一体何に起因するものだろうか。さらにロドリゴはなぜそれをキチジローに説明することができなかったのだろうか。

四　『沈黙』における「母なるもの」――「あの人」は母性か

『沈黙』九章の最後に近い箇所で、夜になるとロドリゴはいつものように「あの人」の顔を心に浮かべる。つまりここでの絵踏みは回想シーンの中での行為である。

夜、風が吹いた。耳をかたむけていると、かつて牢に閉じこめられていた時、雑木林をゆさぶった風の音が思い出される。それから彼はいつもの夜のように、あの人の顔を心に浮べる。

自分が踏んだあの人の顔を。(14)

そこへキチジローが告解を求めてやってくる。ロドリゴは自嘲的に自分にはもう告解を聴く司祭としての効力はないと断るが、キチジローは「たとえ転びのポウロでも告悔《コンヒサン》を聴問する力を持たれようなら、罪の許しば与えて下され」と食い下がる。「わしはパードレを売り申した。踏絵にも足かけ申した」キチジローのあの泣くような声が言う。「この世にはなあ、弱か者と強か者のござります。強か者はどげん責苦にもめげず、ハライソに参れましょうが、俺《おい》のように生れつき弱か者は踏絵ば踏めよと役人の責め苦を受ければ……（踏絵を踏むしかないのだ）」と言う（括弧内は筆者）。そうして、その踏絵にロドリゴも足をかけた。

その顔は今、踏絵の木のなかで摩滅し凹み、哀しそうな眼をしてこちらを向いている。……（踏むがいい。お前の足は今、痛いだろう。……。だがその足の痛さだけでもう充分だ。私

はお前たちのその痛さと苦しみをわかちあう。そのために私はいるのだから）

「主よ。あなたがいつも沈黙していられるのを恨んでいました」

「私は沈黙していたのではない。一緒に苦しんでいたのに」

「しかし、あなたはユダに去れとおっしゃった。去って、なすことをなせと言われた。ユダはどうなるのですか」

「私はそう言わなかった。今、お前に踏絵を踏むがいいと言っているようにユダにもなすがいいと言ったのだ。お前の足が痛むようにユダの心も痛んだのだから」

その時彼は踏絵に血と埃《ほこり》とでよごれた足をおろした。五本の足指は愛するものの顔の真上を覆った。この烈しい悦びと感情とをキチジローに説明することはできなかった(15)。


これはロゴリゴの回想における絵踏であるが、現実に絵踏みしたときの描写はこうである。

司祭は足をあげた。足に鈍い重い痛みを感じた。それは形だけのことではなかった。自分は今、自分の生涯の中で最も美しいと思ってきたもの、最も聖《きよ》らかと信じたもの、最も人間の理想と夢にみたされたものを踏む。この足の痛み。その時、踏むがいいと銅版のあの人は司祭にむかって言った。踏むがいい。お前の足の痛さをこの私が一番よく知っている。踏むがいい。

私はお前たちに踏まれるため、この世に生れ、お前たちの痛さを分つため十字架を背負ったのだ。(16)

つまりここでは現実に絵踏みする足の痛み（もちろん、その痛みとは釘を踏み抜いた時のような生理的なものではなく、どんなに鋭いまたは逆に鈍い痛みであろうとも、あくまで心理的な痛み）だけが、述べられているのであって、けっして後の回想場面に描かれているような「烈しい悦び」の感情を伴ってはいない。ではこの回想場面に現れるロドリゴの感じる「烈しい悦び」とは一体、何に起因するものなのだろうか。つまりかつては心理的な痛みの感覚として感じられたものが、時間を隔てた回想では「烈しい悦び」の感覚となって感じられるものとは。

これについて山本は「倒錯したセックスの喜び」と解釈しているし、江藤はもっと確信をもって「ついに母子相姦の願望をとげた者のひそかな、しかし激しい歓喜」と解釈する。いずれも遠藤をよく知る立場から、いかにも遠藤作品の最も奥深い所にある「性」と隣り合わせの「聖」を嗅ぎ取ろうとした解釈ではある。しかし残念ながらこの「烈しい悦び」の意味をはき違えている。なぜなら両者とも作者が絵踏みとその回想とに区別して描いている点を見落としているからである。よく読めば作者が絵踏みに際して「烈しい悦び」の感情を覚えるのは、絵踏みの行為そのものにおいてではなく、その後日の回想(17)においてであるからである。

五　「烈しい悦び」の正体――母なるイエス「母性的な神」の赦しによる「烈しい悦び」

私はこの「烈しい悦び」と感情とは絵踏みという行為によってはっきり裏切ったにもかかわらず、ロドリゴを赦してくださった神（イエス・キリスト）に対する強い感謝の念、悦びではないかと思う。つまりそれは裏切りによって心中に烈しい痛みを感じたけれども、その痛み、慙愧《ざんき》の感情が一転、赦されていたと分かった瞬間、いっきに歓喜へと沸騰するような悦びの感情だと思う。その痛悔・慙愧の念が強ければ強いほど、にもかかわらず赦された時の悦びは大きい。じつはその間の心理的事情をよく説明する「許され型の罪意識」という日本的複合観念がある。それは古沢平作（一八九七〜一九六八年）という日本人精神分析家が一九三一年に東北帝大医学部の機関誌に発表した「阿闍世《あじやせ》コンプレックス」である。今日の日本で「二種類の罪意識」という独訳論文をフロイトに提出した古沢平作のことを知る人は少ない。古沢は一年間のウィーン滞在中にS・フロイトに面会し上記論文を提出した。後日、フロイトから「阿闍世コンプレックスの批判」という手紙をもらっており、(18)かつウィーンを離れる際には他者を介してフロイトが古沢の勉強ぶりを褒めた話を聞いてもいる。

阿闍世王と「阿闍世コンプレックス」については後述するが、古沢の右の論文によるとフロイトの分析によるヨーロッパ人の罪意識とは悪事を働いて発覚した時に絶対者である父親から処罰されることを恐れる「処罰恐怖型」であるが、東洋の「許され型」の罪意識とは罪の発覚とともに当然、処罰を覚悟している本人が思いがけず許された時に感じる「ああ、悪かった。二度とすまい」というより高次な自律型の倫理観の醸成である。処罰そのものを恐れる時よりも処罰を覚悟しながら思いがけず罪を許されたときの安堵や、罪を許した寛大な相手に対する感謝の気持ち、悦びの気持ちは大きい。

六　「烈しい悦び」――性的なエクスタシーと宗教的な悦び（法悦）の共通性

性的なエクスタシーと宗教的な悦び（法悦）に共通性があるのは確かである。古来「性」と「聖」は紙一重で、その激しい悦びにおいて相似的だからである。しかしだからと言って、ロドリゴが感じた悦びが性的なもの、ましてや「母子相姦」の激しい歓喜だと断じるのは早計ではないか。むしろ江藤の頭のなかで遠藤の描く宗教的なそのときの歓喜の境地を、最初から性的な歓喜と見なす「先入観」が働いていたのではないだろうか。彼の念頭には最初から絵踏みによってロドリゴが父なる神を殺し、しかも最も大切な者の上に足をかけた瞬間、それが烈しい悦びを引き起こすならば、それはもう「父を殺し母と交わる」あのフロイトの「エディプス・コンプレックス」をおいて他にないと思いこんだのではないだろうか。

七　「エディプス・コンプレックス」――ユダヤ・キリスト教的伝統による「父性原理」

精神分析の創始者であるフロイトはドイツ語圏のユダヤ人であった。そのことは彼の創始した「精神分析」も、当然ヨーロッパ的なユダヤ・キリスト教的「父性原理」の強い文化を背景にもち、かの「エディプス・コンプレックス」も「父性原理」の強い観念であると言える。オイディプス自身はソフォクレスの劇中人物で、ユダヤ・キリスト教には直接関係はないが、彼の物語にヒントを得てフロイトがその名を冠した「父性原理」の強い複合観念を創出したのである。他方、「二種類の罪意識」中の「阿闍世コンプレックス」は古沢が仏典中の人物、阿闍世王にヒントを得て創出した「母性原理」の強い複合観念である。その論文は戦後（一九五七年）古沢によって加筆・再録され、フロイト派の精神分析家として著名な弟子の小此木啓吾によって存在が明らかにされた。(19)

八　『オイディプス王』――「人間的な」あまりに人間的な情念による悲劇

運命が逆転する「逆転変」（ペリパテイア）と無知の状態から何事かを知る状態へと変化する

「発見的認知」（アナグノーリシス）が同時に起きた好例としてアリストテレスが『詩学』[20]で称賛するソフォクレスの『オイディプス（王）』の粗筋を参考までに以下に述べる。

そのむかしテーバイの王ライオスと王妃は待望の王子を授かる。しかし予言によるとその王子は成長し父を弑《しい》し、その妃である母と交わると言う。おどろき恐れた王は、王子が産まれるとすぐ家臣に命じて殺害させようとするが、家臣は隣国の羊飼いに王子を託す。隣国の羊飼いは襁《むつき》にくるまれ踝《くるぶし》を針で突き通された（ゆえにその名前が腫れた足オイディプス）王子を国につれ帰り、丁度、世継ぎを欲していたコリントスの王夫妻に献じる。王子は成長するとこの予言を知りそれを避けるため自ら国を出る。そして旅の途上で一人の無礼な老人の暴力に反撃し殺害してしまう。辿り着いたその国はスフィンクスの謎に苦しんでいたが、王子は謎を解き請われて王位につく。やがて王妃との間に子供も設けるが、国は疫病や飢饉という災害に見舞われる。王の使者がもたらしたデルフォイの神託によればその原因は先王殺害、人倫に悖《もと》る行為にあると。王は熱心に真相を究明するが、すればするほど彼は自分で自分の首を締めることになる。だが、彼は決して途中で究明を放棄しない。真相を察した王妃イオカステは首を吊り、やがてすべてを知った王も自ら両眼を潰して放浪の旅に出る。

人間的プライドが高く自己の知的欲求のために彼は幸福の絶頂から不幸のどん底へと突き落とされるのだが、この落差が悲劇のインパクトを強めるとアリストテレスは言う。

さて本題に戻るが、イエスならぬ「母の顔」を汚れた足で踏むことが、江藤特有の鋭い勘で増幅され、母を汚すことが母と合体しついには母と交わるとまで敷衍《ふえん》された。そしてまさにこのとき江藤の念頭には、かのフロイトの「エディプス・コンプレックス」があったことは想像にかたくない。というのも江藤の『成熟と喪失』のテーマこそ他ならぬ「母性原理」と「父性原理」の成熟と喪失をめぐるものだからである。

九　「阿闍世王」の物語――堕地獄必定の阿闍世が釈尊に救われる話

ここで古沢の「阿闍世コンプレックス」――許され型の罪意識――懺悔心についても、そのもととなった仏典中の阿闍世王の物語を紹介する。しかし古沢が発想を得たものは『涅槃経』そのものからではなく、それをベースにした親鸞聖人の『教行信証』(21)の阿闍世に関する件であると小此木は言う。『教行信証』では親鸞の文章はあちこちと飛び、阿闍世の記述も重複するので分かりにくい。したがってそのエッセンスを簡潔に述べる。

阿闍世は父王殺害という悪行のために心因性の重い皮膚病にかかり王自身、病気の原因も自覚している。母は看病しようと努めるが効果はない。次々と六人の大臣（臣）が名医を推挙するが王は耳を貸さぬ。最後に耆婆《ぎば》という侍医が王に大逆非道のあの提婆達多《だいばだった》でさえ許された釈尊の下に行くことを薦める。そのとき空中に父王の「釈尊の下に行け」という声をきき王は悶絶し病は一層、悪化する。釈尊は阿闍世のために自らの悟り（入滅）の時期を遅らせて王を待つ。月愛三昧《がつあいさんまい》に入った釈尊は額から清らかな光線を放ち、その光に照らされた王の皮膚病はたちまち快癒する。王は耆婆に釈尊は自分のことを気にかけてくださるのかと問う。耆婆はたとえて、大勢の子供をもつ親がいると子供に対する愛情はみな平等だが、とくに病気の子に対しては気にかけるのだと答える。

その後、王は釈尊に癒されて帰依し国中の男女すべてが救済されるのだが、阿闍世王の誕生以前の、父王による仙人殺害に起因する有名な「未生怨《みしょうおん》」や提婆達多の大罪（釈尊の仏身を傷つけ、また僧伽《さんぎゃ》＝僧団を破壊する行為）も元はと言えば釈尊と提婆達多の耶輸陀羅妃《やしゅだらひ》をめぐる釈尊自身の愛欲の罪に遡るという話も挿入される。大きなテーマは阿闍世王のような大罪を犯したものも仏に帰依すれば救済される。つまり阿弥陀仏の本願(22)の成就を妨げるような大罪や悪人は一人も存在しないという趣旨である。

さて古沢と小此木の「阿闍世コンプレックス」にはインド発祥の「本来」の大乗仏典にはない事柄まで付加されるという無意識的な「母性化」があった。古沢の行った母性化に弟子の小此木自身がさらに付加するという「二重の母性化」だったのである（私は親鸞の『教行信証』自体にも漢訳仏典を解釈するときに当然、日本化・母性化が働いていたと思うが、ここでは示唆に止める）。二人の例はユング派の精神分析家河合隼雄が指摘するようにまさに「文化の変容」、小論の趣旨から言うと「神（超越者）の母性化」の例である。詳しくは次の文献、すなわち『現代のエスプリ』一四八号「精神分析・フロイト以後」(23)を見ていただきたいが、これは小此木の発表論文に出典の根拠を訐《いぶか》った研究者の質問に対し、小此木自らが古沢論文を精査しその母性化のプロセスを跡づけ、さらに自らの行った母性化をも検証して見せたものである。

一〇　エディプス・コンプレックスの「父性原理」対阿闍世コンプレックスの「母性原理」

河合は『ユング心理学と仏教(24)』のなかで古沢は自分の考えを示すためにフロイトが「エディプス王」を用いた顰《ひそ》みにならい仏典の阿闍世王伝説を用いたが、古沢の語る阿闍世王伝説は、故意か偶然か仏典にある話とは異なるものになったと述べ、もとの話を要約したこの様な改変は故意になされたと言うよりは、物語が日本人の心のなかで「文化的変容」を生じたもので、仏は男性であるが、男性たちのドラマが日本では母性原理を背景に行われていると言う。

また精神分析家の藍沢鎮雄(25)は『母なるもの』（新潮文庫、一九七五年）の解説で遠藤の「母の宗教」の本質を「無限の愛の許し」と見て、概略、次のように述べている。遠藤氏は十字架上で自分を見棄て裏切った弟子たちに無限の愛と許しを身証《あかし》するイエスを描いた。イエスの許しは弟子たちの魂に衝撃的な痛みを与えたのだが、この魂の痛みが生み出す宗教的な清めを、わが国の精神分析学の泰斗、古沢平作博士は阿闍世の物語をかりて次のように解釈する。古沢博士によると阿闍世の回心の契機は自分の所業に対するフロイト的恐怖のためではなく、また性欲という煩悩を認識したゆえでもない。それは怒りのあまり殺戮せんとまでした母に無償の愛によって抱擁され許された時間に生じたのである。この瞬間、阿闍世の魂の中から内発的に生じてくる「悪かった」という感情こそ真の罪悪感であると古沢博士は言うのである。さらに博士の高弟、小此木啓吾博士は師の精神分析はすでにフロイトとは全く異なり、仏教的な行であったと述べている。ここにも西欧の所産である精神分析が、フェレイラ流の日本的な「何か」によって溶解された跡をみることができるように思う。（傍点は筆者）

藍沢のコメントは精神分析というきわめて西欧的な治療法が、阿闍世コンプレックスの提示によって日本的に変容、応用されたことを、フェレイラ流の変容の例と示唆したものだが、河合のコメントは古沢だけでなく小此木もまた仏典に対し「無意識の母性化」を行っていたという指摘で、たいへん興味深いものである。

一一　仏の性別――親鸞の夢に現れた「救世観音大菩薩」は女性か

浄土真宗の開祖親鸞聖人は、自らの性の悩みに懊悩《おうのう》し百日参籠《さんろう》を行ったところ、九五日めに救世観音大菩薩が夢に現れ「行者たとひ女犯《にょぼん》すとも我れ玉女の身となりて犯せられむ一生の間、よく荘《しょう》厳《ごん》し臨終に引導して極楽に生ぜしむ」と告げ、これを「一切群生に説き聞かすべし」と命じられた。救世観音大菩薩が親鸞の夢に現れ自分が美女となってお前に犯されて、性の悩みを解消しようと言う。しかもそれを公言し性の悩みをもちながら修行の身で隠れて女犯の罪を犯す人々に告げよと言うのである。救世観音の夢の内容は親鸞の宗教家としてのスケールの大きさを伺わせるものだが、この救世観音菩薩も他の観音菩薩も日本では一般に女性（的）だと思われているが本来女性ではない。しいて言えば男性である。

ここで『旧約聖書』の神の母性化についても一言、付言する。「出エジプト記」でモーセに語りかける神は畏怖の対象でモーセでさえ面と向かうのを憚《はばか》るくらいの男性的な怖い神である。そしてイスラエル民族の姦淫（周囲の神々、偶像崇拝）を怒り、預言者を通じて裁きに言及する『旧約』の神の一般的イメージは男性的、父性的であるが『旧約聖書』の次の文句をきくとたぶん印象が少し変わるだろう。「あなたたちは乳房に養われ／抱いて運ばれ、膝の上であやされる。母がその子を慰めるように／わたしはあなたたちを慰める。エルサレムであなたたちは慰めを受ける」（イザヤ六六・一二〜一三）。「まだ幼かったイスラエルをわたしは愛した。……エフライムの腕を支えて歩くことを教えたのは、わたしだ。……わたしは人間の綱、愛のきずなで彼らを導き……食べさせた」（ホセア一一・一〜四）。

だから遠藤が有名な「父の宗教・母の宗教――マリア観音について」（『文芸』一九六七年一月号）で「断っておくが基督教は（正宗）白鳥が誤解したように父の宗教だけではない。基督教のなかにはまた母の宗教もふくまれているのである。それはたとえばマリアにたいする崇敬というようなくれ切支丹的な単純なことではなく、新約聖書の性格そのものによって、そうなのである。新約聖書は、むしろ『父の宗教』的であった旧約の世界に母性的なものを導入することによってこれを父母的なものとしたのである」（傍点、括弧内は筆者）と言うとき、彼は「基督教のなかにはまた母の宗教もふくまれている」とまったく妥当な発言をし、さらに「新約聖書は、むしろ『父の宗教』的であった旧約の世界に母性的なものを導入することによってこれを父母的なものとした」と述べ、旧約の前に「むしろ」と一言付け足すことで正確に『新・旧約聖書』の性格の違いをも表現しているのである。

一二　カトリック教会における「マリア」の位置――聖母「マリア」と聖三位一体

鋭い洞察力、それを表現するキレのある文章で有名な文芸評論家江藤淳の精神的支柱は儒教的であり、キリスト教に関してはどちらかと言えばカトリシズムよりは無教会派的なプロテスタンティズムに近しいように思われるが、彼はカトリックとプロテスタントの教義上の区別を正確に把握している。『成熟と喪失』のなかで彼は次のように言う。(26)

> カソリック教会は「父」なる神の教会である。それはルターのプロテスタンティズムとはちがって女性原理を排除しはしないが、決して「父」を「母」の下位に置こうとはしない。「母」は「父」と「子」と「精霊（ママ）」の聖三位一体《トリニティ》のかたわらにぬかずくつつましやかな位置をあたえられているにすぎないからである。つまりそこでは父性原理が支配する。

私自身、これに異論を唱えるつもりはなく、むしろ神の母（theotokos）であるけれども人間である聖母マリアの位置づけ、彼女と神である聖三位との関係、さらにカトリック教会とプロテスタント教会の違いまでこれ程無駄なく的確に表現した文章も他にないと思う。ここで江藤を援用して私が言いたいことは、カトリックでは「母性化」の要素、母性的原理はすべて聖母マリアが担い、聖母は神ではないが御子イエスに執り成してくださる存在なので、イエス自身を女性化する必要はまったくないし今後もないということである。その理由はもしイエスを「女性化」すると、聖三位一体の概念から父神も聖霊も（因みにグノーシス派のトマス行伝では、聖霊は母）[27]女性化されてしまい、ドミノ倒し的にキリスト教の神は三つの顔、三つのペルソナ（personae, 語義は面）をもつ多神教的女神になってしまうからである。

一三　「母性化」概念の多義性――「母なるもの（母性・女性性）」と「母（個人）」

以下は『私のもの』の一節である。

「君なんか……俺……本気で選んだんじゃないんだ」

おむすびのような顔がじっと勝呂を見つめ、おむすびのような顔に泪がゆっくりと流れた。

……中略……私（勝呂）は妻を棄てないように、あんた（あの男、イエス）も棄てないだろう。

（括弧内は筆者）

「母なるもの」は遠藤作品における執拗低音（basso ostinato）である。江藤は『成熟と喪失』[28]で、遠藤の『私のもの』に見られる「あの男＝イエス」「妻」「母」そして「父」の四者の関係を総括する。すなわち「あの男＝イエス」は結局のところ遠藤の母であり、したがって遠藤はイエスを母性化したと言う。江藤によれば遠藤は「あの男」を女性化すると同時に「妻」に宗教的雰囲気を与え「母」に近づけた。「父」は「母」を棄てたが、しかし自分はみじめな疲れた「母＝母性イエス」を決して棄てはしない。江藤は「遠藤氏はここで『あの男』そのものを女性化し、おそらく母性化している。そこに作用しているのは一般的な文化の屈折を超えたある激しい個人的感情でなければならない」と推論する。

江藤の総括に出てくるのは「あの男＝イエス」「妻」「母」「父」の四者である。個人の「母」と一般的な母性「母なるもの」は異なる。この違いを無視すると奇妙なことになる。勝呂が「イエス」と呼ばずに「あの男」と呼ぶのは問題ない。しかし「父（遠藤の父常久、同時に父性的なキリスト教のメタファー）」は遠藤の「母」を棄てたが、自分は「妻」を棄てないように「あんた、あの男＝イエス」も棄てないと言うとき、一般的な集合概念またはメタファーの次元と個人像の次元がごっちゃになり、ついには四者が二者に統合される。つまり「あの男（イエス）」の顔は「母」の顔と、そして母の顔は「妻」の顔に同定される。そうなるとそれら三者と対立するのは「父」だけである。それはまさに遠藤の心中で「父＝父性的キリスト教」だけが孤立しているようにである。

しかし問題はさらに紛糾する。なぜなら江藤は鋭く「母なるもの」の原像を遠藤の個人的な母と同定したが、言われた遠藤はそれを肯定したからである。そこまではよかったのだが、遠藤はあるとき「母なるもの」の原像を自分の記憶にある「個人的な母の姿」ではないと修正し始めたのである。そこで読者と批評家の困惑を解消するために武田友寿は、「母なるもの」の原像を遠藤の個人的な母と断定する江藤に対し、遠藤の記憶にある「烈しく生きる女」の姿から、「母なるもの」の原像は遠藤の個人的母ではなく「存在の聖化」の媒介者としての「理想化された母性[29]」であると批判する。

結び

以上、絵踏みの回想時にロドリゴの感じた「烈しい悦び」と感情とは何に起因するものかを考察してきた。ではロドリゴはなぜそれをキチジローに説明することができなかったのか。私の解釈はこうである。ロドリゴは絵踏み以来、何度もイエスの顔を踏んだ「裏切り者」の罪意識に苛《さいな》まれてきた。穴吊るしの拷問に苦しむ農民信徒のためとはいえ、愛する者、最も大切に思ってきたイエスの顔を踏んだという痛恨、慚愧《ざんき》の念に毎夕のように苛まれてきた。しかしキチジローが赦しの秘蹟を求めてきたとき彼は突如、悟ったのだった。教会の定める制度としての「告解」のゆるしではなく、他者と神を愛するがゆえに最愛の神まで裏切らざるを得なかった自分の絵踏み。あの足の痛み、しかしあの多く愛するがゆえに多く許された罪の女のように、神はあの時、あの足の痛みを通じてすでに自分を赦されていたのだ。自分の裏切りの行為、農民信徒の苦しみを前に自分の大切なもの一切を捨てざるを得なかった自分の苦しみ。毎夕、かみしめてきた自分の行為が屈辱や不名誉にまみれた「裏切り」の行為ではなく、むしろ、神が嘉《よみ》するものであったこと。そのことを知ったとき、すなわち神の限りない慈愛と赦しの大いさを知ったとき「裏切り者」ロドリゴの心中の苦痛は、神に対する思いで一気に大いなる歓喜に変わった。

しかしこの感情、この歓喜は他人には説明できないものだ。たとえ説明しても自分と同じ痛悔、慙愧の念に苛まれ続けた者でなければ。

その時点のキチジローは己の弱さを誇るばかりで、ロドリゴの経験した「裏切りの罪」に対する烈しい痛悔と、その後に初めて与えられる、さらに一層「烈しい悦び」の意味を理解できないだろうからである。この時点におけるキチジローは制度としての教会の定める「告解」の秘蹟、つまり司祭職が教会から与えられた権限・効力としての赦しは理解しても、神を愛するがゆえに「裏切り者」とならざるを得なかったあのユダと同じく、ロドリゴが経験した烈しい痛悔と慙愧に苛まれた後に、初めて体感できる神の慈愛、恩寵としての赦し、その大いなる悦びを到底、理解でき得なかったからではないだろうか。その証拠にロドリゴの与える「告解」が自分の考える教会の秘蹟の要件を満たしていないがゆえに、キチジローは怒りながら去っていったのではないだろうか。

注

（1）イエスの母性化については以下を参照。武田友寿「カトリックの母性化」『遠藤周作の世界』中央出版社、一九六九年、三八〇～三九〇頁。佐藤泰正「遠藤周作における母のイメージ――「母なるもの」の原像をめぐって」『國文學』一九七三年二月号、一〇四～一〇九頁。井上洋治「同伴者イエス」――「母なる神」『イエスのまなざし――日本人とキリスト教』日本基督教団出版局、一九八一年、二一二～二二三頁参照。

（2）大貫隆編著『イスカリオテのユダ』日本キリスト教団出版局、二〇〇七年。

（3）「沈黙について」『世紀』一九六六年七月号、七頁。

（4）背教、棄教（apostasia）は「ゴメスによる講義要綱」でも「丸血留の道」でも公に信仰を否定し棄てることで、絵踏みもそこに含まれる。浅見雅一『キリシタン時代の偶像崇拝』東京大学出版会、二〇〇九年参照。

（5）座談会「遠藤周作『沈黙』について」『兄弟』一九六六年九月。

（6）「『沈黙』について」『世紀』一九六六年九月号、七八頁。

（7）『沈黙』新潮社、一九六六年、付録「長編小説「沈黙」の問題点――私は「沈黙」をこう読んだ」亀井勝一郎「感想」の（六）（七）、及び三島由紀夫「遠藤氏の最高傑作」谷崎賞選後評『中央公論』一九六六年一一月。

（8）加藤宗哉「プロローグ・「沈黙」」『没後一五年　遠藤周作展』神奈川近代文学館・神奈川文学振興会、

二〇一一年、一一頁。
(9) 「異邦人の苦悩」『別冊新評』一九七三年二月号。
(10) ローマ五・二〇。
(11) 江藤淳『成熟と喪失――〝母〟の崩壊』河出書房新社、一九六七年、一八〇～一八一頁。
(12) 『遠藤周作文学全集』第二巻、新潮社、一九九九年、三二五頁。
(13) 山本健吉「日本的「泥沼」からの声」『文芸』一九六六年五月号、二一九頁。
(14) 『遠藤周作文学全集』第二巻、三二四頁。
(15) 同三二五頁。
(16) 同三一二頁。
(17) 奥野政元「『沈黙』論」笠井秋生・玉置邦雄編『作品論　遠藤周作』双文社出版、二〇〇〇年。
(18) 古沢自身が一九五三年に記した「フロイド先生との最初の会見」は再録版が『精神分析入門〈上〉』（改訂版フロイド選集・一）日本教文社、一九六九年の付録「フロイド・ノート」に収載。
(19) 「精神分析・フロイト以後」『現代のエスプリ』一四八号。
(20) 『アリストテレス全集』第一七巻、岩波書店、一九七二年参照。
(21) 『親鸞』信巻「涅槃経」の阿闍世の部分、中央公論社『世界の名著』6参照。
(22) 『無量寿経』。阿弥陀仏が未だ法蔵比丘であったときに一切衆生の救いを願い四八の誓願をたてる。その中の有名な十八願（至心信楽願）は「もしすべての人が救われて極楽浄土に往生するのでなければ自分も悟りを得て往生はしない」である。
(23) 古沢ばかりか、古沢論文をフロイト的というよりは、もはや仏教的と述べた小此木自身がさらにそれを敷衍している。小此木は仏教教典の原出典を問われて、そのことに気づき古沢の「罪悪意識の二種――阿闍世コンプレックス」『現代のエスプリ』（一四八号、一九七二年）の中の、「精神分析・フロイト以後」、「古沢版　あじゃせ物語の出典とその再構成過程」、「あじゃせコンプレックスよりみた日本的対象関係」という論文の中でそれを検証している。

(24)　河合隼雄『ユング心理学と仏教』岩波書店、一九九五年の「牧牛図と錬金術　6アジャセ・コンプレックス」、同『生と死の接点』岩波書店、一九八九年の「②元型としての老若男女三　父親殺しと母親殺し」参照。

(25)　山根道公『遠藤周作　その人生と『沈黙』の真実』朝文社、二〇〇五年、八七頁参照。筆者が「阿闍世コンプレックス」に関心を抱いたのは「比較思想学会」でパウロと親鸞の罪意識の違いを発表したことによる。「罪の文化再考――キリスト教と仏教における罪の比較思想的考察」『比較思想研究』二一号、一九九五年三月。

(26)　江藤淳、前掲書、一六八頁。

(27)　湯浅泰雄『ユングとキリスト教』講談社学術文庫、一九九六年。

(28)　江藤淳、前掲書、一五五～一五八頁。

(29)　注1及び宮野光男「文学のなかの母と子――遠藤周作『母なるもの』の場合」佐藤泰正編『文学における母と子』笠間書院、一九八四年。佐藤泰正「遠藤周作における同伴者イエス――『死海のほとり』を中心に」『国文学　解釈と鑑賞』一九七五年六月。

江藤、武田をユングの元型概念を使って批判する労作もある。辛承姫『遠藤周作論――母なるイエス』専修大学出版局、二〇〇九年。

参考文献・論文（本文・注で引用しないもの）

遠藤周作・佐藤泰正『人生の同伴者』新潮文庫、一九九五年
笠井秋生『遠藤周作論』双文社出版、一九八七年
小嶋洋輔「文学と「母性」――高橋和己『邪宗門』と遠藤周作『母なるもの』から」名桜大学紀要一九号、二〇一四年三月

II　象徴と隠喩と否定の道

1　神学と文学の接点
――キリスト教の「婚姻神秘主義」と遠藤の「置き換え」の手法

おお　導く夜よ！／おお　暁より好ましい夜よ！／おお　結んでくれた夜よ！
恋人と恋人《ひと》を（amado con amada）／
恋する女は恋する人（男）に変容《かえ》られて！

――十字架の聖ヨハネ「暗夜」(1)
（括弧内は筆者）

序　「ダブダブの洋服を和服に仕立て直す」――衣装哲学的比喩と小論の課題

遠藤がこの比喩によって意味することは、西欧キリスト教と日本人の感性の間の距離を生涯かけて、小説を書いて埋めることであった。しかし現代作家遠藤にとって克服すべき距離はいま一つあり、上の比喩が東西という「空間的な距離」の克服なら、いま一つの距離とは、ヨーロッパ中世

──これは遠藤[2]によれば必ずしも歴史的なヨーロッパ中世ではなく理想的な精神共同体としてのヨーロッパ中世──とポスト・モダンの現代日本との「時間的な懸隔《へだたり》」である。これらの水平軸と垂直軸の交差によって生み出される十字は、日本人カトリック作家遠藤が生涯、担った十字架を象徴している。

『沈黙』で遠藤は西欧キリスト教の伝統的なキリスト像を──それは水平軸の最左端に位置する──日本人の感性にしっくり来る右端のキリスト像にまで大胆に引き寄せることで初めて日本人読者の共感を得た。すなわちロドリゴが心中に抱くキリストのイメージが、西欧キリスト教の威厳ある「王たるキリスト」の顔のときは神は沈黙を守ったが、日本人職人の手になる草臥《くたび》れ、すり減った憂い顔のときに初めてロドリゴに「踏むがいい」と語りかけたのである。国家権力による理不尽な拷問に苦しむ農民信徒を見かねて絵踏みするロドリゴ。そのロドリゴを赦す愛の神、いかなる意味でも高みから裁くのではなく、「ともに苦しむ」神の創造により、遠藤は西欧キリスト像のもつ距離感を克服したのだった。しかし、じつはその遠藤にも西欧キリスト教の核心に、どうにも扱いにくい(intractable)秘義があったのではないか。それが、私見によれば西欧キリスト教伝統の「婚姻神秘主義」である。そう憶測する根拠を二つ挙げる。

一つは後述する「マイナスはプラスになる」(『私の愛した小説』)というエッセイ[3]の中で、遠藤は現代カトリック作家が効果的に使う「手法」として「愛の置き換え」を紹介し、『侍』の中で自分も使ってみたと告白するが、遠藤が使った「手法」とはじつは「置き換え」であって、モーリアックや二人のグリーン（J・グリーンとG・グリーン）が使った「愛の置き換え」とは異なるものであること。二つめはそのエッセイの中で遠藤が十字架の聖ヨハネの「暗夜」他の霊魂のキリストに対する情熱的な愛の詩を三篇も紹介しながら、必ずしもそれらの詩の当該の文脈における引用の妥当性（relevance）を明確にしてはいないことである。それはなぜであろうか。

というのも十字架の聖ヨハネのそれらの詩こそ、まさに遠藤がエッセイの冒頭で引く聖ベルナルドゥスの「雅歌についての説教」を初め、西欧キリスト教伝統の底流をなす「婚姻神秘主義」の至高の境地を示すものだからである。吉満義彦を通じ若き遠藤が影響されたネオ・トミズム――遠藤とネオ・トミズムの関連に、ここでは踏み込まない――の哲学者J・マリタンは「存在の類比」で名高いトマスの哲学と、この十字架の聖ヨハネの「神秘哲学」とを統合しようとしたと言われる。(4)にもかかわらず遠藤の引くエッセイをよく読むと、十字架の聖ヨハネの「神秘哲学」の核心をなす「婚姻神秘主義」に関しては、遠藤は軽く表面をなぞったに過ぎないのである。

そのことは日本人作家遠藤の感性がネオ・トミズム以上に、西欧キリスト教の根底にある「婚姻神秘主義」に何らか共感しがたいものを感じていた証ではないだろうか。それは究極的には西欧キリスト教の「婚姻神秘主義」を育んだ『旧約聖書』以来の婚姻観(5)と、それを表現する西欧キリスト教伝統（教会の典礼や文化全般）における「寓意（比喩）的象徴による修辞法」と、日本語の自然的な修辞法との違いに基づくものなのではないだろうか。カトリックの祭儀であるミサにおいて「パン」と「葡萄酒」を、キリストの「体」と「血」に変化させる「聖変化」(consecratio)の教義こそ、まさに寓意(比喩)的象徴による秘儀中の秘義である。

以上のことから、ここではまず(一)西欧キリスト教伝統における霊的婚姻(pneumaticosgamos)すなわち「婚姻神秘主義」とは何かを「雅歌講話(説教)」を通じて明らかにし、次に(二)遠藤が(いたずら心を込めて)提示した二つの恋文(?)を取り上げ、異性愛と宗教的愛がその「愛の激しさ」において相似していること、そして遠藤が影響を受けた現代ヨーロッパのカトリック作家がその「相似形」の応用として「愛の置き換え」の手法を利用したこと、(三)最後に「置き換え」の手法を遠藤自身が試みたと言う『侍』と『深い河』の二作において、遠藤が言う「置き換え」とカトリック作家たちが使った「愛の置き換え」とは構造的に異なるものであることを論じる。そのことによっては右に述べた私の憶測、すなわち日本人作家遠藤の感性が西欧キリスト教の根底にある「婚姻神秘主義」に何らか共感しがたいものを感じていたことが、あながち的外れなものではないことの傍証ともなるだろう。

一　ヨーロッパ文芸における修辞的伝統——寓意(比喩)的解釈(アレゴリー)

周知のごとく聖書の解釈には比喩的解釈（allegory）と予形論（typology）とがある。聖パウロは「ガラテヤの信徒への手紙」（四・二一～三一）の「二人の女のたとえ」のいわゆる「サラ・ハガル論」の箇所において「創世記」のアブラハムの二人の妻について語り、この二人の女とは二つの契約（律法と福音）のことで、これらは比喩として語られていると述べている。また彼はイスラエル民族が出エジプトの際に紅海（葦の海）を渡ったことを洗礼の予表（予形、typos）と見なしている（Iコリント一〇・一～六）。それらの解釈が聖書の伝統的な釈義法であるが、古代・中世を通じて聖書の寓意（比喩）的解釈の典型的な例は「どうかあの方が、その口のくちづけをもってわたしにくちづけしてくださるように」で始まる『旧約聖書』中の「ソロモンの雅歌（Canticum Canticorum）」についての解釈「雅歌講話」である。

しかしながら古代において寓意（比喩）的解釈（アレゴリー）は必ずしもキリスト教の護教的な意図を伴う解釈法をさすだけではなく、ヘレニズム文学一般にも共通する修辞学的方法であった。例えばアリストテレスは『オデュッセイア』第一二巻一四一にみられる太陽神ヘリオスの所有する五十頭からなる七つの牛と羊の群れを一年、三五〇日の神話的表象と解釈したと言われる。しかし小論では遠藤が『私の愛した小説』中のエッセイ「マイナスはプラスになる」で引用するクレルヴォーの聖ベルナルドゥスの「雅歌についての説教」[6]との関係から、もっぱらヘブライ・キリスト教伝統に見られる寓意（比喩）的解釈の例に絞ろう。

二　ヘブライ・キリスト教伝統における「婚姻神秘主義」
――「雅歌」の寓意（比喩）的解釈

『旧約聖書』の「イザヤ書」六二章五節や「ホセア書」三章一節にイスラエル民族と神との婚姻の一致の思想は現れるが、文学として完成度の高いものは、紀元前四～三世紀の「雅歌」である。それは若者（花婿）、乙女（花嫁）と合唱隊による掛け合いの進行による相聞歌の型式をもつ。シトー会大修道院長ベルナルドゥスの「雅歌」についての説教は一二世紀フランスのものだが、「雅歌」についての講話の伝統は古く古代に遡《さかのぼ》り、アレクサンドリアのオリゲネス（一八四年頃～二五三年頃）、その影響を受けたニュッサのグレゴリオス（三三〇年頃～三九五年頃）に由来する。「雅歌」は歌の中の真の歌（Song of songs）とよばれ、伝説的な一～二世紀のラビ・アキバによると「雅歌」は『旧約』の至聖所（the holiest of holies）であり、ともすると男女間の恋愛歌として誤解されるが、何人もその真価を疑ってはならぬとされる（ミシュナー・ヤダイーム三・五）。ユダヤ人は『旧約』の「雅歌」を終末論的メシア待望の文脈において、すなわち人間（イスラエル民族）と神との関係を男女の愛の情熱的関係に擬して捉えるのだが、キリスト教伝統の中では「恋しい人（花婿）」は再臨のキリスト、その恋しい人を待ち焦がれる「乙女（花嫁）」とは個々の信者の「霊魂」、さらにそれらの集合体としての「教会共同体」の比喩である。そういう意味で「雅歌」はオリゲネスや彼の影響を受けたニュッサのグレゴリオスにとっては、もっぱらキリスト者の完徳、霊的向上のためのテキストとして解釈された。今日、我々が日本で眼にすることが出来る霊的な「雅歌講話」(雅歌についての説教)はオリゲネスのもの(7)、右に述べた四世紀のニュッサのグレゴリオスによる『雅歌講話(8)』と遠藤がエッセイで引く一二世紀の聖ベルナルドゥスの「雅歌についての説教(9)」である。

三　キリスト教(東方)の寓意(比喩)的解釈――ニュッサのグレゴリオス

以下に「雅歌」の一見、男女の愛を歌うように見えながら、神と人間の間の情熱的な愛の関係を歌うものと解釈されてきた一節を引用する。

眠っていても
　わたしの心は目覚めていました。
恋しい人の声がする、　戸をたたいています。
「わたしの妹、　恋人よ、　開けておくれ。
わたしの鳩、　清らかなおとめよ。

わたしの頭は露に
髪は夜の露にぬれてしまった。」

衣を脱いでしまったのに
　どうしてまた着られましょう。
足を洗ってしまったのに
　どうしてまた汚せましょう。

恋しい人は透き間から手を差し伸べ
わたしの胸は高鳴りました。
恋しい人に戸を開こうと起き上がりました。
わたしの両手はミルラを滴らせ
ミルラの滴は指から取っ手にこぼれ落ちました。

戸を開いたときには、恋しい人は去った後でした。
恋しい人の言葉を追って
　わたしの魂は出て行きます。

求めても、あの人は見つかりません。
呼び求めても、答えてくれません。
街をめぐる夜警にわたしは見つかり
打たれて傷を負いました。
城壁の見張りは、わたしの衣をはぎ取りました。（雅歌五・二～七、新共同訳）

（傍点は筆者）

夜更けに寝床に就いた乙女の待つ家に恋人が訪ねてきて戸を叩き、「開けておくれ」と声をかける。躊躇《ちゅうちょ》する乙女に恋人は戸の透き間から手を差し伸べる。戸を開けに乙女が立ち上がると、もう恋人の姿はなく、乙女は声をかけながら後を追う。しかし探しても呼んでも恋人は見つからぬ。乙女は夜警に見とがめられる。これらの歌は、そういう艶《つや》っぽい場面として解釈できる恋愛歌ではある。ただ恋人（男）が夜おそく訪ねてくる場面にしては、追いかけるのがなぜ「わたし（自身）」ではなく「わたしの魂」なのか、さらに「わたしの両手はミルラを滴らせ／ミルラの滴は指から取っ手にこぼれ落ちました」という「ミルラ」の出現はまるで不可解である。というのもミルラは没薬で死者の埋葬に使われるものだからである。性（eros）と死（thanatos）が交錯して恋愛詩としては奥深さがあり、想像力をかきたててすこぶる効果的だが、字義通りの読解ではもうひとつ意味不明である。

ここではグレゴリオスが『雅歌講話』第一一講話(10)で右の『雅歌』本文の箇所を霊的指導の観点から寓意（比喩）的に解説しているのでかいつまんで要点のみ紹介しよう。

乙女がすでに寝ている臥所《ふしど》とは霊魂の浄化の場所で、「没薬（ミルラ）」は死の象徴で完全な自我の死・自己無化（kenosis）を意味する。「わたし＝乙女（花嫁）」とは講話に耳を傾けている徳高い信者の「霊魂」であり、「恋しい人（花婿）」とは神の「御言葉」のことである。それゆえ「眠っていてもわたしの心は目覚めていました」とは人生における夢や幻影、すなわち世俗のあらゆる富、官職、権力、虚栄、快楽、名声欲から「霊魂」が自由でいること、精神が目覚めていることである。こう述べてくると、デカルト以来の心身二元論的な「精神」や、近代的な「自我意識」と異なり、この「霊魂」が意味するものは、私たち現代日本人にとってかなり理解しにくいものではあるが、当時のキリスト教徒たちは、死によって「肉体」は滅びても「霊魂」は死後も存続するところの、人間存在の本質的基体（substantia）であると考えていたことを想起する必要がある。「衣を脱いでしまったのにどうしてまた着られましょう」とは「霊魂」が、もはや罪の衣、すなわち闇の衣を再び身にまとわず、光輝く非質料的な衣をのみ身にまとうべきであるとの意味である。

以上の解釈の説明は私たち現代日本人の自然的な感性にとっては、かなり異質なものであるが、ヨーロッパの宗教や文学の伝統の底を流れるキリスト教的「象徴表現」に関心を持たれた方は、この際にぜひとも『旧約聖書』「雅歌」の本文と、グレゴリオスによるその霊的解説（日本語訳）にも直接触れられることをお勧めする。

四　西欧キリスト教の「婚姻神秘主義」の伝統
――聖ベルナルドゥスの説教とスペインの婚姻神秘主義

一六世紀はカトリック側にとっては対抗宗教改革の時代であり、異端審問のもっとも盛んな時代でもあった。一六世紀にそれまでのカルメル修道会を改革し、厳しい戒律の「跣足カルメル会」を創設したアビラの聖テレジア（Santa Teresa de Ávila）と彼女よりはるかに年少であったが、厳しい霊的指導者であった十字架の聖ヨハネ（San Juan de la cruz）によるスペイン神秘主義のことは、近年、我が国にも知られるようになった。しかしキリスト教神秘主義そのものはスペインのみならず、フランス、イタリア、そしてドイツにおいても盛んであった。なかでも我が国でよく知られているのは中世ドイツの神秘家（mystic）マイスター・エックハルトであるが、そのエックハルトと並び称される女性の神秘家ヒルデガルト・フォン・ビンゲンが体験した「幻視」に、異端ではないとのお墨付きを与えたのが、一二世紀フランスの聖ベルナルドゥス（Saint Bernard de Clairvaux）である。

彼は貴族の出身でギリシャ・ローマの古典に関する博識と尊敬すべき人柄で、ひろく声望を集めていた。痛烈な皮肉屋のあのダンテでさえ彼を『神曲』天国篇第三一～三三歌でベアトリーチェから天国への導き手の役を引き継ぐ白衣の老人として登場させている。彼の徳を慕って全ヨーロッパから集まったシトー会（トラピスト会）の修道士たちを前に彼は四旬節中に説教をした。それは今日、現代日本語（口語）に訳出されているが、残念ながら聖書の甘美な比喩的解釈者として「蜜流れる博士」と称された一二世紀ルネッサンスの人文主義者ベルナルドゥスにふさわしい、文学の香り高い翻訳ではない。しかしその神学的内容に関心のある方は、こちらも目をとおしていただきたい。

ここでは遠藤がエッセイで引用している説教の箇所の少し前からの引用に止める。「どうかあの方が、その口のくちづけをもってわたしにくちづけしてくださるように」（雅歌一・二）という冒頭の「口づけ」をいただくとは、汚れ（情念）を浄め、霊的生命を豊かにするイエズス（イエス）の「御言葉」の受容のことである。それを一度でも経験したものにとって、その口づけは最高に甘美なものであると、彼は第三説教「第三の神秘的口づけ、それはイエズスの御口への口づけ」で次のように言う。

イエズスの御足への口づけ、イエズスの御手への口づけによって、神の愛についての二重の体験を味わったあなたは、そろそろ、もっと神聖なもの〔すなわち、イエズスの御口への口づけ〕にあこがれても、身分不相応だとはいえないのではないでしょうか。なぜなら、あなたは神の恩寵に富めば富むほど、あなたの神への信頼もいや増すだろうし、またそれだけ、神への愛もますます熱烈になっていくからです。いきおいあなたは、自分が今ほしがっているもの〔イエズスの御口への口づけ〕を獲得するため、ますます確信にみちて戸をたたくようになるのです。「だれであっても、たたく者には戸が開かれます」（ルカ11・10）

このような心がまえの人には、神はけっして、この口づけ、……すなわち、イエズスの御口への口づけを拒否されません。……イエズスの御口への口づけの中にこそ、神の最高の大らかさと言語に絶する甘美さの神秘がかくされているのです。以上の説明で、霊性生活においてたどるべき道、歴昇すべき諸段階のことがおわかりになったと思います。

まず、わたしたちは主イエズスの御足もとに身を投げて、わたしたちを創造してくださった神のみまえで自分の犯した罪を嘆き、悲しみ、泣かねばなりません（詩95・6）。次に、〔罪のどろ沼から〕わたしたちを立ち上がらせ……てくださる……イエズスの御手を、さぐり当てねばなりません。最後に、多くの熱烈な祈りと痛悔の涙によって、この二つの恵み〔イエズスの御足と御手への口づけ〕をいただいたなら、こんどは謙虚に自分のまなざしをイエズスの口もとにそそぐことができるのです。それはいとも神聖な神の御口――この御口もとに、ただまなざしをそそぐばかりでなく、……その御口の口づけをいただくことができるのです。……わたしたちは主キリストのこの御口の口づけによって、キリストと堅く一致し、その無限愛の神秘をとおして、かれとまったく一つの霊（Ⅰコリ6・17）となることができるのです。(11)

五　遠藤の引用する二つの情熱的な文章――「ぽるとがるぶみ」と「雅歌についての説教」

ここでは遠藤がエッセイの冒頭で「相似的」だと紹介する箇所をそのまま引用する（「ぽるとがるぶみ」と「雅歌についての説教」の引用が、遠藤の示す各翻訳と異なるが、遠藤の文章のままとする）。

「そうです。わたくしは自分の生涯のあらゆる瞬間をあなたさまの為《ため》に費やさずにはいられません。噫《ああ》、自分の心を一杯にしている極度の憎と愛とを外にして何をわたくしは致しましょうか……以下筆者略」（佐藤春夫訳）

「噫、あなたに向ってわたしの心はどれほど真実こめて申しあげることでしょう。『わたしの顔はあなたを慕い求めます。どうかお顔をわたしに隠さないでください』（詩篇27、8〜9）……何がまだ残されているのでしょう。それはあなたの口づけ、そうです。あなたは御自分の光の充満の中で、わたしに口づけをめぐんでくださろうとしておいでになります」（山下房三郎訳）

二つの文章をそれほど注意をはらわずに読むと、両方とも恋する男にあてた女性の手紙だと思うだろう。

しかしそれが違うのである。前者はなるほど有名な「ぽるとがるぶみ」の任意の一節で、修道女アルコフォラードが恋するシャミリイ伯爵にあてた恋文から引用したものだが、後者は聖ベルナルドがクレルボーの修道院で修道士たちのために行った「雅歌についての説教」（あかし書房）の一節だ。前者は本当の恋文で実在の男性にあてて書いたものであり、後者は聖ベルナルドの信仰体験にもとづく宗教的説教である。(12)（傍点は筆者）

このように遠藤の引用をそっくりそのまま引用したのは、遠藤自身がこの二文を並べておおかたの読者が、それをほんものの恋文と間違えるだろうと茶目っ気たっぷりに述べているからである。この二文を見た人は遠藤の狙いどおり、それらを情熱的な恋文二通と見間違うことだろう。と言うのも、一七世紀のポルトガル尼僧マリアナ・アルコフォラードが、自分を棄てたフランスのシャミリー伯爵（軍人）に宛て情熱的な思いのたけを述べる手紙「ぽるとがるぶみ」と、「雅歌」について聖ベルナルドゥスが霊的修養のために行った「説教」とは、女が男を熱愛し、人間が神を慕う「愛の激しさ」において共通性が見られるからである。

遠藤によれば、モーリアックは男女の愛欲心理と宗教心理に、次の三つの相似点を認める。それらは（一）相手に限りなく絶対的な愛を求める、（二）愛する相手のためなら死をも厭わない（自己犠牲)、(三)愛の成就を妨げる苦しみが更に一層、情熱や信仰を増すことである。しかし西欧の「婚姻神秘主義」を可能にしている神と人間の愛の関係と、通常の男女間の愛には根底において、また大きな違いもある。例えば「ぽるとがるぶみ」はその好例であるが、異性愛(love)は容易に憎悪(hatred)に走りやすい。俗にいう「可愛さ余って憎さ百倍」である。と言うのも異性間の愛(eros)には根底に自己愛(egoticism)があるが、聖愛(agape)にはそれがないからである。聖愛の根底には自己愛を限りなく無にする自己無化(kenosis)がある。ただし異性間の愛にも、モーリアックの分析のとおり自己犠牲はある。愛する人のためなら私はどうなっても構わないという具合に。しかしそれは相手が自分を裏切らない限りにおいてである。もし裏切りの事実を知れば、エウリピデスの悲劇の主人公王女メデイアのように、自分と愛人との間の子どもたちをも手にかけて殺す。他方、聖愛は見返りを求めぬ無償の愛である。マザー・テレサが愛の反対は「無関心」というときの愛とはこの聖愛であり、異性間の性愛ではない。

さて尼僧からの手紙がフランスで公開されると、一大センセーションを巻き起こした。手紙が男性による創作だという虚構説と、実在する女性のものという実在説が争った。その手紙が古典主義の悲劇作家ラシーヌ、『クレーヴの奥方』のラファイエット夫人、恋愛論(情熱恋愛の例)のスタンダール等、後のフランス文学者に与えた影響は大であった。ドイツ語に翻訳した詩人のR・M・リルケは『マルテの手記[13]』でこれに言及し、もちろん実在説をとったが、『ヌーヴェル・エロイーズ』の著者J・J・ルソーは断固、創作説を唱えた。遠藤の引用した佐藤春夫訳はコルデイロという研究者の訳をオックスフォードのE・プレステージ教授が英訳したものからの重訳である。現在、仏語や英語からの重訳ではなく、ポルトガル語からの直接の翻訳(14)があり解説も含めてたいへん参考になる。

六　問題の所在（その一）——愛の激しさのデュナミス

遠藤は右に引いた「ぽるとがるぶみ」と「雅歌についての説教」を興味深い相似関係の実例として指摘した。すなわち前者の世俗的な男女の愛と、後者の神に対する人間の愛を「その激しさ」において相似するものと言う。さらに彼はF・モーリアック、J・グリーン、G・グリーンら現代カトリック作家の作品にそれらの相似関係が「愛の置き換え」の手法として応用されたと述べ、自らも『侍』のなかで「置き換え」の手法を使ってみたと告白する。しかしこのとき遠藤は「愛の置き換え」と「置き換え」の差異を無視している。そのことをはっきりさせるために、遠藤の言葉を少し前から引用しよう(15)。

「置き換え」の手法とはたとえば箱のなかの犬がいつの間にか別のものに変っているという

手法である。

さきほどのグレアム・グリーンの「情事の終り」をもう一度ふりかえってみよう。主人公の一人である人妻のサラは凡庸な夫との結婚生活にみたされなかった心を、小説家との情事で埋めようとする。もちろん彼女の気持は一時的な浮気ではなく、真剣である。だがある夜、空襲で恋人が瓦礫《がれき》につぶされ死にかけたと思いこんだ彼女は神に誓ってしまう。彼の命を助けてくださるなら自分は彼と別れます、と。

これは先に言った「置き換え」の手法の一変形である。小説家の存在が彼女の心を占めていた場所に次第に神がはいりこみ、いつの間にかすりかわっていくからである……。（傍点は筆者）

つまり、遠藤は意図的にか否か西欧の小説に使われている「愛の置き換え」を単なる「置き換え」にシフトしている。が、そのときに「愛の置き換え」に必要な西欧の「婚姻神秘主義」の最も重要な契機である「愛の激しさ（情熱的愛）」を欠いているのである。遠藤は「愛の置き換え」を「置き換え」の手法の一変種であると言うが、はたしてそうだろうか。例えば「黒い犬（黒くて、しかも犬であるもの）」は確かに「犬」の一変種である。しかし「愛の置き換え」を「置き換え」の手法の一変種であると言うのは正しくない。なぜなら「愛の置き換え」の場合には（一）世俗的な愛（性愛）が聖なる愛（聖愛）に変容（聖化）させられるのであり、（二）それを可能にするのは、両者の構造的な共通性と、そのときに働く「愛の激しさ（情熱的愛）」の存在である。だからこそ入れ物はそのままに、その内容（恋する者と恋される者の中身）だけが変化する（入れ代わる）ことが出来るのだ。「黒い犬」の例は静的で、運動を伴わない形式論理学の範疇だが、「愛の置き換え」には「愛によって置き換え」の運動が起きる点が異なる。

遠藤の「マイナスはプラスになる」というエッセイの主旨は神は人間的で平凡な世俗愛（性愛）をも、崇高な神への愛（聖愛）に変容させることの不思議なのである。そこに遠藤の言う「カナの婚宴」の奇跡、神の業が働くのであるが、その変化には運動ダイナミズムが含まれている。しかし「愛の激しさ」が仲立ちして聖化が起きるというとき、我々は頭ではともかく、感性面でキリスト教と関わるときに経験する分かりにくさと遭遇するのである。つまり異性間における愛と、神に対する人間の究極的な愛が、その「激しさ」において相似しているのは事実であり、まさにその点において「愛の置き換え」が可能なのだが、その「愛」の「甘美な激しさ」にある種の居心地の悪さを感じてしまうのである。

「愛の激しさ」をうたう歌は我が国でも、例えば新勅撰集の藤原定家「来ぬ人をまつほの浦の夕なぎに焼くや藻塩の身も焦がれつつ」や、あるいはもっと素直に藤原道隆との恋の悦びを歌った新古今集の儀同三司母「忘れじの行く末まではかたければ今日を限りの命ともがな」等があげられる。前者はいささか技巧的な感じはあるが、それでもジリジリと恋の炎で身を焼き焦がされている表現には「愛の激しさ」は感じられるし、後者はあなたの愛が将来、変わるくらいなら、いっそ今日中に死んでしまいたいという情熱的な愛の模様はよく伝わってくる。他方「雅歌」の側の熱情を示す歌は、最後の有名な一節「愛は死のように強く／熱情は陰府のように酷い。火花を散らして燃える炎。大水も愛を消すことはできない。洪水もそれを押し流すことはできない……」（八・六〜七）に尽きるだろう。

つまりここで私は「愛の激しさ」の違いを言っているのではない。仮に「愛の激しさの表現」に違いはあっても、愛の「激しさそのもの」に東西の違いがあろうはずがない。私が言いたいのは神と人間の間の愛の関係を「男女間の愛の関係に擬する発想」の違いなのだ。それはたぶん究極的には西欧キリスト教の「婚姻神秘主義」をもたらした婚姻観と、それを表現する西欧キリスト教伝統（キリスト教の典礼や文化一般も）に根ざす「寓意（比喩）的象徴」による修辞法の違いによるものなのだろう。

七　問題の所在（その二）――「置き換え」と「愛の置き換え」の違い

遠藤はJ・グリーン『仇』[16]、モーリアック『愛の砂漠』からも、このテーマで影響を受けたが、とりわけG・グリーンの『情事の終り』から影響を受けたことを明言している。女主人公サラの愛人の小説家ベンドリックスに対する愛が神への愛にすり替わる。どろどろした性愛が神への聖愛にと入れ替わる。彼女の愛は激しくて、単なる一時的な火遊びではないことを遠藤はわざわざ断っている。つまりこの「愛の置き換え」では、相手を「激しく愛」していることがきっかけで、人間ではなく神を愛するようになる。

そして遠藤は自らも『侍』のなかで「置き換え」の手法を使ってみたと告白するが、じつは遠藤は右の「愛の置き換え」と単なる「置き換え」の重要な差異を無視している。

侍は「地上の王」に会いに波濤万里《はとうばんり》を越えていったのだが、結果として彼が（心のうちで）会うことが出来たのは、王の王（King of kings）だった。そういう意味ではたしかに「置き換え」はあった。しかしそれには「愛の激しさ」は介在していない。主人公は淡々と運命に従って歩んだだけだ。しかし「激しい愛」が介在していないことで、かえってしみじみとした語りくちが可能になり、『侍』の哀感が増し読者の心をとらえる。

最後にここで『深い河』における大津と成瀬美津子の関係を考えてみよう。この二人のどちらの恋心が、いつの間にか神に向けられていたのだろうか。大津の異性愛は美津子に対して激しく燃え、美津子に棄てられることで、結果として神への愛にめざめた。これは「愛の置き換え」だ。他方、美津子は、はなから誰も愛してはいない。大津との関係も、離婚した夫との関係にも、否、彼女の場合は性愛だけでなく、小児病等のボランティア（隣人愛、博愛）のときでさえ、「真似事の愛」しか働かないのだ。つまり彼女は自分以外の誰も愛してはいなかった。したがって彼女の場合には他者に対する「激しい愛」はどこにもなく、ただ大津自身ではないが、大津のうちに働く「タマネギ」の磁力によって、いつの間にか世俗的な自我を捨て自己を無にする生き方、自己無化（kenosis）に目覚めていったとは言えよう。自分が何を求めているのか分からぬままに、しかし何かを激しく捜し求めた美津子は、ついに先達のテレーズは通り抜けられなかった闇の向こうに微光を見いだしたのだ。自我に属するすべての動きがすでに寝静まったとき、魂は愛に燃え立ち、せき立てられて「暗夜（noche oscura）」に抜け出し、愛するものに身を委ね、やがて花婿との完全な一致を遂げる。十字架の聖ヨハネはそれを次の様に歌う。

或《あ》る　暗夜《やみよ》に、愛にもだえ　炎となって
おお　幸いな（冒険）[17]よ！
気づかれずに　私は出て行った
我が家《や》は　既に　鎮《しず》まったから
（「暗夜」第一の歌[18]）

注

（1）「暗夜」第五の歌、L・マリー編（西宮カルメル会訳注）『十字架の聖ヨハネ詩集』新世社、二〇〇三年、三五頁。
（2）加藤宗哉・富岡幸一郎編『遠藤周作文学論集（宗教篇）』講談社、二〇〇九年、一一七頁。
（3）『遠藤周作文学全集』第一四巻、新潮社、二〇〇〇年、三七～四五頁。
（4）鶴岡賀雄『十字架のヨハネ研究』創文社、二〇〇〇年、五七頁、第I部四の注7参照。
（5）ヘブライ・キリスト教の婚姻観の根底には男女間の「契約」の思想がある。「契約」は義務と権利の一切を含む共同体を意味する。「契約（brith）」なる観念は聖なるものであり、すべての人間同士の「契約」の根源にも神の力が働く。金子武蔵編『ギリシア思想とヘブライ思想』以文社、一九七八年参照。イスラエルの民と神の間の契約思想は男女間の契約と構造的に同一性をもち、容易に交換可能なのではないか。
（6）R・ペルヌー（門脇輝夫訳）『現代に響く声　ビンゲンのヒルデガルト――12世紀の預言者修道女』聖母文庫、二〇一二年、三七頁参照。
（7）オリゲネス（小高毅訳）『雅歌注解・講話』キリスト教古典叢書10、上智大学神学部編、創文社、一九八二年。
（8）ニュッサのグレゴリオス（大森正樹・宮本久雄他訳）『雅歌講話』新世社、一九九一年。
（9）聖ベルナルド（山下房三郎訳）『雅歌について』一～四巻、あかし書房、一九七七～一九九六年。
（10）ニュッサのグレゴリオス、前掲書、二五八～二七六頁。
（11）聖ベルナルド、前掲書一巻、五一～五三頁。
（12）『遠藤周作文学全集』第一四巻、三七頁。
（13）R・M・リルケ（望月市恵訳）『マルテの手記』岩波版ほるぷ図書館文庫、一九七三年。
（14）M・アルコフォラード（安部眞穏訳）『新訳ぽるとがる恋文』東洋出版、一九九九年。

（15）『遠藤周作文学全集』第一四巻、四四～四五頁。
（16）『ジュリアン・グリーン全集』第五巻、人文書院、一九八一年、二〇四～二〇五頁参照。
（17）原文では ventura である。十字架の聖ヨハネ（山口・女子カルメル会改訳）『暗夜』ドン・ボスコ社、一九八七年、一八頁では「幸運」と訳されている。ヨハネによる「解説」（同書一四一頁）参照。
（18）「暗夜」第一の歌、前掲『十字架の聖ヨハネ詩集』三三頁。

参考文献（本文や注で言及しないもの）

奥村一郎『奥村一郎選集第七巻　カルメルの霊性』オリエンス宗教研究所、二〇〇七年
F・カー（前川登・福田誠二監訳）『二十世紀のカトリック神学――新スコラ主義から婚姻神秘主義へ』教文館、二〇一一年
O・カーゼル（小柳義夫訳）『秘儀と秘義』みすず書房、一九七五年
J・カトレット（高橋敦子訳）『十字架の聖ヨハネの〝信仰の道〟』新世社、二〇一〇年
N・カミン（山口女子カルメル会訳）『愛するための自由――十字架の聖ヨハネ入門』ドン・ボスコ社、二〇〇〇年
W・ジェイムズ（桝田啓三郎訳）『宗教的経験の諸相（下）』岩波文庫、一九七〇年
宮本久雄『愛の言語の誕生』新世社、二〇〇四年
T・R・ライト（山形和美訳）『神学と文学――言語を機軸にした相関性』聖学院大学出版会、二〇〇九年
P・リクール／E・ユンゲル（麻生建・三浦國泰訳）『隠喩論――宗教的言語の解釈学』ヨルダン社、一九八七年

〈論文・対談〉

今道友信・北森嘉蔵「愛の日本的構造」『國文學』一九八一年四月

海老原晴香「ギリシャ教父による聖書解釈」『エイコーン』二〇一一年

鶴岡賀雄「近世神秘神学の誕生——近世カルメル会学派の『神秘主義』と『スコラ学』」『東京大学宗教学年報』二八、二〇一〇年

2　遠藤周作『わたしが・棄てた・女』
――「否定の道」としての文学

神は人間の物語を通して現れる。(1)

――J・ナヴォーネ

序　『わたしが・棄てた・女』――遠藤の中間小説(2)の傑作

人は人生で一度でも触れ合った人と無関係ではいられない。とくに聖なる存在と触れ合った人はその痕跡を決して忘れ去ることはできない。女主人公森田ミツは町工場に働くごく平凡な娘である。ただしミツは闇をてらす光の子（ヨハネ一二・三六）の意味。遠藤によると「わたしが・棄てた・女」とは弟子たちや大勢の人間によって棄てられたイエス自身のことである。自分の幸せよりも、かわいそうな人をどうしても見捨てられない性格のミッちゃん。そのミツは隣人愛（agape）または憐憫（pity）の塊であり自分を棄てた吉岡（人間）をいつまでも待ちつづける。罪を犯した人間の過ちを赦し、いつまでも待ち続けるという意味では「放蕩（失われた）息子の帰宅」（ルカ一五・一一～三二）の父（神）の化身なのかもしれぬ。二度も映画化されミュージカルにもなった[3]やや感傷的な作品である。しかしよくみると人間に棄てられても裏切られても、なお罪深い人間を愛さずにはいられない愛の塊である神の姿を彷彿とさせる傑作である。キリストはほとんど表面に出てこないが、プロットを透かして見ると犠牲の小羊（キリストの自己無化、kenosis）を想起させる仕掛けである。

一　神学（theologia）における否定の道（via negativa）

我々が神は善であるとか、全知全能であるとか、あるいは自らは動くことなく他を動かすところの不動の動者[4]である等と言う時には肯定命題で表現する。しかし神は無限の存在なので、我々が神についてこれらの肯定命題「神は～である」をいくら連ねても、神について完全に言い尽くすことは出来ない。そこで有限な人間知性は神を否定命題「神は～でない」により、あえて負の側面から、例えば「神の慈しみは限りない」というように表現する。つまり逆説的に神の絶対性に迫ろうとするのである。六世紀、アレオパギテースのディオニュシオス（偽ディオニュシオス）は『神秘神学』（De mystica theologia）でこのような否定の極みにこそ観想（contemplatio, 神との一致）の極意があると言う。一般にギリシャ教父にはその発想が多く見られる。

二　神義論と文学における否定の道(5)——無力な神のもつリアリティー

さて神は善、全知全能、慈しみ深いというように、もし現代の小説家が作品中で神を肯定的に賛美したら護教の臭みがふんぷんで読者はすぐ白けてしまうだろう。というのも善である神が、この世界の中に容易に見あたらないからである。神の正義はどこにあるのか。なぜ悪がはびこるのか。もし神が全知全能で正義ならば、なぜ神はこの世の中の悪を野放しにしておかれるのか。またもし神が本当に慈しみ深く憐れみ深い存在なら、なぜ無辜《むこ》の民が『旧約聖書』のヨブ(6)のように、突然の不幸に見舞われるのであろうか。『旧約聖書』中の預言者と異なり、ふつう我々は神からの回答を直接、聞くことはない。それゆえ、無神論者でなくとも現代では、大概の人は神は人間の運命に無関心を決め込んでいるか、または善意に満ちているにもかかわらず機能不全に陥っているか、どちらかだと思っている。正義はどこにあるのか、なぜ悪がはびこるのかという問いに対し神を弁護する神学的議論はライプニッツ以来、神義論（弁神論、theodicy）と呼ばれる。遠藤は生涯、文学でその問いに答えようと悪戦苦闘した。その回答が彼の描く無力な神の姿である。

もし『おバカさん』の主人公ガストンがスーパーマンのように、あっけなく暴力を排除する力を持っていたら、読者は一瞬、スカッとはするけれど『おバカさん』に込められた重大なメッセージを捉え損なってしまうだろう。『おバカさん』によって作者が伝えようとするメッセージは他人への無限の愛と赦し、そしてそれを実践する際の徹底的な非暴力・平和主義である。やられても決してやり返さず、騙《だま》されてもけっして怒らず、たとえ騙されてもなお、その人間を信頼しどこまでも付いて行く。ガストンは弱いがゆえの強さ（パウロ的逆説(7)）で私たちを魅了する。弱さのなかの本当の強さゆえに、読みおわると感動が私たちの喉元（魂）にまで、迫ってくるのではないだろうか。

三　留学後の二度の転機と中間小説――『おバカさん』と『わたしが・棄てた・女』

遠藤はある時期から深刻なテーマの純文学とユーモア溢れる軽い小説やエッセイを書き分けてきた。後者に属する『おバカさん』と『わたしが・棄てた・女』は後述するがいずれも文芸誌ではなく新聞や雑誌に発表された。しかしこの二作を新聞や雑誌の一般的読者を対象とする軽い小説として低く見るなら、とんだ眼鏡違いである。たしかに遠藤は深刻なキリスト教的テーマを生涯、追求した作家ではあるが、軽い小説においてこそ読ませる力を発揮している。軽い小説における遠藤の技法は正面からキリストを描くのではなく、あくまで平凡な日常生活の中でキリストの通過した跡を言わばネガに焼き付けて見せるのである。見かけ上の形而下の物語の背後に、神聖な形而上の世界を二重写しにして感じ取らせるのである。もちろん、我々が感動するのは平凡な悲劇の主人公の生きざまの背後に「友のために自分の命を捨てる」（ヨハネ一五・一三）キリストの自己無化が透けて見えることによる。また物語に二重の奥行きをもたらす仕掛けに象徴と隠喩（暗喩(8)）の働きがあるのは言うまでもない。

さて留学後に訪れた遠藤の第一の転機とは一九五八年（三五歳）の井上洋治神父との再会である。その年には最初の信仰的エッセイ『聖書のなかの女性たち』を『婦人画報』に連載するが、前年に日本に帰国していた井上師と再会する。同じ日本人のキリスト教を模索する同志として、日本人の心の琴線に触れるキリストの姿を伝えていくことを確認したのである。すなわち異邦人の国日本でないものねだり的にキリスト教の神不在の悲惨を問うのではなく、日本人に理解されるキリスト像（罪人を裁くのではなく憐れみ赦す愛の神）の創造をめざすことが以後の遠藤の課題となった。

その第一歩が一九五九年（三六歳）の時の『おバカさん』という初の新聞小説である。それは二〇世紀の東京に舞い降りた現代版キリストの受難物語で、主人公ガストン青年は復讐《ふくしゅう》の鬼と化した殺し屋遠藤を殺人の大罪から守ろうと復讐劇の邪魔をし、怒った遠藤に打擲される。生来、弱虫のガストンは遠藤の暴力が死ぬほど怖いのだが、それでも「エンドゥさん、ひとりぼっち」と彼の後を追い最終的には友のために（身代わり）自らの生命を失う。青空を白鷺となって飛翔していく姿や、ガストンのよき理解者、日垣隆盛の夢のなかのガストンの昇天はメルヘン的な最期ではあるが感動的である。深刻なキリスト教の話は一切なく、読みおわって爽やかな思いの残る傑作である。
江藤淳[9]の賛辞にあるごとく、この作品はひろく好評を博した。

しかし順風満帆に見えた遠藤の人生航路に突如、嵐が襲う。すなわち一九六〇年（三七歳）の肺結核の再発である。病状は芳しからず、一九六一年（三八歳）に再三の手術を試みるが、最終的な退院までの二年二カ月の入院生活を送る。この頃の死と隣り合わせの緊迫した体験（三度目の六時間に及ぶ手術の途中で心停止をも経験する）と病床で読みふける切支丹ものが後に代表作『沈黙』を生む力となった。周囲の患者や自己の死と否応なく真剣に向き合い、また自身は死の淵から辛うじて生還したが、この病床体験こそ遠藤に「神は沈黙しているのではなく、苦しむ者とともにいるのだ」という信仰上の確信を与えたのだと言える。これが遠藤の留学後の第二の転機であり、生死の深淵をさまよっただけに第一の転機に劣らぬ大きな深い影響を与えた。その影響下に制作されたのが一九六三年（四〇歳）の『わたしが・棄てた・女』で、『主婦の友』に連載された。

四　『わたしが・棄てた・女』――人生における「交わりの痕跡」の意味

「もし、ミツがぼくに何か教えたとするならば、それは、ぼくらの人生をたった一度でも横切るものは、そこに消すことのできぬ痕跡を残すということなのか」（傍点筆者）と吉岡は言う。この小説は吉岡努という貧乏学生が二度目のデイトで、生来の憐憫癖という相手の弱みにつけこみ身体を奪った後にあっさり棄てる話である。彼の人生と、彼が棄てた田舎娘森田ミツ（川越出身の芋ねえちゃん）の人生が交錯し、その後にも色々な場面で二人は袖触れ合って生きていく。だからこの小説は人間どうしの「交わりの痕跡」の意味を問うメロ・ドラマである。吉岡はいったん手にいれると邪魔になった子犬かボロ布のようにミツを棄てて省みないが、ミツの方は孤独と貧乏に耐えながら、朗らかに流行歌を唱って、ひたすら吉岡からの連絡を待っている。ミツはしかし生来の憐憫癖が祟り、その後も人生の坂道を次々と転落し、とうとう川崎のソープ嬢にまで身を落とす。男に棄てられ人生を転落していく悲劇はL・トルストイの『復活』(10)にも前例があるが、ミツの場合には最後にハンセン病の疑いという過酷な運命に見舞われる点で救いの無さに読者は強烈なパンチを喰らう。

人間的な性愛（eros）は、そのままでは聖愛（agape）にはならない。しかし性愛の中には、聖愛が密かに契機として含まれている。このことを理解するのに男は何年かの歳月を要するのだ。吉岡努はミツの最期を知らせるスール山形の手紙を読み終えると「ぼくのミツにしたようなことは、男なら誰だって一度は経験することだ」と嘯《うそぶ》くのだが、同時に「この寂しさは、一体どこから来るのだろう」と自問する。小説の冒頭「ぼくの手記（一）」で「ぼくは今あの女を聖女だと思っている」（傍点筆者）と告白し、二人がどういうきっかけから人生で袖触れ合うようになったかを物語り始める。当初、彼を突き動かしていたものは、若い男性特有の生理的欲求であったが、この物語の最後には幼児《おさなご》の魂をもったミツに触れた吉岡は「男なら誰だって一度は経験することだ」と嘯きながらも、なお一抹の寂しさのよって来たる所を自問せざるを得ない。吉岡は単なる（自己中心的な）エゴイストではなくミツという聖女に誘われて聖愛の門口にまで近づき、その門の外にたたずんでいる人間なのだ。だからこの小説は性愛（eros）を通して聖愛（agape）へと進む人間の魂の歴程（progress）を若い男性に託して語る物語でもある。主人公吉岡努の「努」という名前は努力するという意味だから少し意味深長ではないか。

五　『わたしが・棄てた・女』——ミツとは誰か、ミツを棄てたのは誰か

この小説の女主人公森田ミツは愛すべき無力の人である。彼女は世間的な尺度で言うとマイナスとしか言いようがない程お人好しで、およそ悲しんでいる人、苦しんでいる人を見ると黙ってはいられない。その結果、自分はさらに惨めな境遇に陥ってしまうのである。しかもその生来の憐憫癖ともいうべきマイナスも彼女には天賦の才として与えられている。それはキリスト教的霊性の言葉で言えば、幼児《おさなご》のような（神に完全に委託する）魂、霊魂の小ささ（無限の遜《へりくだ》り）に由来するものだ。遠藤は「わたしが・棄てた・女」とは私たち人間が棄てたキリストであると述べている。たし

かにミツは弟子たちや人間に棄てられたキリストの表象である。読者の意識にないかもしれないが、小説中で安物の十字架が吉岡の手で側溝に捨てられるシーンがある。つまり象徴的にキリストは一度、吉岡によって棄てられるのだが、しかしミツがまとめ買いしたその同じ十字架が縁で、吉岡はもう一度ミツと会うことが出来たのだ。捨てられた十字架が吉岡とミツとをまた結びつける。吉岡の心に一旦、焼きつけられた聖なる痕跡が吉岡にまたしてもミツの存在を想起させるのだ。

遠藤は棄てられた対象がキリストで、棄てたのは人間だと普遍化して言い切るが、私は遠藤のもの言いに何かもう一つ釈然としないものを感じる。私には、ここで棄てられた女は第一義的にはキリストではなくどうしても女性の誰かだと思える。ミツは男性であるキリスト自身よりも、むしろキリストに倣う無名の聖女であり、かつ男に棄てられる設定から、私には遠藤の好きなイタリア映画『道』のジェルソミーナ[11]の分身と思えるのである。ジェルソミーナがトランペットで吹くあの哀切なメロディーと、小説中で「あの日に　棄てた　あの女　今ごろ　何処で　生きてるか」という歌詞とともに吉岡がミツを繰り返し想起する場面。私には遠藤の言うガストン[12]よりも、ミツこそジェルソミーナだと思われるのである。

六　小論の課題＝『わたしが・棄てた・女』の磁力の核心——苦しみの連帯

『わたしが・棄てた・女』は一九六三（昭和三八）年『主婦の友』に連載され、二度、映画化されミュージカルにもなったロングセラー小説である。私見ではそのミュージカルが一番原作に忠実だが、いずれにしても多くの観客を魅了し続ける秘密が原作のどこにあるのかが問題である。それゆえ小論の課題は『わたしが・棄てた・女』を色々な観点から考察し、その強力な磁力の秘密に迫ることである。

(1) 象徴と隠喩（暗喩）——雨・霧雨、風、陽光と犬・子犬

作品に対する私のアプローチはいつもながら形而下の物語の背後に象徴や隠喩（暗喩）に隠された形而上の物語を読み解くというものであるが、『わたしが・棄てた・女』にもまた象徴と隠喩（暗喩）は効果的に使われている。それらは例えば雨（霧雨）、風、陽光等の自然現象を用いた象徴(symbol)と雨に濡れながら道を横切っていく犬や子犬という隠喩(metaphor)である。作中の人間の営みの中で愛の枯渇した悲しいシーンでは、必ずと言っていいほどに降っている霧雨や雨。作者はあたかも雨が人間を憐れんで流す空の涙とでも言いたそうである。さらに主人公ミツに、ここぞというときに必ず働きかける風の不思議な働き。そして神の慈愛の徴として天上の雲間から降り注ぐ陽光の束を取り上げよう。愛の枯渇した悲しいシーンの例としては、ミツを欲望のはけ口にまた利用しようと吉岡がミツの働く酒場を探して歩く次のような場面[13]にも雨が常套的に使われている。

製薬会社からソープ、ソープからパチンコ屋の店員をやって、遂にあいつは、「いやらしい酒場」で働くようになったわけか。

今ごろ　なにを　しているか

知ったことではないけれど

あの曲の歌がぼくを追いかけるようにまた聞えてくる。本当にあいつがどう生きようと、ぼくの知ったことではないけれども、男には一度、寝た女が人生を少しずつ滑り落ちていくのを知ると、やはり一種の感傷のようなものが起ってくるのだった。

そうだ。ぼくはその時、がらにもなく妙に感傷的になっていた。……中略……

そして吉岡はミツが病気でその酒場を休んでいることを知る。

(病気か……あいつ)

ぼくはひどく疲労を感じた。なぜか知らないが体だけではなく、心の芯までくたびれているのを感じた。雨にぬれて一匹の犬が路をよろめきながら横切っていった。

その瞬間、突然、誰かが耳もとでぼく自身に問いかけるような錯覚に捉われた。今でもあの瞬間、どうしてあんな声を聞いたような気がしたのかふしぎである。

（ねえ、君があの日、彼女と会わなかったら）と、その声は呟いた。（あの娘も別の人生を――もっと倖せな平凡な人生を送ったかもしれないな）

（俺の責任じゃないぜ）とぼくは首をふった。（一つ一つ、そんなこと気にしていたら、誰とも会えないじゃないか。毎日を送れないじゃないか）

（そりゃそうだ。だから人生というのは複雑なんだ。だが忘れちゃいけないよ。人間は他人の人生に痕跡を残さずに交わることはできないんだよ）

ぼくは首をふって、雨のなかを、ぬれながら、歩きつづけた。ちょうどあの渋谷の夜、仔犬のようについてきたミツに眼もくれずに駅にむかって歩きだしたように……。（傍点筆者――以下同じ）

ここで雨に濡れてよろめきながら道を横切っていく犬はキリストの隠喩（metaphor）であり、子犬のようについてきて吉岡に棄てられたミツはその分身なのだ。[14]

もっとずっと感動的で泰西名画のようなワン・シーンもある。ミツが復活病院に戻ってきて加納たえ子を探すシーンである。

「たえ子さん、どこにいるう？」

「ああ」……中略……「あなたが帰ったので随分、しょんぼりしていたけど……さっき畠のほうを歩いていたわ」

「行っていい？」

「もちろんよ」

ミツは急いで事務室を飛びだした。病棟と病棟との間の中庭をぬけ、雑木林のふちにそって傾斜地をおりると畠に出る筈だった。

雲の間から幾条かの夕陽の光が束のように林と傾斜地とにふり注いでいた。その畠で三人の患者が働いている姿が豆粒のように小さく見える。

ミツはその落日の光を背にうけながら林のふちに立ちどまった。あれほど嫌悪をもって眺めたこの風景がミツには今、自分の故郷に戻ったような懐しさを起させた。林の一本の樹に靠れて森田ミツはその懐しさを心の中で噛みしめながら、夕陽の光の束を見あげた。

ここでの光の束とは言うまでもなく神の恩寵の象徴である。神の慈しみは患者の上にも間違いなく降り注いでおり、戻ってきたミツの選択をも心から嘉しているようだ。

(2) 象徴と隠喩（暗喩）――風（聖霊の働き）

次に風の働きである。ミツは吉岡とのデイトに着ていくカーディガンのため貯めた残業代の千円を結局、同僚の女房に貸す破目になる。夫が給料の半分を花札や酒に使い、明日の子供の給食費にも事欠くという女房の愚痴に、ミツも一度はウンザリして一刻も早くお目当てのカーディガンを買いにいこうとはしたのだったが、その時、突然、ミツの眼に風がゴミを入れるのだった。「風がミツの心を吹きぬける。それはミツではない別の声を運んでくる」。その声はミツや周囲の人間の悲しい日常をじっと眺めているくたびれた顔の発する声である。

（ねえ。引きかえしてくれないか……お前が持っているそのお金が、あの子と母親とを助けるんだよ）

（でも）とミツは一生懸命、その声に抗《あらが》う。（でも、あたしは毎晩、働いたんだもん。一生懸命、働いたんだもん）（わかってるよ）と悲しそうに言う。（わかっている。わたしはお前がどんなにカーディガンがほしいか、どんなに働いたかもみんな知ってるよ。だからそのお前にたのむのだ。カーディガンのかわりに、あの子と母親とにお前がその千円を使ってくれるようにたのむのだよ）（イヤだなア。だってこれは田口さんの責任でしょ）（責任なんかより、もっと大切なことがあるよ。この人生で必要なのはお前の悲しみを他人の悲しみに結びあわすことなのだ。そして私の十字架はそのためにある）

その最後の声の十字架うんぬんの意味はミツにはわからない。だが、風にふかれた子供の口もとに赤くはれていたデキモノが、彼女の胸をしめつける……風がミツの眼にゴミを入れる。風がミツの心を吹きぬける。その眼をふきながら、彼女は引き返して千円札を母親に握らせた後、懸命に「でも、田口さんにだまっててよね、ね」と言う。

読者はもうお分かりと思うが、この風、人間の悲しい日常をじっと眺めているくたびれた顔の主、すなわち神の声を運んでくるこの風とはもちろん、神の息吹・聖霊（pneuma）のことである。

（3）象徴と隠喩（暗喩）——ミツの手首の痣《あざ》（聖痕、stigma）

もちろん最大の象徴はミツの手首の痣である。彼女の手首の痣は何の象徴なのか。そのヒントは二度、述べられる。ミツが千円札を渡したその時、急に彼女は腕の手首に痛みを感じる。半年ほど前に、ある日、突然、ここに赤黒い銅貨大のしみができた。そのしみは平生は痛くも痒くもない。だがミツはこの間、吉岡に抱かれたとき、この痣が一瞬、焼けるように痛んだことを覚えている。イエスに倣う生きかたをする聖人の身体に現れる徴（証し）が聖痕である。ミツの場合、それは赤黒い色をしており、ここで聖書神学の色彩論(15)から言えば、赤は火のイメージであるから、火によって罪が浄化され、ミツの愛がさらに強く鍛えられることを意味している。ミツはもちろん、無辜であるが、人間の罪を愛によって聖化するためには、キリストが地上でそうであったように現世で彼女もまた苦しまなくてはならない。彼女は他者の罪の贖いのための犠牲としての役割を負っている。

何も悪いことをしていない自分がなぜ、こんなに苦しい悲しい目に遭わなくてはならないのか、ミツはハンセン病の診断が下されたとき、そう自問する。ミツの頭にはその謎は不可解だった。しかしミツは自殺を考える程の絶望感や、この世界にたった一人で放り出されたという圧倒的な孤独感に苛まれながらも、最終的には御殿場に向かい絶望感で心身ともに疲れ切っているにもかかわらず、病気の老人に座席を譲るのである。

そして修道女たちの手助けをする間に彼女は他人との苦しみの連帯を知っていく。しかもリジューの聖テレジア[16]がそうであったように、彼女はごく自然に、もし自分の苦しみが他者の苦しみを無くすための犠牲であるなら、その犠牲を少しもいとわないことをも表明する。結局、彼女はこの痣によって人生を狂わされ、かえって孤独なハンセン病者たちの真の同伴者となり自らの生命をも捧げることになる。見方を変えれば、彼女の生来の過度な憐憫癖（pity）はこの痣の働きによって聖愛（agape）にまで高められるのだ。彼女の痣はキリストの苦しみにあやかって聖人たちが身に受ける十字架、聖なる痕跡の徴（聖痕）なのではないだろうか。

七　「汝《なんじ》、幼児《おさなご》のごとく非《あら》ずんば[17]」——ミツとリジューの聖テレジア

この作品で主人公ミツの聖愛の核心をなす造形に一番、与って力があったのは「幼子の道」で

世界中のキリスト者を魅了したリジューの聖テレジアの霊性（霊魂の小ささ）ではないかと思う。というのも「ぼくの手記（七）」でシスター山形が吉岡に宛て次のように報告しているからである。それはミツの誤診が明らかになった後も、ミツがあえてハンセン病患者のコロニーで人手不足の病院スタッフの手伝いをしている時の様子である。ミツは映画が大好きだったが、決して一人で御殿場の映画館に行こうとはしなかった。なぜならミツは他の患者は見たくても病院の外で映画を見ることはできないので、患者たちに気の毒で自分は行かないのだと言う。その会話の後でシスター山形はこうミツを評するのである。

彼女の場合、こういう行為というのは、ほとんど自発的に出るようでした。私はさきほど愛徳とは、一時のみじめな者にたいする感傷や憐憫ではなく、忍耐と努力の行為だと生意気なことを申しましたが、ミッちゃんには私たちのように、こうした努力や忍耐を必要としないほど、苦しむ人々にすぐ自分を合わせられるのでした。いいえ、ミッちゃんの愛徳に、努力や忍耐がなかったと言うのではありません。彼女の場合には、愛徳の行為にわざとらしさが少しも見えなかったのです。

私は時々、我が身と、ミッちゃんをひきくらべて反省することがありました。『汝、幼児《おさなご》のごとく非《あらず》んば』という聖書の言葉がどういう意味か、私にもわかります。……中略……流行歌が好きで、石浜朗の写真を、自分の小さな部屋の壁にはりつけている平凡な娘、そんなミッちゃんであればこそなお、神はいっそう愛し給うのではないかと思ったのです。

さらにその後に、壮ちゃんという六歳の男の子が肺炎になり瀕死の状態になった時のミツにシスター山形は言及する。

壮ちゃんは既に、神経まで犯されていましたし、その上、急性の肺炎のため、ほとんど絶望的な状態になりました。ペニシリン・ショックを受けやすい子なので、あの特効薬も使えなかったのでございます。

三日間、ほとんど寝ないで、ミッちゃんはこの子に、付添っておりました。

「でも、あたしじゃなければ、壮ちゃん、ダメなの」と言うミツにシスターは強く交代を申し出ると、ミツはこう言いだした。

「あたしね、昨晩、壮ちゃんを助けてくれるなら、そのかわり、あたしが病気になってもいいと祈ったわ。本当よ」

ミッちゃんは、真剣な顔をして、そう言うのでした。

「もし、神さまってあるなら……本当にこの願いをきいてくれないかなあ」

「馬鹿ね。あなたは……」私はきびしい顔でたしなめました。「眠りなさい。あんた、神経まで疲れているわよ」

しかし私には、昨夜のミッちゃんの姿が目にうかぶようでした。この娘なら本気で手を組みあわせ、つめたい木造病棟の床にひざまずいて、壮ちゃんが助かるなら、自分がどんなに苦しくても辛抱すると、祈ったにちがいありません……中略……悲しいことに、子供はそれから五日間して、息を引きとりました。ミッちゃんがその時うけた苦痛を、私はここでは書きません。ただ彼女は怒ったようにはっきり、こう申しました。

「あたし、神さまなど、あると、思わない。そんなもん、あるもんですか」……中略……純真な小さな子供にハンセン病という運命を与え、そして死という結末しか呉れなかった神に、ミッちゃんは、小さな拳をふりあげているようでした。

「なぜ、悪いこともしない人に、こんな苦しみがあるの。病院の患者さんたち、みんないい人なのに」

ミッちゃんが、神を否定するのは、この苦悩の意味という点にかかっていました。ミッちゃんには、苦しんでいる者たちを見るのが、何時も耐えられなかったのです。しかし、どう説明したらよいのでしょう。人間が苦しんでいる時に、主もまた、同じ苦痛をわかちあってくれているというのが、私たちの信仰でございます。どんな苦しみも、あの孤独の絶望にまさるものはございません……中略……私たちの苦しみは、必ず他の人々の苦しみにつながっている筈です。しかし、このことをミッちゃんにどう、わかってもらえるか。いいえ、ミッちゃんはその苦しみの連帯を、自分の人生で知らずに実践していたのです。

八　苦悩の意味――苦しみの連帯、自己犠牲、代受苦

「『なぜ、悪いこともしない人に、こんな苦しみがあるの。病院の患者さんたち、みんないい人なのに』ミッちゃんが、神を否定するのは、この苦悩の意味という点にかかっていました。ミッちゃんには、苦しんでいる者たちを見るのが、何時も耐えられなかったのです」というシスター山形の手紙は読者の胸をうつ。

なぜこんな苦しみがあるのか、どうしてこの病気になってしまったのか、について我々には納得のいく説明はできない。人間の知識では「どのようなプロセスで」という因果関係の詳細な問いにはある程度答えられるが、「なぜ」という問いには人間の自由意思の選択による行為の説明を除いては、そもそも、答えようがないからなのだ。つまり「なぜ」という問いには答えのない疑似問題

(pseudo-question) が含まれている。だから問題はその原因を究明することではなく、人間がその苦しみをどう受けとめるか、現在の時点でその病気にどう立ち向かうのかということになる。イエスの時代の苦しみや病気、そして障害について、人々はその原因を本人または両親が犯した罪のせいだと因果応報論的に考えた。だからこそ時代はもっと遡るが、ヨブの友人(18)たちも、ヨブの不幸の原因はヨブが知らずに犯した罪のせいではないのかと言ったのだ。ではイエス自身はどのように考えていたのか。

「ヨハネによる福音書」九・一〜一二に生まれつきの盲人をイエスが癒す話が記されている。弟子たちはイエスに「この人が生まれつき目が見えないのは、だれが罪を犯したからですか。本人ですか。それとも、両親ですか」と尋ねる。それに対してイエスは「本人が罪を犯したからでも、両親が罪を犯したからでもない。神の業がこの人に現れるためである」と答える。弟子たちは当時の発想法にしたがって目が見えないという障害を神から与えられたのは、本人か両親の過去に何らかの罪があったのではないかと因果応報論的に考えたのだったが、イエスは問題は過去に何があったかではなく、いま、これから神の業が現前することだと目的論的に、これから起きる未来に目を向けよと回答したのである。福音書によると、しかもイエスはその盲人の目を開けた。聖書の記述を文字通りの事実の描写、つまり奇跡と受け取るかどうかはともかくとして、神の業が現れるためだと言うイエスの答えは神に絶対の信頼を置く者のみが語る真実の言葉だ。

ミツも復活病院の患者たちも、自分たちの苦しみが何に由来するのか、何も悪いことをしていない自分たちが、どうしてこのような苦しい目に遭うのかと何度も天を仰いで嘆息したことだろう。この問いはもちろん「どのようにして」という感染のルートを確かめる病理的な問いではない。そうではなくその問いは倫理の範疇を超え、人間の実存（生きる意味）の根底に関わる宗教的な次元の問いだ。与えられた苦しみの意味、それが分かれば人間はその苦しみに耐えることが出来る。答えのない問いには耐えられない。だがその時にも人間に生きる希望を与えるものは、じつは自分一人で苦しんでいるのではないという苦しみの連帯だ。あるいはひょっとして自分のこの苦しみが他の人の苦しみの代わりになっているのだという代受苦の感覚。それがあれば人は自分に咎《とが》のない、いわれのない苦しみにも耐えられる。イエス自身の経験した苦しみとは、まさにこの身代わりの苦しみ、代受苦であった。

九　ミツとマリ子と吉岡と――聖女の意味

最終章「ぼくの手記（七）」を読んで初めて読者は冒頭の「ぼくの手記（一）」で吉岡がミツのことを「理想の女というものが現代にあるとは誰も信じないが、僕は今あの女を聖女だと思っている……」と告白した意味を理解されたと思う。ミツに対する憐憫の情から余った賀状を送り、その返事から知るミツの最期は、吉岡にとって衝撃的なものだった。吉岡には知る由もなかったハンセン病者のコロニーにおけるミツの様子。そして彼の知らぬ間にミツは聖人にしか出来ない愛徳そのものを実践していたのだった。この世の苦しみを一身に背負って生きていくハンセン病患者たちと、自らの病気の疑いが晴れたあとも、その苦しみを分かち合い、彼らと苦しみの連帯を生きることを当たり前のごとくに選んだミツ。患者たちの大切な労働の果実、彼らにとっては生命と同じ程大切な鶏卵を守るためトラックにひかれ生命を落としたミツは、まさに「友のために自分の命を捨て」たのだった。そういう意味ではミツの最期はキリストと同じ代受苦・身代わりの死だった。しかしそのことだけで吉岡はミツをいまや聖女だと言うのだろうか。

　吉岡とマリ子の結婚式は型どおりの、祝福されたカップルに相応しいものだった。新婚旅行に思い出の山中湖に向かった二人だったが、途中のバスの中で吉岡はマリ子との結婚には人生における打算やエゴイズムがなかった訳ではないが、でも確かに自分はマリ子を愛しているとうなずく。マリ子は途中で見えたハンセン病の病舎がきっかけで、あの社員旅行のときの吉岡の反応を冷酷だと自分が憤慨したことを思い出す。さらに吉岡はあの湿った雨の降る日に「御殿場にいくの」と泣きベソをかいていたミツの顔を思い出し、がらにもなく感傷的になる。自分たちの幸福に引き比べ、川崎で別れたあの時のミツはあまりにも惨めでかわいそうだった。吉岡は憐憫の情から「謹賀新年、病気の恢復を祈る」という賀状を投函したのだった。返事はなかなか来なかったが忘れた頃に戻ってきた返事はミツからではなく、ミツの最期を看取った修道女からのものだった。

その手紙を読みながら「受けた驚きや衝撃のことは、ここで触れない」と記す吉岡は一体、その手紙の何に驚き、何に衝撃を受けたのだろうか。「ここで触れない」という吉岡の言葉によって遠藤は読者自らに衝撃の意味を考えさせたいのではないだろうか。ハンセン病者の苦境に素直に同情できる心優しいマリ子。そのマリ子をやはり愛しているとつぶやく吉岡。吉岡やマリ子はこの人間社会のなかで決してエゴイストではなく、他人の幸せをおもんぱかる点で人並み以上の優しさを持っている。しかし彼らの願う幸福とは所詮《しょせん》、世俗の人間の願う幸福であり人間的なレヴェルでの幸福なのだ。それは黄昏《たそがれ》の空の下で、繰り広げられる吉岡の眼に映ずる人々の生活の中の当たり前の幸福、吉岡の言う手堅い幸福だ。

しかし自分の性愛の対象だったミツ、あの愚鈍とも思えたミツが、ハンセン病の疑いの晴れた時点で、当然のごとくに世間に戻り、世間並みの幸福を追求する道を選ばず、人間ならもっとも避けたいハンセン病患者たちとの苦しみの連帯に生きた事実。ミツの選択は、吉岡にとっては常識では考えられないほど愚かな衝撃的な選択だった。しかし愚かで衝撃的な人生の選択だからこそミツの人生は、かなりの程度までは俗物である吉岡の眼にも、到底、真似のできない崇高な存在、聖なる存在として映るのではないだろうか。信じられないくらい愚かな選択、考えられないくらい避けたい選択なだけに、ミツを自然にその選択に導く聖なる力の不思議な働きにうたれたのではなかっただろうか。ミツを動かしている力の存在を微かに意識しているがゆえに、彼女が与えた痕跡を吉岡は忘れ去ることが出来ず、ミツの存在を今後も一抹の寂しさをもって想起せざるを得ないのである。

> ぼくのミツにしたようなことは、男なら誰だって一度は経験することだ。ぼくだけではない筈だ。しかし……しかし、この寂しさは、一体どこから来るのだろう。ぼくには今、小さいが手がたい幸福がある。その幸福を、ぼくはミツとの記憶のために、棄てようとは思わない。しかし、この寂しさはどこからくるのだろう。もし、ミツがぼくに何か教えたとするならば、それは、ぼくらの人生をたった一度でも横切るものは、そこに消すことのできぬ痕跡を残すということなのか。寂しさは、その痕跡からくるのだろうか。そして亦、もし、この修道女が信じている、神というものが本当にあるならば、神はそうした痕跡を通して、ぼくらに話しかけるのか。しかしこの寂しさは何処からくるのだろう。

否定の道の作家としての遠藤の巧みさは吉岡に衝撃的と言わせておきながらも、吉岡の表面的な生活はたぶん、何一つ変わらぬだろうことを読者に暗示しつつ、しかもこれからも一抹の寂しさの意味を吉岡と読者の両方に問い続けさせる点にある。不器量で愚鈍で世間的な尺度で言えば何の取り柄もないミツが、最も人の嫌がる選択をいともやすやすと受け入れ、ハンセン病者たちの苦しみの連帯に生きるという行為によって、いつの間にか世間の利口な人々の手の届かぬ聖なる存在にまで上昇した。しかしそれはあくまで通過した後の言わば、ネガに焼き付けられた痕跡によってしか知ることができない聖性なのである。現代においては作家が聖なる存在を正面から描くことは、いかなる意味でももはや至難の技であり、作家が聖なる存在になんらかのリアリティを与えようとすれば、主人公を男女を問わずガストンやミツのように一見、愚鈍なお人好しの道化に仕立てる他ないのだろう。シナイ（ホレブ）山でモーセが神を直視出来なかったのとは逆の意味で、我々現代人はまた神を正面から聖なる存在として直視することは出来ないのではなかろうか。

注

（1）*"Seeking God in Story"* 6.

（2）中間小説とは純文学と大衆文学との間に位置する中間的な小説のこと。小嶋洋輔『遠藤周作論――「救い」の位置』双文社出版、二〇一二年参照。

（3）社会派の浦山桐郎監督『私が棄てた女』一九六九年、日活、熊井啓監督『愛する』一九九七年、日活（新）。音楽座ミュージカル（Rカンパニー）『泣かないで』一九九四年初演、以降再演あり。

（4）アリストテレス『アリストテレス全集12　形而上学』岩波書店、一九六八年参照。

（5）永年にわたり遠藤に師事した加藤宗哉氏（元三田文学編集長）が伝える興味深い遠藤の小説技法に関する挿話。あるとき遠藤は加藤氏に「真夏の暑さを描くのに、頭上でギラギラ輝く太陽ではなく、むしろ太陽が地面につくる影の濃さを描くこと」を教えたという。この挿話は含蓄に富む。

（6）ヨブ記『聖書　新共同訳』日本聖書協会参照。
（7）IIコリント一二・九〜一〇参照。
（8）拙著『遠藤周作の世界――シンボルとメタファー』教文館、二〇〇七年参照。
（9）文芸評論家の故江藤淳氏は「一見只のユーモア小説であるかのように見えながら、大部分の日本の近代小説にはないスケールの大きさを秘めているのは、そこに人間の基準にいわば垂直にまじわっている神聖なものの基準があるからである」と称賛している。遠藤周作『おバカさん』角川文庫（解説江藤淳）、一九六二年、三二二頁参照。
（10）L・トルストイ（中村白葉訳）『復活』上下（改版）、岩波文庫、一九七九年。
（11）一九五四年制作のイタリア映画「道」（La Strada, F・フェリーニ監督）の少々おつむが弱いが心優しい女主人公の名前。ジャスミンの意味で聖母マリアのアトリビュートの一つ。
（12）『聖書のなかの女性たち』講談社、一九六七年、二〇六頁参照。
（13）『遠藤周作文学全集』第五巻、新潮社、一九九九年、二七四頁。
（14）同三二三頁。
（15）前掲拙著、九三頁「キリスト教図像学における象徴と暗喩I」参照。
（16）リジューの聖テレジアは迫り来る結核による死を前に不可解な苦しみ（信仰の闇、十字架の聖ヨハネの言葉では、霊魂の暗夜）に襲われる。テレジアはその苦しみの意味を、まだ神の存在を知らぬ無神論者の罪の贖いのための犠牲と捉える。『幼いイエスの聖テレーズ自叙伝』ドン・ボスコ社、一九九六年（改定版）。
（17）マルコ一〇・一五。この小説の女主人公のモデルの一人は井深八重であるが、神山復生病院で八重にリジューの聖テレジアの自叙伝『小さき花』（注16の自叙伝と内容的に同一）を貸し与えたのは本田ミヨというカトリックの信者だった（小坂井澄『人間の分際——神父・岩下壮一』聖母文庫、一九九六年）。八重は出自、教養、上品な容貌からもまるでミツではないが、この本田ミヨはミツのもう一人のモデルかもしれない。聖テレジアの自叙伝『小さき花』は「幼子の道、魂の小ささ」で一躍、カトリックの霊性・求道性に影響を与えた。

（18）ヨブ記『聖書　新共同訳』参照。ヨブの三人の友人たちはなんとかしてヨブにその過ちを認めさせようと対話するが成功しない。四人目のエリフは三人と違い、因果応報論的には語らない。

参考文献（本文や注で言及しないもの）

『岩波キリスト教辞典』岩波書店、二〇〇二年
幼きイエズスのマリー・エウジェンヌ（伊従信子訳）『わがテレーズ　愛の成長』サン・パウロ、一九九一年
J・ゴティエ（伊従信子訳）『イエスの渇き——小さきテレーズとマザー・テレサ』女子パウロ会、二〇〇七年
杉村靖彦『ポール・リクールの思想——意味の探索』創文社、一九九八年
並木浩一『「ヨブ記」論集成』教文館、二〇〇三年
T・R・ライト（山形和美訳）『神学と文学』聖学院大学出版会、二〇〇九年
P・リクール／E・ユンゲル（麻生建・三浦國泰訳）『隠喩論——宗教的言語の解釈学』ヨルダン社、一九八七年
山根道公『遠藤周作　その人生と『沈黙』の真実』朝文社、二〇〇五年
山内清海『「ヨブ記」を読む』聖母文庫、二〇〇一年

3　『留学』第三章における象徴と隠喩
――「白」「赤」と「ヨーロッパという大河」

序　小論の課題――「象徴と隠喩」の解釈と「爾《なんじ》も、また」の意味

この作品の第三章「爾も、また」で遠藤は意図的に「白」と「赤」という色の象徴を使用する。すなわち田中のサドの城への接近を阻む「白い」雪と、白い雪の上に吐く真っ「赤」な鮮血である。これらは「色」による「象徴」であるが具体的には何を意味しているのか。また建築家向坂の手引きにより仏文学者田中は「ヨーロッパの大河」と対峙する。「ヨーロッパの大河」とは何か。向坂は大河に向かう日本人の類型を三つに分ける――器用に大河を真似る者、大河を無視する者、そして大河とぶつかり沈没する者の三類型である。だがじつはもう一つある。遠藤は挫折した田中の留学生活の中にヒントを潜ませる。それは遠藤がこの作品で提起する問い「いかにして私たち日本人が東西（日本人とヨーロッパキリスト教）の距離を克服するか」に対する解答のヒントなのである。

さて「ヨーロッパの大河」とは何か。一言で尽くせばそれは「ヨーロッパの文化的伝統」の隠喩である。留学の半ばで田中は病を得て帰国を余儀なくされる。しかし向坂と異なり田中は大河とぶつかり沈没しそうになるが、そのままではない。田中はたえず対峙（その違いを意識）しながらもその河のもつ違いの意味を東西における違いの意味だけではなく、人類の普遍・妥当的な次元で問いつづけるからだ。言い換えると田中は東洋人である自分が、なぜサドを研究するのかと自問し続けるうちに、最終的に問題となるのは、もはや彼我の違いではなく人間存在そのものであることに気がつく。そこでは東西の特殊性の契機は捨象される。それは田中が外国文学者としての「真の自己」を発見する過程と重なるのだが、これこそ第四のタイプである。

　第三章「爾も、また」の最後はパリの安ホテルの田中の部屋に新たに日本人留学生が投宿する場面で終わる。彼のこれからの留学生活を思い田中は「爾も、また」とつぶやくのであるが、この「爾も、また」の意味は何だろうか。それは第一章、第二章とこの三章を一本にまとめた作者の意図[1]にもかかわってくる。前二章は留学生の仮面生活のもたらす悲劇、つまり留学中に「真の自己」を喪失する悲劇であったが、この第三章は「真の自己」を発見する悲喜劇である。最後の場面で田中は留学生活で得た自分の病（ヨーロッパの大河と格闘して支払った血の代償）の意味を問い、自分の留学ははたして「棄石だったのか。踏石だったのか」と自問する。解釈が分かれる所ではあろう。向坂のように大河と格闘したままで沈没すれば血の代償を支払ったその留学生活は「棄石」かもしれない。しかし田中はサドを研究する意味を自問するうちに「真の自己」の喪失を克服し「真の自己（本質的な自己）」を発見するのである。つまり私自身はこの作品の中で遠藤が第四のタイプの存在を示唆していると思うので、両義的ではあるが「踏石」説を取りたい。以下にそのことを具体的に論証する。またその過程で遠藤によって効果的に使用されている「白」と「赤」という色の象徴と「ヨーロッパの大河」という隠喩の意味を明確にしたい。

一　「真の自己」の喪失——第一章パウロ工藤と第二章トマス荒木の場合

『留学』の第一章「ルーアンの夏」はこう始まる。

こんな鏡を工藤は日本で一度も見たことはない……中略……バロック風の装飾を真似たのだろうが、どう見ても品のいい品物ではない。おまけに「これによりて汝の真の姿を正せ」と言う言葉をかいた銅板がはめてある。(2)

言うまでもなく「ルーアンの夏」の主人公工藤は若き日の遠藤の分身である。工藤は終戦まもない頃フランスに留学し篤信のベロオ家に無償で預けられる。ベロオ家にはかつて日本布教を夢みながら病気で早世した息子パウロの影が亡霊のごとく漂っている。両者の名前がパウロであることは意味深い。冒頭の引用はその息子が使っていた室《へや》、現在の工藤の居室にある姿見を描写したものである。「汝の真の姿を正せ」とはいかなる意味であろうか。精神分析をひもとくまでもなく何人も見かけの姿の奥に偽らざる姿を持つ。他人の目に写る見かけの姿ばかり気にして真の姿を忘れるならば、生き方としてそれは誤りである。その銘の意味はだから「汝、真の自己を失うことなかれ」ということではなかろうか。実際、私はここに『留学』全編を貫く遠藤のメッセージ、すなわち「真の自己（姿）」の喪失の戒めがあると思うのである。

二　仮面の重荷――留学生工藤と荒木の憂鬱

第一章「ルーアンの夏」と第二章「留学生」に共通するテーマとは時代や場所が異なるにせよ、ともに日本人の青年信徒（トマス荒木(3)は叙階された司祭）がヨーロッパの地に留学し知遇を得て周囲の人々から期待されるにつれ、その期待に応えようと振る舞う見かけ上の自分と自己の本当の姿との乖離《かいり》に苦しむこと、言わば「真の自己」の喪失により留学先でこれ以上、仮面をかぶり続けることに耐えられなくなった悲劇である。

その息子の名前がパウロであることから分かるように、工藤をじっと見つめる神経質そうな息子とは言うまでもなく一人の遠藤（ヨーロッパのキリスト教を日本人に伝えようという使命を帯びたキリスト者遠藤）の姿であり、他方に真の自己（ジッドやサドにも心ひかれる文学者）としての遠藤がいる。つまりこの作品中の二人のパウロとは作家遠藤のなかの文学者たる自己とキリスト者たる自己、換言すれば遠藤の中の「文学と宗教の相剋」の象徴であろう。工藤はこの段階では第二章の荒木トマスに近いところにいて、それゆえにこそ、初稿「留学」では連続して一個の作品として発表されたのだが、田中ほど強烈にヨーロッパという異文化とぶつかり拒絶されてはいない。それゆえ「真の自己」の発見にも未だ至ってはいないのである。

三　第三章「爾も、また」の田中の場合――「真の自己」の喪失(4)

そういう意味では第三章「爾も、また」の田中も「真の自己」の喪失（またはその裏返しとしての獲得）と無関係ではない。「なぜ東洋人のあんたが、サドを勉強するのかわからん」という狷介《けんかい》な研究者ルビイの指摘を待つまでもなく田中自身、自分のサド研究の真の動機を知ってはいない。建前の答えとしては革命前のサドの置かれた状況と戦後日本の知識人の置かれた状況の近似性などであるが、本音は世俗的功利的な理由しかない。だから田中は自分自身が俗物として軽蔑する他の日本人と少しも変わらぬ存在であることに内心忸怩《じくじ》たるものを感じるのだ。

「一体何なんだろう外国文学者とは」と、深夜、安ホテルの自室で（このホテルであのM・プルーストが喘息や金銭的な不安と闘いながら文字通り最後の日まで己が文学に執念を燃やし続けそれは彼に強烈な刺激となっていた）彼は自問する。「俺たち外国文学者はどういう風に文学と結びついているのだろう」。モンパルナスで小説家の真鍋（真鍋もまたもう一人の遠藤だ。日本人グループの中で真鍋だけは少なくとも田中の苦しみを、同情はしないが理解している）がからんできたように……外国文学者は生涯、創造という仕事をやりはしない。外国文学者は所詮、九官鳥だ……が、しかし外国文学者が自分を語る方法が一つある。それは彼が外国の数多くの文学者から誰を選ぶかだ。「俺はサドを選んだのだけれど、それは何のためだったのだろう」。それは功利的な理由からだ……しかしそれだけじゃない。

四　田中とサドとの距離——日本人とヨーロッパとの距離

日本人である田中とサドとの距離は大きい。しかも、もう一つの超えがたい距離（日本人田中とヨーロッパ文化の間に横たわる距離）の問題ももっと大きく立ちはだかっている。最初の問いは第二の問いに還元されるのか。田中は向坂同様モンパルナスに屯《たむろ》する日本人グループとは一線を画し向坂に導かれトロカデロ広場近くの美術館に赴く。そこには古代から年代順にヨーロッパの聖堂・

修道院に施された彫刻像の複製が展示されている。しかしそこで田中を待っていたのはあまりにも強烈なヨーロッパの伝統の重みだった。「この顔や、眼を見ているとたまらなく息苦しいです」という田中の告白に息苦しくなければ嘘だとばかりに向坂は「息苦しいでしょう。この室内は」と肯定する。一室一室の彫像の一つ一つの表情にもただ一つの運命で生きる者の孤独がにじんでいる。どの像も穴のような暗い眼で自分の前方を凝視している。向坂は、この息苦しさがヨーロッパ文化の本質なのだが、「ヨーロッパの河」そのものの本質と日本人の自分とを対決させなければ、この国に来た意味がなくなると言い、「田中さん。あんたはどうします。河を無視して帰国しますか」と厳しく田中に迫る。

五　サドを探す旅――「真の自己」の発見

しかしながら田中も本格的にサド研究にのめり込むことにより、否応なく外国文学者としてサドを選んだ本当の理由を探求せざるをえない。それは異邦人の田中が石の文化のもつ息苦しさと闘いながら、サドが幽閉されることによって初めて想像力を武器にキリスト教会や王権と闘うサドの真実を発見する旅であり、人間である田中がサドを選ぶ自己の内に「本当の理由（自己の本質）」を発見する旅でもあった。だから遠藤は主人公田中をしてこう言わしめる。(5)

選ぶということがすべてを決定するのではない。人生におけるすべての人間関係と同じように、我々は自分が選んだ者によって苦しまされたり、相手との対立で自分を少しずつ発見していくものだ。……中略……外国文学者とは、外国文学と者（自分）との違和感とをたえず意識している人間なのだと思った。自分と全く異質で、自分と全く対立する一人の外国作家を眼の前におき、自分とこの相手とのどうにもならぬ精神的な距離と劣者としての自分のみじめさをたっぷり味わい、しかも尚《なお》その距離と格闘しつづける者を外国文学者とよぶのだ。サドは俺ではない。……中略……サドと俺とは私生活でも精神の上でもあまりに隔たった人間だ。だから俺はサドを選び研究する甲斐《かい》があるのだろう。

田中はそう考えて初めて少し納得する。この言葉の「外国文学者」の代わりに「日本人」を、「サドあるいは外国作家」の代わりに「ヨーロッパ文化」という言葉を当てはめれば、そっくりそのまま遠藤の説く西欧キリスト教と日本人の距離感の克服に使われる公式（フォーミュラ）に変化する。つまり田中はサドに肉薄するとともに「真なる自己」を発見していく。それによって向坂の突きつけた問題、すなわち東西文化の相剋の問題も自ずと田中という認識の主体の中で高められ止揚（アウフヘーベン）されることになるのだ。

六　トロカデロ美術館再訪――もう一つの圧迫感の正体

この頃から田中は向坂に案内されて知った宗教的な彫刻像を集めた美術館に一人で行くようになる。かつて向坂は田中に対して自分はヨーロッパの河の一部を他の日本人のごとくにコソ泥のように盗みたくはないと述懐した。しかしながら田中が少し違った立場からこの美術館に通うことに注目すべきである。

つまり田中は美術史上の圧迫感ではないもう一つの圧迫感（本当のヨーロッパがヨーロッパ文化に無縁な者に与える本質的な圧迫感）をより強く感じだしていた。それは日本人には無縁の宗教キリスト教のことであるが、田中はあまりにも安易に自分の感じている圧迫感の正体をその言葉で片づけてしまいたくなかった。外国文学者とは、自分とは異質の偉大な外国精神を目の前にして、それとの距離をたえず味わい、劣った者として生きていく人間なのだ。だからこの美術館はともすれば相異なる二つのものを巧みに折衷し妥協させようとする自分の弱い心を厳しく鍛えなおす闘技場なのだと考えるようになったのである。

七 田中の眩暈《めまい》のごとき快感――サドとの確かな絆

留守宅の妻に宛てる手紙には、なによりも平凡が幸せと諭すような小市民的な田中が観念上の遊戯に近いとはいえ、なぜ反教会・反王権の牢獄文学者サドを己の研究対象に選んだのか（私個人にとっては他ならぬ遠藤自身がなぜあれ程、サドに関心を抱いて研究したのか興味津々たるところであり、それはいずれ場所をかえて論じたい）。「なぜ東洋人のあんたが、サドを勉強するのかわからん」とルビイに言われた田中は、結局のところ自分でもなぜサドと取り組まねばならぬのか明確にはわからなかったのである。

ところがサドの足跡を追っているうちに彼は自己という存在の深奥に一八世紀のサドと共通する何かを発見しはじめる。それは言葉や観念でこれこれと表現出来るものではなく、ある種の眩暈のような快感、たぶんサドも感じたであろう肉の快感の形で与えられる。

八 象徴としてのラ・コストの城――ヨーロッパの闇

光があたっているところが明るければ、それだけ闇もまた濃いはずである。だからキリスト教の光があたっていればいるほど、その影が投げかけている闇もまた深い。

「東洋人の君が、なぜサドをやるのか、私にはわからん」と懐疑的な疑いを繰り返すルビイは、それでも別れ際、田中にサドの城のあったラ・コストにぜひ、行くことをすすめた。

同僚の菅沼がパリに到着するという報に接して田中は競争心や心中の不安から少しでも逃れるかのようにアヴィニオン近郊のラ・コストの城に向かう。城のある丘は遠目にではあるが少しづつ田中の前に近づいてくる。塔も壁もない廃墟と化した城はたしかにそこに存在していた。しかしそれ以上、田中は積雪のため城に近づけない。ラ・コストまで来て城に行けぬ。城は遠くにあり自分を寄せつけぬ。結局田中はサドの城を前にこう考えた。

　俺がこの丘に登れぬのは雪のためではない、雪をまじえた突風のためでもない。ラ・コストの城が遠くに存在するのは俺自身のせいだ。城が俺を寄せつけぬのは俺のサドが本物ではないからだ(6)

この城の箇所はカフカの小説を連想させるが、この場合の城や雪とは田中にとって何を意味するのか。サドの本質を見抜くことができない田中のサドは本物ではない。「俺のなかの二つの俺。一つは俗人で小市民的で臆病な俺……中略……もう一つの俺、あの雪の中で、どうしても城にたどりつきたかった俺だ」。田中はそう考えたが、この「白い雪」とは一体、何の象徴なのか。田中の接近を阻む雪とは「白色」[7]に象徴される「キリスト教」あるいは「処女の如き純潔の世界」を指すのではないか。そしてそれによって阻まれるもの「サドの城」とはキリスト教会の伝統に重しをかけられながらも、つねに反抗の頭をもたげてくるヨーロッパのもう一つの伝統、反キリスト教的な悪霊的な力のことではないのだろうか。それはちょうど、かつて明晰そのものだと思われていたギリシャの伝統のなかにアポロ的なものと同時にディオニュソス的なもの[8]が発見されたように。ヨーロッパのキリスト教の伝統と同時に反キリスト教的な伝統、キリスト教の伝統を陽の部分だとすれば陰の部分の伝統、反キリスト教的力の根源のことではないのか。そして「サドの城」[9]とはキリスト教会への反抗者、王権・国家権力への反抗者たるサドの本質的存在そのものではないのか。

九　病気の兆候と（間《あい》の狂言としての）リヨンの祭――ヨーロッパの真の姿

その日、いつものように国立図書館で文献を筆写していた田中は突如、眩暈に襲われて昏倒する。帰宅の途中、田中は病気の不安と菅沼に代表される日本人からの隔絶をマルヌ河の辺で嚙みしめる。その時、田中は寒く寂しかった。この寒さと寂しさは一体、どこから来るのだろう。翌日、田中は病院で検査を受けるが、結核かどうかの最終的な診断はすぐにはおりない。田中は突然、かつて自分を厳しく拒んだラ・コストの城を訪ねたくなった。それは映画館で偶然、目にしたニュースの一場面のせいだったかもしれない。とにかく田中はラ・コストに向かう。そして荷風の文章に誘われたかのように、リヨンで途中下車した彼は白いコートを来た女子学生マドレーヌ・ルアンジュ（白い外衣と彼女の名前はなんとなく天使を連想させる）を見かけリヨンの街を案内してもらう。その時、リヨンはお祭りだった。田中は久しぶりに青春の若やいだ時間をもつ。それは一種の疑似恋愛のようでもあった。田中がリヨンの街を見下ろす丘にのぼると、眼下にソーヌ河とローヌ河とに挟まれた家並が広がっている。そうだ、これがヨーロッパだ。これがヨーロッパの生活だ。理屈ではなくそう体感できるものが、いま田中の眼前にあった。この灰色の悲しそうな生活の拡がり。田中にはヨーロッパというものが、永い間、本質的にはこのような姿でうずくまってきたような気がした。その姿の芯に向坂が「河」と呼んだものがあり、サドも結局はこの姿勢をとって生き、この河の人だった。サドもヨーロッパキリスト教の裏返しの存在で、同じキリスト教の土俵に生きていたのだ。

一〇　ヨーロッパの河の本質――キリスト教の光と影

フランドルの名画さながらに空から幾すじかの光線が尖塔にあたっている。突然、言い知れぬ感動が田中を襲う。ヨーロッパの光の部分、言い換えればキリスト教の光に照らされた明るい部分のヨーロッパである。暗く重い歴史のなかでここだけは明るい陽光のあたる部分だ。それは優しい、神の慈しみの光だとも言えよう。田中は満足してラ・コストに向かう。そして今度こそサドの城に到達する。全ての描写はあまりにも象徴的だ。ちなみにこの比較的長い小説でもう一か所、白い微光が差し込む箇所がある。それは向坂につれられてトロカデロ広場近くの美術館に赴き、彫刻像の複製を見るところである。重苦しい彫刻像の並んだ部屋の後に、突然、部屋のなかに一すじの白い微光がさしこんだ。それは広間の左端にあるランスの天使像から来ていた。天使は微かな笑いを顔に浮かべて大きな翼をひろげている。白い微光はその石膏とその微笑から生まれているのだ。「ああ」「これはいい。これはいいですねえ」。田中はそう向坂に言う。穴のような暗い眼と硬直した表情とはこの天使像を境として終了するのだ。田中は閉じ込められた夜の部屋から東雲の空と新鮮な空気に触れたようにその微笑と白い微光をむさぼり味わった。ランスの天使(10)――それは一五世紀のはじまりに中世とルネッサンスの人間的なものが結合した夕映えの一瞬の光だった。

一一　ラ・コスト再訪――ヨーロッパと対峙して得た血の代償

幸い雪はこの前のように深くはない。崖の上に田中はやっと城の崩れた壁を認めることが出来た。城は確かにそこにあった。もちろん、塔も屋根も崩れてはいたが初めて訪れた時の忘れることの出来ない姿そのままで城は直立している。今、田中は城の内側にいる。彼がたっている場所はサドが歩いた場所だった。日本人でここまで来たのは自分だけだ。ひとりでに笑いがこみ上げて来る。すると向こう側の壁に赤い染みが見えた。それはあたかも快楽に倦《あ》いた人間の唇のようだ。田中はじっと壁のところに立ったままでいた。ずいぶん永い時が経過した。自分はまたパリの生活に戻らねばならぬ。しかし自分にこの消すことの出来ない朱色はあるだろうか。「決して亡びることのない朱の一点がほしい」と思う。その時だった。城の外に出た時、雪のまぶしさに眼がくらみ、田中は突然、真っ赤な鮮血を積雪の上に吐いた。血、サドの城の壁の赤い染み、決して滅びることのない朱の一点。雪の白のなかで赤い血を吐く。この朱は一体、何の象徴だろうか。キリスト教美術の図像学の色彩論から言うと、この赤(11)（朱）とは永遠の価値をもつ文学に対する情熱のことではないだろうか。

一二　真の自己の発見の可能性――向坂と田中の違い

パリでの生活によって田中の内面に二つの変化がおきる。一つはサドに肉薄することによって田中が自己の心の奥深い所に「真の自己」を発見していくことであり、もう一つは彼がヨーロッパという日本とはまったく異質の文化とぶつかり格闘[12]していくことによって両者の厳然たる違いのなかに、もはやヨーロッパとか日本とかいう特殊性の文化ではなく人類の文化そのものを本質的に見通す目を持ったことである。

田中はまだキリスト教が何か、ヨーロッパの長い歴史と人々の生活の中で、それが果たしてきた役割を知らない。知っていたとしてもそれは本の上の知識に過ぎず、ちょうどサドがヨーロッパの逆立ちしたキリスト教伝統の一部であり、サドに肉薄することはキリスト教という「ヨーロッパの河」の本質に裏側から迫ることとなのだということを知らぬようにである。

田中と彼の先達、建築家向坂（この名前もかのシジフォスの神話を連想させる）の二人にはやはり大きな違いがある。まず向坂はヨーロッパとぶつかり沈没したままだが、田中は沈没して押し潰されそうになるが、そのままではいない。たしかにサド研究者としての田中はパリ、否、フランスの文化や歴史と真正面から対峙することにより、向坂と同じ結核を得て留学を断念する敗北者には違いない。しかし田中はヨーロッパの文化と日本人の距離をハッキリと意識するだけでなく、サドの真の姿に肉薄することによって自らの内奥に外国文学者としての「真の自己」を発見し、そのことによっていつの日にか主体的にヨーロッパの大河を乗り越える可能性を暗示してくれるからである。

注

(1) 今日、我々が目にする『留学』の構成であるが遠藤がこういう形に一本化したのには理由がある。ここで各章の発表された順序を書誌的に詳しくみよう。『遠藤周作文学全集』第二巻、山根道公氏による『留学』の解題（三三一～三三八頁）を参照。それによると、そもそも現在の第三章「爾も、また」は一九六四年二月から翌年二月にかけて雑誌『文學界』に連載。次いで「ルーアンの夏」「留学生」が一九六五年三月に「留学」一編として雑誌『群像』の巻頭を飾る。最後に同年六月に「留学」の余分を省き二章に分け文藝春秋社から一本化された『留学』が現在の構成で発刊される。遠藤が雑誌に掲載された「留学」の余分を省き二章に分割した上で「ルーアンの夏」を先頭に据え「爾も、また」を最後にもってきた理由は『留学』三章を貫く共通したテーマ「真の自己」の喪失のせいではないか。

(2) 『遠藤周作文学全集』第二巻、新潮社、一九九九年、九頁。

(3) 遠藤周作・三浦朱門『キリシタン時代の知識人――背教と殉教』日経新書、一九六七年、「トマス荒木――最初のヨーロッパ留学生の苦悩」参照。

(4) 後年の『スキャンダル』等にみられる「真の自己」の問題がここに顔を出している。たしかにサドの研究者としての田中は自己のなかに二つの自己（小市民的な俺、サドの城になんとしてでもたどり着きたいと執着する俺）をみている。M・ウィリアムズ「『留学』――意識と無意識」、山形和美編『遠藤周作――その文学世界』国研出版、一九九七年参照。
（5）『全集』第二巻、一三三頁。
（6）同一二四頁。
（7）「白は常に霊魂の無垢、清純、生命の神聖さのシンボル」とされる。中森義宗『キリスト教シンボル図典』（世界美術双書別巻）東信堂、一九九三年、一一九～一二〇頁。またアト・ド・フリース『イメージ・シンボル事典』大修館書店、一九八四年参照。
（8）F・ニーチェ『悲劇の誕生』岩波文庫、一九六六年。またE・R・ドッズ『ギリシア人と非理性』みすず書房、一九七二年参照。
（9）村松剛氏の、サドの城はキリスト教の本質という指摘は舌足らずではないか。村松剛解説、新潮文庫『留学』参照。
（10）ランス大聖堂の西側ファサード、中央扉口、受胎告知の天使像のもつ（一三世紀）盛期ゴシックのいわゆる「ゴシックの微笑」のこと。遠藤はすぐ後に「十五世紀の始まりという短い瞬間こそ中世の神的なものとルネッサンスの人間的なものが……」と書いているが、一三世紀が正しい。A・シェイヴァー＝クランデル『中世の美術』（ケンブリッジ西洋美術の流れ2）岩波書店、一九八九年参照。
（11）赤（朱）色については、中森義宗、前掲書、一一八～一一九頁参照。
（12）遠藤の初期の評論から後期の大作まで一環して流れている問題意識（『異邦人の立場から』）は西欧キリスト教対日本の精神的文化的伝統、またはもっと遠藤流の言い方をすれば一神教の血液対多神教（汎神論）的血液の対立、西欧と日本の埋めがたい距離感である。遠藤が小説を生涯書きつづけたのはこの問いに対する終わりのない解答の提出だった。『沈黙』もその解答の一つだった。佐藤泰正「「留学」の田中」『國文學』一九七五年一一月、「東西の乖離、断絶をみつめる自己の宿命をこそバネとして、やがて彼は自己の〈西欧〉を、その核なる〈神〉を、みずからの手に奪いとろうとする」参照。

参考文献（注で言及のないもの）

『遠藤周作文学全集』第一五巻（日記・年譜・著作目録）、新潮社、二〇〇〇年
笠井秋生『遠藤周作論』双文社出版、一九八七年
川島秀一『遠藤周作――愛の同伴者』和泉書院、一九九三年
「クロソウスキイ氏会見記」（遠藤周作・若林真訳）『ロベルトは今夜』河出書房新社、一九六二年
M・ルルカー（池田紘一訳）『聖書象徴事典』人文書院、一九八八年

4　遠藤周作とドストエフスキーにおける「象徴」と「神話」について
――「蝿」と「蜘蛛」と「キリスト」と

序　小論の課題――「象徴」の解釈と「重層的な構造」分析による比較の試み

多面体の作家遠藤の諸作品にはキリスト教的な「象徴（隠喩）」が多用されている。言い換えると遠藤の描写には表面的（形而下的）な意味の裏に形而上的とも言える作家のメッセージが隠されている。(1) そしてまた遠藤が大小説家(2)として一目も二目も置くドストエフスキー作品の随所にも同じ意味で「象徴」が使われ行間に作者のメッセージが隠されている。遠藤は小説作法に関しモーリアック、G・グリーン、J・グリーン、ベルナノス等から多く学んだことを自ら述べているが(3)、ドストエフスキーからもまた多く学んでいることは両者の作品の比較から容易に窺い知れる。

もちろん、ドストエフスキーの遠藤に対する影響を具体的な因果関係において論じるためには狭義の比較文学的裏付けが必要だ。そのことは十分、承知しながらも私は小論でまず遠藤とドストエフスキーの両者に見られる「象徴」の使用に注意を向け、次に遠藤がドストエフスキーから剽窃《ひょうせつ》し巧みに自己の作中に取り込んだ「大審問官」神話の比較から両者の「キリスト（像）」の違いについて発言してみたい。その比較考察の過程において私は厳密な方法、すなわち江川卓、亀山郁夫両氏がドストエフスキー作品への有効なアプローチとして述べた方法――ドストエフスキー作品の「重層的な構造」分析(4)――を採り、遠藤とドストエフスキーの「大審問官」神話について体系的な比較を試みるつもりである。

一　遠藤の象徴の使用――『沈黙』と『白い人』における「蝿」

ここでまず『沈黙』における「蝿」を取り上げる。キチジローの最初の出現から「蝿」は彼につきまとう。すなわちマカオの貧民街の一室にロドリゴとガルペがキチジローを訪ね、キチジローは薄汚い部屋で酒に酔って二人と対面する。その場面に「蝿」は描き込まれている。(5)そしてそれ以外の場面でも「蝿」は薄汚いユダ役のキチジローにつきまとって離れない。では「蝿」は彼に固有のアトリビュート（西欧絵画で描かれている人物を特定するため描き添えられる、その人物固有の持物）なのだろうか。そうではない。なぜなら潜入司祭ロドリゴの傍らにも「蝿」が描かれることがあるからである。すなわち第六章のロドリゴが牢屋に捕らわれている場面でも「蝿」はロドリゴの視界から消え去ることはない。ではユダ役の裏切り者キチジローだけではなく、キリスト役のロドリゴの傍らにも執拗に描き続けられる、この「蝿」とは一体、何なのだろうか。

一般的に言ってキリスト教神学の文脈においては「蝿」は「罪」の象徴である。(6) その意味における「蝿」の描写はもちろん、『沈黙』一作だけに限られない。『白い人』の中にも「蝿」は描かれている。『白い人』の語り手「私」はリヨンの町を占領したゲシュタポの協力者であり、抗独のマキを捕らえては拷問を加え仲間を裏切らせることにサディスティックな悦びを感じる。「私」は主義や思想に殉じる人間の偽善的なヒロイズムに我慢ならない。「私」がとくに許せないのは母親に押しつけられたピューリタニズム、カトリシズム、そしてキリスト教的ヒューマニズムである。その「私」はかつての学友で今や抗独運動に加わっている神父ジャックの口を割らせようと躍起になる。どんな厳しい拷問にも決して仲間を裏切ろうとしないジャック。その彼の泣きどころを「私」は最後の手段として利用する。それはかつてジャックがリゴリスティックに自己の信仰を押しつけようとしたマリー・テレーズという貧相な女子学生の存在だ。ジャックは彼女をかばおうと泣き声をあげ、彼女は彼女で「私」に凌辱されながらもジャックをぶたないでと懇願する。まさに出口なしの状況。しかしここでまったく予想外の出来事――ジャックの自殺――が起きる。絶対に逃れられない王手をかけたつもりだった「私」からジャックはキリスト教徒の禁じ手を使って逃れたのだ。問題の描写はこう続けられる。

蝿はまた飛び上った。……中略……窓硝子に体をぶつけ、腹だたしげに駆けずりまわった。……中略……私は、その窓硝子に、さきほどのジャックの銀色の十字架を、その幻をみたような気がした。(7)

しきりに出口を求めているこの蝿は自殺の大罪を犯すジャックなのか。しかし大事な点は「その窓硝子に……銀色の十字架を、その幻をみたような気がした」と言う「私」の独白である。それは罪の背後に救済をみることではないのか。銀色の十字架とは他ならぬイエスの十字架上の磔刑による死を象徴し他人のために自己の命を捧げるイエスの行為を意味するからだ。(8)だからキリスト教の教義からすれば自殺は大罪であり断じて赦されざる行為ではあるが、しかしその目的が自己の苦しみからの解放ではなくより大きな愛の行為のためだとすれば、神はそれをもお赦しにならぬだろうか。いやキリストの愛の行為、十字架上の死の本来の意味からすれば、ジャックの自殺はたとえ教会の神が赦されなくとも、愛の根源であるキリストによって赦されるはずだというのが遠藤の隠されたメッセージ(9)ではないだろうか。したがってこの「蝿」が罪を象徴していることは明白である。

二　ドストエフスキーの象徴の使用――『白痴』ロゴージンのスカーフと甲虫のピン

今度はドストエフスキーの「象徴」を取り上げよう。それは彼の代表作の中でも死と復活というテーマ以外は全体として分かりにくい『白痴』の一節である。小説中、最大の山場である女主人公ナスターシャ・フィリッポヴナ――彼女の名前はアナスターシス（希語、復活）、フィリッポス（馬好き）に由来する――が「命名日」に大勢の人を招きいよいよ、自分がこの先、誰のものになるか発表するときのことである。彼女はその美貌ゆえに世界さえ変えられると噂される女性[10]だが、人一倍、プライド高く傷つきやすい存在でもある。と言うのも田舎貴族の娘ながら少女時代に孤児となった彼女は中年の養親トーツキー――江川卓氏[11]によれば彼の名は独語 Tod「死」に由来する――に囲われていた過去をもつからである。その場にはムイシュキン公爵のように自らやって来た人も含め大勢の人が集まっている。そこにロゴージンが意気揚々、乗り込んでくる。彼の両手には朝から駆けずり回ってかき集めた一〇万ルーブリがブラ下っている。ナスターシャと眼があうとよろけながら彼はテーブルの上にその紙包みをおく。そのときの彼の服装をドストエフスキーは次のように描写する。

彼の服装は、ただ、濃い緑に赤のまじった真新しい絹の襟巻と、甲虫を形どった大きなダイヤのピンと、右手のきたない指にはめたすばらしいダイヤの指輪を除くと、何から何までけさと同じであった。[12]

この描写も読み流してしまえば何と言うこともないがドストエフスキーはここにも彼一流の仕掛けを施している。もしロゴージンの服装が何から何まで今朝と同じなら取り立てて言及する必要もない。したがって上の引用の「ただ……を除くと」が意味深長となる。襟巻（スカーフ）はキリスト教図像学の象徴としては愛とロマンスを表す。そして他の箇所をおなじく図像学の「色」の象徴使用[13]に基づいて解釈すると赤の混じった「緑」とは春、植物、樹木、水（四大）、生命、復活を表し、「赤」は血の連想からキリストの十字架上の死、犠牲動物の流す血の色、また火の連想から情熱、愛を表す。次の甲虫を形どった大きなダイヤのピンの「甲虫（スカラベ）」とは墓のなかから生まれ古い肉体を脱ぎ捨てるという謂れにより死からの再生・復活の象徴である。そして「ダイヤモンド」は完全性と不死性の象徴であり「指輪」は言うまでもなく契約、約束、誓願、貞節を表す結婚の象徴なのだ。

三　「名は（正）体を表す」――ドストエフスキーの命名遊び[14]

したがってこの引用部分の描写に秘められた作者の意図とはロゴージンのナスターシャに対する火のように熱い思いを表面的な描写の間に二重写しで潜ませているのだ。動物的とも言えるロゴージンがその横溢《おういつ》する生命力と激しい恋慕の情でナスターシャを地獄（囲い者）の境遇から救い出し新たな生活を送らせる（復活）ため求婚しに乗り込んできたと読めるのだ。ロゴージンが今朝と異なり新たに嵌めてきた「ダイヤの指輪（結婚の約束）」と「スカラベ（復活）」の形をしたピンがこの描写の謎を解く鍵だ。

われわれ日本人読者と異なりドストエフスキーの愛読者である当時のロシア・インテリゲンツィアはほとんど無意識的にこの場合の「甲虫」が墓の中から生まれ古い肉体を脱ぎ捨てるあのエジプトの「スカラベ」のことと了解できたのであろう。この場のロゴージンはナスターシャにほかならぬ「新生、復活」を与えるために乗り込んで来たのだから。

四　では両者に共通する「象徴」はあるのか――『悪霊』にみられる「蝿」の意味

ここで遠藤とドストエフスキーの両者に使われる「蝿」について考えてみよう。つまり遠藤にあっては「蝿」は罪の象徴であったがドストエフスキーではどうなのか。『悪霊』(15)のなかでスタヴローギンが数日前に凌辱した少女マトリョーシャの自殺するのをじっと待つ場面がある。彼がふと室外に目をやるとゼラニウムの葉っぱに赤い「蜘蛛」――私の注意はそこに向いてしまうのだが――が見える。スタヴローギンの部屋の敷居に現れたマトリョーシャは顎《あご》をしゃくり上げ威嚇するように彼にむかって拳をふるった後、中庭の鶏小屋みたいな納屋に入って行く。スタヴローギンはそこで何が起きるか予感しているが動こうとはしない。アパートの四階の窓からその姿を見届けた後、彼は椅子に腰をおちつけ時計を測っては何かをじっと待つ。そのとき彼の頭にうるさく「蠅」がまといつく。顔にとまった「蠅」を彼は指で捕まえ窓の外に放す。その後、「蠅」は再び——一匹々々の「蠅」の唸り声さえ聞き分けられる程の静寂の証として——描写されるが、そこでは「罪」らしきものが示唆されてはいない。

繰り返しになるが「蠅」はキリスト教では「罪」の象徴である。しかしこのときのドストエフスキーは「蠅」によって「罪」を象徴させていないのではなかろうか。少女の自殺をスタヴローギン——彼の名はスタヴロス（希語、十字架）に由来する——は知りながら止めなかったが、少女の自殺が「罪」を暗示するのか。それともまたスタヴローギンの犯した少女凌辱の行為、あるいは自殺を知りながら待っている非人間的な行為自体が「罪」なのか。答えはたぶん否である。なぜならここでの「蠅」は羽音が聞こえるくらいに辺りが静かで、その中でじっと時間が経過していくことを羽音によって効果的に表現しているのであって「蠅」は「罪」としての意味を担ってはいないと言えるだろう。

さらにドストエフスキーの場合、「蠅」が必ずしも悪魔の使いとはいえない例(16)が他に存するからである。それは『白痴』のなかでイポリットの告白に触発されて主人公ムイシュキンが回想する——毎朝のように明るい陽光の下で繰り返される大自然の饗宴を前に自分一人だけが除け者だという孤独感、大自然の至福の状態から自分だけが疎外されているという激しい孤絶感に苦しむ――場面である。そこではなんと陽光を受けあの蠅たちでさえブンブンと楽しそうなコーラスを演奏しているとドストエフスキーは描写している。これではおよそ罪とは無関係だ。これはドストエフスキー独自の体験に基づく「蠅」の描写で、幼少年期の田舎における楽園的生活の記憶に基づくものであり遠藤とは共有していない経験なのだ。ドストエフスキーの昆虫、蜘蛛に対する必要以上の恐怖感は遠藤にはない。その違いは風土や自然環境の差とそれに基づく文化の影響によるものと思われる。それゆえここでむしろ「罪」や「悪魔（的行為）」とのつながりが疑われるのは赤い小さな「蜘蛛[17]」の方であろう。

五　多面体の作家への有効なアプローチ――作品の「重層的な構造」の分析から

さて遠藤とドストエフスキーの作品にでてくる「象徴」を比べてみたのだが「象徴」としての単一語ではなく、作品の中に丸ごと挿入されている「神話」の比較の際には事情はより複雑である。つまり仮に一見、両者に共通性が見られるにしても「重層的な構造」の内部をよく吟味してみると、それがじつは表面的な共通性・類似性に過ぎず、根底の思想においては微妙な違いもあり得ることを次に指摘したい。

ここで私は格好の実例として遠藤とドストエフスキーに共通する「大審問官」神話を取り上げたい。そしてその論証の方法として私が採るのが作品の「重層構造」の分析による比較なのである。この方法は私のオリジナルではなく江川卓・亀山郁夫両氏[18]の示唆によるものだ。つまり『謎とき『罪と罰』』でそれまでのドストエフスキー解釈にまったく新しい視点をつけ加えた江川氏によれば、ドストエフスキーの小説は「聖と俗」の「二層構造」から出来ており、ウクライナに伝わるヴェルテップという人形劇を連想させるものである。江川氏に触発され、それを敷衍する形で亀山氏はドストエフスキー作品の解釈に有効なアップ・ヴァージョンを述べておられる。同氏によれば『カラマーゾフの兄弟』という小説はこの二層構造にさらに一層を加えた三層に分析されるという。すなわち構造的に一番下位の層「物語層」では登場人物同士の行動や心理の葛藤が描かれ、上位の層「象徴層」では神の存在、善と悪、パンか自由かというような形而上的、神学的な論議がドラマを形づくるとされる。亀山説が江川説と異なるのは、その中間に「自伝層（作家の幼・少年期における個人的体験の痕跡）」をおき、それが物語（ドラマ）の中に見え隠れするという点である。さらに最近では亀山氏は四層構造[19]として「歴史層（作家の生きた時代の影響）」まで設定されている。

六　「大審問官」――ドストエフスキーの大審問官と遠藤の大祭司の舅アンナス

ドストエフスキーの愛読者は作家がその少年期に強く印象付けられたと告白するシラーの『群盗』の影響を作品のあちこちで見るのだが、そのシラーの『ドン・カルロス』のなかに大審問官の原型[20]が垣間見えたとしても不思議には思わないだろう。「大審問官」の件ひとつとってみてもドストエフスキーという作家のスケールの大きさがわかる。「大審問官」は『カラマーゾフの兄弟』という連峰のうちでも最も鋭く、最も輪郭のくっきりした峰である。次兄イワンは三男アリョーシャと料理屋で対談し駄作だと断りながら、一六世紀セビリアに舞台をとった一大宗教詩劇を披露する。それは「精神的自由」という天上のパンではなく地上のパンを要求する人類を巡って闘わされる神と悪魔の対立劇である。すなわち人類を買いかぶるあまり自由を与えてしまった神人「イエス・キリスト」と、人類の本質的弱さを熟知するがゆえに自由を取り上げ代わりに「地上のパン」を与えることにした人神「大審問官」の相剋のドラマである。ドストエフスキーはその空想的詩劇によって「宗教と人間の本質」を鋭く抉って見せたのである。小説の他の箇所で、ある時は神の存在を明確に否定し、またある時には肯定もするイワンの本質は、決して無神論者でもフリーメイソンでもなく神が人類のために創造されたこの世界のどうしようもない「不条理性」、本来調和的に神の正義がおこなわるべき世界に存する「本質的欠陥」を決して認めない筋金入りのヒューマニストなのである。神が創造した世界を受け取ることを人間に対する深い愛情から拒否――彼の言葉によると入場券を神様にお返し――するヒューマニストなのだ。天使のごとき純真なアリョーシャに向かい、神様、あなたはこの世界の矛盾や悪をどのように説明なさるのですか、と拳を振りかざして見せるのが彼なのだ。だからこそアリョーシャは「さあ、どうする」と兄イワンに迫られると詩劇のなかでキリストが大審問官にしたごとく接吻をもって答えるのみである。

対する遠藤の「大審問官」は『死海のほとり』第七章でこう展開する。すなわち囚われの身となった大工イエスを大祭司カヤパの舅アンナスが訪ね、恐怖のあまり震えている無力の大工に向かいこう説く。人間は眼に見えない愛（精神の自由）より現実的な神殿や律法（パン）を欲しがるものだ。お前は人々に何を与えることが出来たか。お前の説く愛で病人を癒すことが出来たか。お前の説く愛で死者を生き返らせることが出来たか。結局、お前は何も出来なかったではないか、お前の説く愛などこの世界では無力だと語る。そして自分はとっくに愛や神など信じてはいない、と。

こう書くと、これはそっくりそのままドストエフキーの「大審問官」から遠藤が剽窃したものだと言えそうだ。もちろん、遠藤の独創もあるので興味のある方はぜひ見くらべて欲しい。だが、この剽窃による酷似性は「物語層」におけるドラマの次元であって、作品の「象徴層」における神学的・形而上的な部分ではじつは似ていない。遠藤の大工は無力の人イエスで、奇跡とは無縁で苦しむ人の傍らで共に苦しむ「同伴者」であるが、ドストエフスキーの方は一六世紀セビリアに現れた紛れもないキリストであり、彼が大審問官の目に留まるのも次々と起こす聖書的な奇跡のせいなのだ。ここでイエスとキリストとを分離するのはキリスト教神学として問題かもしれないが遠藤とドストエフスキーではそれほど大きな違いがある。遠藤の神はなにより「同伴者」イエスであり、もっぱら受動的・母性的存在である。

　対するドストエフスキーの神は男性的で大審問官の威圧的態度にも臆するところは少しもない。むしろ彼は今や自分に代わり民衆の苦悩を一身に引き受ける目の前の大審問官に限りない同情と憐れみを感じているので何ひとつ反論するどころか、ただ黙って大審問官のカサカサに乾いた唇に接吻して立ち去るのである。懐疑論者（無神論者ではない）イワンは弟アリョーシャに禅の師家が弟子にするように、さあ、お前は（この神話を創った俺を）どうするかとばかりに迫るがアリョーシャは黙ってその唇に接吻して立ち去る。するとイワンはなぜか有頂天になり、剽窃だ、お前は俺のアイデアを盗んだのだと言う。

七　遠藤の神、ドストエフスキーの神――「重層的な構造」分析から明らかになるもの

「象徴層」つまり神学の部分における比較においては遠藤の神とドストエフスキーの神との違いは明らかだが「三層構造」の中間層、すなわち「自伝層」の比較においてもそれらは異なる。遠藤の神とは言うまでもなく遠藤の母であり、(21) ドストエフスキーの神とは『カラマーゾフの兄弟』（父殺しのテーマ）の作家にふさわしく、フロイト的な憶測を試みるまでもなくそれは（ユダヤ・キリ

スト教的）ヨーロッパ人の伝統的父親像の変形だ。ナザレの大工イエスとセビリアに再臨したキリストでは、こんなにも違う存在なのだ。

もちろん、二人のキリスト像には共通点も多くある。すなわちなにより『沈黙』以来の遠藤の異端的とも言えるラディカルなキリスト理解、つまりキリスト教会ではなくキリストその人を問う姿勢とドストエフスキーのローマ・カトリック嫌いで――大審問官はローマ教皇[22]とも言われている――かつ伝統的なロシア正教よりもロシアの大地に根ざす民衆的、メシア待望論的キリスト教信仰のスタンス――『白痴』のなかの「マリイの信仰」、『カラマーゾフの兄弟』のなかの「一本の葱」の挿話によく現れている――は時代や場所を超え共通性をもつことも事実だ。ドストエフスキーは「真理がキリストの外にあったとしても、わたしはむしろ真理よりもキリストとともにあることを望む[23]」と言うが、アウグスティヌスの言う人間キリストによってキリスト者の神におもむく点などは遠藤とまったく同じスタンスだと言えようか。

両者の共通性にせよ差異にせよ、私が強調したいのはドストエフスキーと同じく遠藤の作品理解にあたっても、この三層構造（表面的な物語層、象徴により表わされる神話・象徴層、そしてその中間の自伝層）から総合的に検討することが必要かつ有効だということなのだ。例えば遠藤の『沈黙』を取り上げてみよう。ロドリゴは井上筑後守とキリスト教について論争する。論争の進行とその前後の経緯は「物語層」におけるドラマであるが、この「物語層」におけるロドリゴの言動を理解するためにはキリスト教神学の一大変化という、『沈黙』執筆時における神学的背景の変化という「象徴層」――さらに詳しく分ければ亀山氏のいうところの「歴史層」――をまず理解しなければならない。「象徴層」のドラマとしてロドリゴの口から出るセリフは日本人に分かるキリスト教（キリスト教の土着化または文化内開花）であり、これは第二バチカン公会議以降のローマ教会の変化を先取りするものだ。他方、彼と論争する井上筑後守は公会議以前のローマ教会を代弁する。ロドリゴの「物語層」における行動のドラマはかくして上位の「神話（象徴）層」のドラマに支配されており、そしてまた中間層の「自伝層」はというとロドリゴの踏絵のシーンにそれは現れている。すなわちロドリゴと「踏み絵」のキリストの顔の関係、言い換えれば遠藤自身と彼の母との関係において「自伝層」が顔を出すのである。

結　び――多面体の作家、遠藤周作とドストエフスキーへの有効なアプローチ

以上、述べてきたことからドストエフスキー作品の随所にも遠藤と同じ意味でキリスト教的「象徴」が使われ行間に作者の真のメッセージが秘められていること、しかしドストエフスキーにはまた彼独自の経験に由来する「象徴（隠喩）」も使用されていること、さらに両者の「神話」を比較する際には「重層（物語層、神話層、自伝層そして歴史層）的構造」からの分析が極めて有効であ

ることを論じてきた。いまこの方法を使って我々が『深い河』の登場人物の名前や地名の「象徴」を分析すると、次のような面白い事実が明らかになる。すなわち遠藤の『深い河』の登場人物の名前に隠された意味「象徴層」を探ると「物語層」のその後の展開も予想可能なのである。例えば落伍した神父「大津」の名は大いなる津・港・渡し場の意味で行き倒れの死者を此岸から彼岸へと渡す彼にふさわしい名だ。「大津」の津の「さんずい」は彼が大いなる「水」の授け主であるともまた読める。ガイドの江波、女主人公成瀬美津子にも二重に水の象徴「さんずい」がついているが、この水とはイエスがサマリアの女に与えた「永遠の生命の水」と考えられる。さらに転生した（?）妻をインドに探す磯辺は水辺ではあるが、いまだ「生命の水」に浸って（つまり救われて）はいない存在と解釈すれば、それはドストエフスキーの「象徴」に基づく命名遊びにはまった、あまりにも恣意的な深読みだと遠藤に笑われてしまうだろうか。

注

（1）拙著『遠藤周作の世界――シンボルとメタファー』教文館、二〇〇七年、三四～三六頁参照。

（2）「ドストエフスキイの世界は、とてもわれわれのような作家がおよぶところではない」。佐藤泰正氏との対談『人生の同伴者』新潮文庫、一九九五年、二二八頁参照。

（3）遠藤周作『異邦人の立場から』講談社文芸文庫、一九九〇年、「カトリック作家の問題」（九～七八頁）、「私の文学」（二六七～二七六頁）。

（4）亀山郁夫『カラマーゾフの兄弟』続編を空想する』光文社新書、二〇〇七年、一〇一、一〇四頁参照。
（5）『遠藤周作文学全集』第二巻（以降『遠藤全集』と略す）、新潮社、一九九九年、一九四頁。
（6）中森義宗『キリスト教シンボル図典』（世界美術双書別巻）東信堂、一九九三年、項目一二〇。
（7）『遠藤全集』第六巻、一九九九年、七四頁。
（8）ヨハネによる福音書一五・一三。
（9）前掲拙著、四八頁参照。
（10）米川正夫訳『ドストエーフスキイ全集第七巻　白痴（上）』（以降『ドスト全集』と略す）河出書房新社、一九六九年、八七頁。
（11）江川卓『謎とき『白痴』』新潮選書、一九九四年、二三～二四頁。
（12）『ドスト全集七』一九六九年、一七一頁。
（13）中森義宗、前掲書、項目三〇七参照。
（14）拙稿『横浜女子短期大学研究紀要』二三号、二〇〇八年参照。
（15）『ドスト全集九』一九七〇年、四六〇～四六二頁。
（16）『ドスト全集七』一九六九年、四四五～四四六頁。
（17）ドストエフスキーでは「蝿」よりむしろ「蜘蛛」や他の「昆虫」に気味の悪い悪魔の象徴が付されることが多い。例えば『罪と罰』のなかでスヴィドリガイロフがラスコーリニコフに来世の生活を信じているのかと尋ね、来世の生活とは田舎の風呂場みたいに小さな場所に蜘蛛が群がっている所かもしれない、と言う（『決定版　ドストエフスキー全集』第七巻、新潮社、一九七八年、三〇四～三〇五頁）。

(18) 江川卓『ドストエフスキー』岩波新書、一九八四年。亀山郁夫「悲劇のロシア――ドストエフスキーからショスタコーヴィチ」NHKTVテキスト『知るを楽しむ　この人この世界』二〇〇八年二・三月、NHK出版参照。
(19) 注18の亀山郁夫前掲書を参照。
(20) G・スティナー「トルストイと大審問官」J・S・ワッサーマン編『ドストエフスキーの「大審問官」』ヨルダン社、一九八一年参照。大審問官の原型は他にもある。関心のある方は同書のP・ラーヴ「大審問官伝説」を参照。
(21) 江藤淳『成熟と喪失』河出書房新社、一九六七年。
(22) フランスの文豪ヴィクトール・ユゴーの詩劇「ヴァチカンのキリスト」がドストエフスキーの「大審問官」の原型。注20のP・ラーヴ「大審問官伝説」J・S・ワッサーマン編前掲書を参照。
(23) フォンヴィージン夫人宛手紙『ドスト全集一六　書簡(上)』一九七〇年、一五五頁。

参考文献（本文・注で言及しないもの）

亀山郁夫『『悪霊』神になりたかった男』みすず書房、二〇〇五年
同　『ドストエフスキー　父殺しの文学（上）』NHKブックス、二〇〇四年
同　『ドストエフスキー　父殺しの文学（下）』同
小林秀雄『ドストエフスキイ全論考』講談社、一九八一年
作田啓一『ドストエフスキーの世界』筑摩書房、一九八八年
G・スティナー（中川敏訳）『トルストイかドストエフスキーか』白水社、一九六八年
G・ハインツ＝モーア（野村太郎・小林頼子監訳）『西洋シンボル事典』八坂書房、一九九四年

ハンス・ビーダーマン（藤代幸一監訳）『図説　世界シンボル事典』八坂書房、二〇〇〇年
A・ド・フリース（山下主一郎ほか共訳）『イメージ・シンボル事典』大修館書店、一九八四年
森有正『ドストエーフスキー覚書』筑摩書房、一九六七年
M・ルルカー（池田紘一訳）『聖書象徴事典』人文書院、一九八八年
V・ローザノフ（神崎昇訳）『ドストエフスキイ研究』弥生書房、一九六二年

Ⅲ　対比文学研究——遠藤周作、ドストエフスキー、モーリアックとG・グリーン

1　多面体の作家遠藤周作とドストエフスキー
――作品の重層的構造分析による「対比文学」研究の可能性

序　小論の課題――作品の重層的構造分析による「対比文学」研究の可能性

ここでの課題は遠藤周作とドストエフスキーのような「多面体」の作家の重層的な構造の作品を従来の「比較文学」的方法、すなわち厳密な因果関係の実証によってではなく、「比較（対比）思想」的方法――二つの相異なった文化の間に発生した思想（哲学）や宗教をその類似性と差異性において構造的に比べ合わす方法――により解釈することは出来ないか、またそれにより何らかの方法論的な寄与が可能かどうかを明らかにすることである。

一　「多面体」の作家遠藤周作とドストエフスキー——どちらも一筋縄でいかぬ作家

「多面体」の作家遠藤とは遠藤の作品がアプローチによっては様々な姿を呈するという意味でその作品の解釈が一筋縄ではいかぬという意味である。この点についてはドストエフスキーもまったく同じだ。ここで遠藤の場合の実例として『スキャンダル』と『深い河』を考えてみよう。『スキャンダル』の主人公勝呂にそっくりな贋者《にせもの》（二重人格、分身(1)、二重身）の理解にはまずユング心理学の元型の影(2)に関する知識が有効である。また『深い河』の主人公大津の言動の理解にはJ・ヒック(3)のキリスト教的多元論に関する知識が必須だ。だが、もしそれらの知識だけで単旋律的に作品分析を試みてもその作品理解は浅薄なものにならざるを得ない。と言うのも『深い河』の場合にはヒック以外の宗教多元論(4)、仏教、ニュー・サイエンス等に関する知識とさらにそれ以上にカトリックの教義についての正確な知識、信仰一般に関するある種の体験的理解が要求されるからである。同様に『スキャンダル』の理解には無意識、影、夢判断等、深層心理に関わる知識もさることながら罪と悪、性（情欲）、神、恩寵という哲学的、キリスト教神学的な知識もまた求められるからである。もちろん『スキャンダル』全体のテーマが老いと永遠の若さの追求なので、構想にゲーテの『ファウスト』の影も無視出来ない。ドストエフスキーについては『白痴』に関して後に簡潔に触れる。

二　「多面体」の作家遠藤作品の理解――「屈折率」の解釈学

以上のことから分かるように「多面体」の作家遠藤の作品理解には一筋縄ではいかぬ困難さが伴うが、それは次の二つに由来する。すなわち一つは内容的に遠藤が創作にあたって作品に取り込んだ思想（哲学）・宗教に関する諸々の学問的知識、その時代特有の歴史認識、作品の随所に見え隠れする遠藤の個人的体験の痕跡とさらには先行の作品群からの影響という複合的なものであり、二つめは形式的に遠藤の作品が「黙示文学」的な構造をもつことである。さらにまた遠藤は先行の文学作品その他から影響を受けながらも同時に彼固有の何かを付け加える。それゆえ遠藤の原作品・原思想に対する「屈折率」の解釈学が我々の課題となるのだ。さて彼のような「多面体」の作家の作品理解のためには従来の文学研究の方法だけでは不十分という思いから私としては例えば従来からの比較文学的方法[5]ではない、比較（対比）思想的方法――二つの相異なる文化の間に発生した思想（哲学）や宗教の類似性と差異性を構造的に比べ合わす方法――を応用した「対比文学」的方法によって作品解釈することを提案したいのである。それによって文学が個人の恣意的な解釈ではなく、何らか方法的な考察による解釈も可能になるのではないかと考えるのである。

三 『ヘチマくん』を読み解く――聖愛（アガペー）と世俗愛（エロース）

ところで遠藤の作品はどういう意味で「多面体」なのか。一言で言うと遠藤の作品は表面の形而下の意味（物語層）とその奥に秘められた形而上的意味（象徴層）の二重構造――「ヨハネ黙示録」のような黙示文学的構造――を持つことである。ここで「多面体」である遠藤の作品解釈の「二層（物語層と象徴層）または四層構造（二層に自伝層と歴史層を加える）」の格好の分析例として『ヘチマくん』をとり挙げる。『ヘチマくん』は一九六〇（昭和三五）年六月二日から一二月二二日まで「河北新報」に連載された新聞小説で、その筆致は『おバカさん』に比べて完全に大人向けの風俗小説的である。主人公ヘチマくんの一途な純愛（無償の愛）が泥中の白蓮華《びやくれんげ》か白百合かという汚れを知らぬ可憐な処女典子に捧げられる。この作品は汚れなき聖愛（agape, アガペー）の物語を縦糸に、横糸には銀座の風俗描写としての世俗愛（eros, エロース）がふんだんに盛り込まれ面白い読物となっている。しかし同時にそこに散りばめられた「象徴」と「隠喩」を読み解けば『おバカさん』に劣らぬ遠藤のキリスト教的メッセージを読者は発見することになる。

主人公（通称ヘチマ）は飄々《ひようひよう》とした風采の青年で人間が人間にとって狼である世間の渦から一歩も二歩も退いた生きかたをしている。主な舞台は昭和三〇年代後半の東京は銀座。生馬の眼をぬく夜の銀座を様々な人種が蠢《うごめ》き、失職中のヘチマはその銀座でスリに全財産をすられてしまう。夜の銀座の生態。そこに描かれるのは狐と狸の化かしあい、まさに弱肉強食の世間の渦姿である。一夜、銀座で夜を過ごしたヘチマはバー「林檎《りんご》」のマダム菊地銀子に拾われホステスのスカウトの仕事にありつく。美貌で狡知《こうち》にたけた銀子は常連客の一人熊坂から聞いていたまるで浮世離れしたヘチマに興味を抱く（この後の詳しい展開は各自でお読みください）。「ヘチマ」は無償の愛をひょんなことで出会った永遠の女性（センブキ屋の経営者のお嬢さん典子、ヘチマのBeatrice（ベアトリーチエ）に捧げるのだが、その出会いには果物の「イチゴ」が関わっている。

四　「物語層」と「象徴層」の二重構造――「黙示文学」としての『ヘチマくん』

ただし上述の粗筋は物語層のそれであって象徴層のストーリーが背後に隠れている。そこで象徴層を「キリスト教図像学」で読み解くと、表面のストーリーとは異なった意味が現れる。すなわちバー「林檎」は原罪を、常に全身黒ずくめでマモンに仕える拝金主義者のバーのマダムは悪魔を、ヘチマくんが永遠の女性に捧げる果実の「イチゴ」は聖母マリア・善行・霊魂の果実を意味する。さらに瓢箪《ひょうたん》の一種である「ヘチマ」は瓢箪が生命の水を運ぶ器としてキリストの復活を象徴するのでそれに準じた存在となる。つまり林檎とともに一幅の絵の中に描かれた瓢箪（ヘチマ）とはキリストの復活の象徴として悪や死の対抗物となる。ここで「二層構造」に加え「四層構造」による分析の項目を以下に示そう。

物語層（形而下の出来事）――夜の銀座の世俗愛と拝金主義の競争社会における闘争
象徴層（形而上の出来事）――聖愛（アガペー）の世俗愛（エロース）に対する勝利
歴史層――日本の高度経済成長と万事につけ金が命（拝金主義）の世界観の反映
自伝層――結核の闘病体験、なるようにしかならぬ人生、ヘチマのように風まかせ

五　「対比文学」の方法――「重層的構造」分析による対比文学研究

しかし今回、私が提案したい研究方法とは上の場合のように単独の作品の構造分析ではなく影響関係が読み取れる二つの作品のそれぞれに上の「四層構造」の分析を加えることで両者の構造的な類似性・差異性の検討に一層役立てようとするものである。では、それは従来の比較文学的方法とはどう違うのか。学問として確立されている比較文学的方法とは影響を与えた作品と与えられた作品間の厳密な因果関係を検証するものである。すなわち遠藤とドストエフスキー作品の比較の場合には現在までに知られている遠藤によるドストエフスキーに関する述懐・対談の記録、創作ノートや作家の日記、さらに蔵書に残るドストエフスキー関連の書き込み等から両者の因果関係を実証的

に論じるものである。つまり直接の因果関係に関する仮説の下に両作品を構成（主題の展開）、人物の造形、文体と語彙《ごい》における特徴（殊に象徴や隠喩の使用）等にわたり実証的に比較検討することである。

私が提案したいのは、しかしこの伝統的な比較文学的方法ではなく、言わば重層的構造分析による新しい「対比文学」的方法である。すなわち両作品を四つの重層的な構造において比較（対比）するものである。四つの重層的な構造とは「物語層」――物語の次元における類似性、「象徴層」――作品の思想の次元、「自伝層」――作家の幼児期の体験の痕跡、そして「歴史層」――作品創作当時の歴史的状況の影響において両者を比較・対比することである。それによって何が分かるのか。両者の作品の外見上の類似性ではなく構造としての類似性と差異性が浮かび上がり両作品の特徴がより明確になる。この方法によると主として実証可能な因果関係のなかに類似した姿を求める「比較文学」的方法に比べ外見上の類似性よりむしろその差異性がより多く目立つことになる。しかしそのことによって両作品の特徴がより一層、明確に把握されるのではないか。

六　遠藤周作とドストエフスキーの作品における類似と差異――「巧《うま》い詩人は盗む」

遠藤周作はドストエフスキーから多くを学び、また作家としてドストエフスキーの器の大きさを高く評価している。[6]思いつくままに具体的な作品で言うと『聖書』関連では『黄色い人』のエピグラフ（「ヨハネ黙示録」ラオディキアの教会への手紙から）は『悪霊（悪鬼ども）』[7]他にある。作品の主人公で言うと『おバカさん』のガストン青年は『白痴』のムイシュキン公爵に、『スキャンダル』の主人公勝呂の贋者は『分身』のゴリャートキン氏の分身と、そして、同じ『スキャンダル』の中で成瀬夫人がレズ相手の糸井素子が自殺するのをじっと待つ箇所はまさに『悪霊』のスタヴローギンの告白の一節[8]（凌辱した少女の自殺を待つ）を想起させる。またスタヴローギンの五つの告白（窃盗、二つの姦淫、無関心他）は『海と毒薬』の戸田の告白のヒントかもしれぬ。[9]さらにT・S・エリオットは「下手な詩人は真似るが、巧い詩人は盗む」と評したが、その意味で遠藤の剽窃の圧巻は『死海のほとり』における前の大祭司アンナス対大工の対話である。それはまさに『カラマーゾフの兄弟』中の「大審問官」における老大審問官とキリストとのやりとりそのもの[10]である。もちろん、後者のキリストは沈黙したままであるが。これらの箇所は一見よく似ているが、はたして内容的にもそうだろうか。それを見分けるにはどうしたらよいのか。

七　「対比」のための格子（または図式）――「象徴層」の構造の対比

江川卓[11]によればドストエフスキーの小説は「聖と俗」の二層構造からできておりウクライナに伝

わる人形劇ヴェルテップを想起させる。しかし西欧の芸術の伝統[12]に鑑みれば、この二層構造は人形劇ヴェルテップに限らない。一つの画面のなかに聖と俗を描きこむ技法はルネッサンス絵画にあるからだ。それはともかくここで私は江川卓・亀山郁夫両氏の「聖と俗」の階層構造（二もしくは四層）の指摘からヒントを得て対比の視点を考えてみた。以下は遠藤の『おバカさん』とドストエフスキーの『白痴』の対比的な素描である。

『おバカさん』	『白痴』
○物語層（形而下）——殺し屋遠藤の復讐をガストン青年が妨害し殺人（大罪）を防ぐ、平和主義（無抵抗主義・非暴力）の弱さ	○白痴と性的不能の青年と二人の女性との恋の確執（三角関係＋一人）、変則四辺形の恋愛の悲喜劇
○象徴層（形而上）——キリスト（ガストン）、同伴者イエスによる贖罪死（身代わり）（自己無化・ケノーシス）、平和（非暴力の強さ）のパウロ的逆説、愛・アガペーと人間への信頼 夢における象徴（隠喩）と仄めかしに注意	○キリストの死と復活（聖痴愚ムイシュキン）、世界で一番美しい人キリスト＋ドン・キホーテの現代における冒険と挫折の物語、エロースとアガペーの交錯 象徴的な人名[13]の意味に注意
○歴史層——昭和三〇年代後半高度経済成長下における人間の孤独・疎外、暴力主義（力の論理）、唯物主義・経済至上主義	○一九世紀後半のロシアにおける近代化の問題、人間疎外、唯物主義・拝金主義、機械論的生命観 vs 自然愛好、愛国主義 vs 西欧かぶれ
○自伝層——結核の闘病経験（殺し屋遠藤）	○持病癲癇との闘い（死の恐怖）、愛娘ソフィアの死

八　ムイシュキンとガストンの「物語層」における共通性——「白痴、聖痴愚」[14]

ドストエフスキーはこの作品でこの世で「最も美しい人キリスト」を描こうとした。遠藤はそのムイシュキンを意識[15]しながらガストンを描いた。フランスの間の抜けた漫画の主人公と同名の主人公はホームステイ先の檜垣家での日常生活の受け答え一つにしても「ふあーい」と返事をし、また馬のような長い顔（ときには河馬《かば》）で出された食物をパクリパクリと飲み込む。さらに拉致され、殺し屋遠藤の手から逃れる最もスリリングな場面でも検問中の警官の面前でパラリと日本の伝統的男性用下着をひろげたりとすべてが滑稽《こっけい》ではある。もっとも先輩のムイシュキン公爵のほうもエパンチン将軍家で初対面の奥方と三人の令嬢を前に念入りにバーゼルで見たロバの話をする。ここでのロバの役割とはバーゼル（王の都）という都市名の由来からも平和の君キリストのエルサレム入城を連想させるのだろうが、ロバとは何とも間の抜けた動物、しかもやや性的に不謹慎な連想[16]を伴う動物のイメージが読者の脳裏に湧く。かくして彼の描くキリスト公爵（ムイシュキン）はユーモラスな、幼子のごときまったくの無私の精神をもって周囲に接し始めるのだが、結果的には人を不幸にするばかりである。しかもムイシュキンの聖性は小説の進行とともに徐々に衰退していく。

九　ムイシュキンとガストンの「象徴層」における差異
——自己無化（ケノーシス）の有無

江藤淳は遠藤の『おバカさん』を新聞小説の傑作であるばかりでなく処女作以来、一番の傑作だと評価しその理由として一見ただのユーモア小説のように見えながらも、大部分の日本の近代小説にはないスケールの大きさが秘められており人間の基準にいわば垂直にまじわっている神聖なものの基準があるからだと述べている(17)。

江藤は『おバカさん』のもつキリスト教文学としての本質を見抜いている。ではそこで江藤の言う人間の基準にいわば垂直にまじわる神聖なものとは一体、何であろうか。一言で尽くせば、それは『おバカさん』がこの世のなかで「もっとも美しい人キリスト」の聖性を担っていることである。現代においてキリストを描くことはじつに難しいにもかかわらず遠藤はキリスト教になじみの薄い日本人読者に対して見事にキリストを描いている。そのキリストは世俗的な価値のただなかにあって毅然として聖なる価値（自己無化もしくは無私の愛）のもつ本当の強さ、本当の美しさを見せる。それに対して最も美しい人を描こうとドストエフスキーは望みながら結果として『白痴』の主人公に我々が見いだすものは一種の精神障害、生命力の衰退、存在感の希薄である(18)。当初にはキリストと見紛うばかりの謙遜と見えたものが後には一種の精神障害、持病の癲癇《てんかん》による白痴とさえ見えてきてしまうのである。例のいびつな恋愛四辺形でもムイシュキンの愛情生活はまるで分裂している。

とにかく『おバカさん』は読みおわって清々しい思いがするが、それは世俗的な物語の進行の奥にキリスト――自らは無辜《むこ》でありながら人類に対する愛のために身代わりとなった――の自己無化（ケノーシス）の物語が二重写しになっているからである。『白痴』は作家自身の半ば開き直りとも受け取れるコメントにもあるようにドストエフスキーは極めて不可解な終わり方をさせている。

一〇　最期の場面における差異――「死して蘇れ[19]」

ここで両作品の最期の場面を振り返ってみよう。まずは『白痴』のほうから。ロゴージンがナイフで刺殺したナスターシャの死体を前にムイシュキンと二人なかよく通夜をする場面である。その場面はドストエフスキーがかつてドレスデンで見たラファエロの「シストの聖母[20]」を小説中で再現しているかのようだ。ロゴージンは去勢派の父親からたぶん少年期に去勢を施されたに違いない。なぜなら彼はナスターシャに死ぬほど恋焦がれながらも新婚の新床をそれまで経験しなかったことが暗示されているからだ。毎晩、トランプばかりやっていたと彼はムイシュキンに告白する。性的に不能の男性二人と死ぬ間際に「オリョール（去勢派の聖地[21]――筆者注）へ行きたい」という謎めいた言葉を残した絶世の美女による奇妙な恋愛の結末はなんとも後味が悪い。しかし二枚腰、三枚腰のドストエフスキーはそんなことは先刻承知とばかり、小説の中で傍観者エヴゲーニー[22]をして「最初から……中略……あなたがたの関係は虚偽ではじまりました……中略……事件ぜんたいの基礎は、第一にあなた（ムイシュキン――筆者注）の……中略……生まれつきの無経験と……中略……あなたのなみはずれてナイーヴな性質と、適度という観念の極端な欠如」にある、と読者の思いを代弁させている。

ガストンは逆である。臆病で少し足りないんではという所から出発して小説の最後の所では愛の実践のためには自らの死をも厭《いと》わない聖なる強虫へと変身するのである。つまりガストンはキリストと同じく自らは無辜であるにもかかわらず暴力の犠牲になって死ぬのに対しムイシュキンは誰のためにも死なない。死なないキリストはもとより復活もしないし奇跡も行わない。万に一つの希望を抱いてムイシュキンを訪れるイポリットに対してムイシュキンは「われわれのそばを通り抜けてください、そしてわれわれの幸福を許してください[23]」とさえ言う。ここで我々はドストエフスキーの描く最も美しい人キリストとは『新約聖書』に描かれた神キリストではなく一九世紀に流行したロマン派のたぶんに人間的なキリストであること、つまり神の子キリストではなく文字通りの「人の子」であったことに想い至る必要がある。作中でナスターシャはムイシュキンの優しい扱いに触れて、はじめて人間らしい人間に出会ったと言うが、これはドストエフスキー特有のダブル・ミーニング（double entendu）で『新約聖書』に出てくる「人の子（人間の形をした神）」と人間そのものとの両方を示唆しているのだ。

結び

以上を要約すると（一）遠藤は多面体の作家である。と言うのも彼の作品は言わば一種の黙示文学であり目に見える形而下の世界すなわち「物語層」と目に見えない形而上の世界すなわち「象徴層」の二層（また歴史層、自伝層の四層）構造からなる。（二）遠藤の作品を理解するにはそれらの重層構造の分析によって特に「象徴層」における「象徴」[24]と「隠喩」の意味を読み解く必要がある。（三）この重層構造分析をさらに他の多面体の作家（本論ではドストエフスキー）のそれらと「対比」することは両者の、あるいは少なくとも遠藤の作品理解をより深くするのではないか。そういう意味で小論はもとより精緻な作品分析に基づく実証研究ではないが、「多面体」の作家遠藤の研究方法に関する方法論的試案の一つにはなると思うのである。

注

（1）ロシア語ドヴォイニーク（英double）そっくりさん、二重人格、ドッペルゲンガー（独の民間伝承、ロマン派の詩人等に影響)。ドストエフスキーへの影響は、E・T・A・ホフマン『悪魔の美酒』一八一六年、E・A・ポオ『ウィリアム・ウィルソン』一八三九年参照。

(2) 河合隼雄『影の現象学』思索社、一九七六年、第一章「『影』の概念」の項(二五〜三〇頁)(影は自分の劣った性向や両立しがたい傾向の人格化した補完的存在)及び第二章「二重身(ドッペルゲンガー)」の項(五九〜七三頁)参照。同講談社学術文庫、一九八七年には遠藤の解説付。

(3) J・ヒック(間瀬啓允訳)『神は多くの名前をもつ』岩波書店、一九八六年。『増補新版　宗教多元主義――宗教理解のパラダイム変換』法藏館、二〇〇八年他参照。ただし「創作日記」の遠藤の感懐と遠藤自身のスタンス、さらに小説中の大津の主張は微妙に異なる。

(4) 間瀬啓允編『宗教多元主義を学ぶ人のために』世界思想社、二〇〇八年参照。

(5) 比較文学という言葉を一番最初に用いたのは英国のH・M・ポズネット(『比較文学』一八八六年)であろう。ちなみに日本では坪内逍遙が比照文学という言葉を使っている。フランスでは社会学の影響で一九世紀末から二〇世紀初頭にかけてもっぱら実証を旨とする比較文学が誕生、発展した。二つの大戦間の、すなわち二〇世紀前半の比較文学はソルボンヌ大学の実証研究が主流で二国またはそれ以上の国の文学作品の間に知られる文学上の史的関係、つまり文学作品の外国における材源、作家や作品の国際的な名声や受容、国境を超えた影響の授受などに関し具体的、実証的な追跡が行われた。そして実証不可能、明確な歴史的因果関係を伴わない現象の研究は恣意的な解釈として退けられた。しかし方法が厳密であればあるほど、この狭義の比較文学、厳密学としての実証研究には弱点――研究の対象領域がきわめて限定的なこと――もある。この歴史主義的なアプローチでは文学作品の内的意味の探究や評価がないがしろにされ、もっぱら瑣末《さまつ》主義(重箱の隅をつつくような枝葉末節の議論)に陥いる傾向がある。また厳密な因果関係の実証だけでは文学の周辺問題の研究、文学の補助学に過ぎぬという批判も強い。とくに第二次大戦後のアメリカにおいては広義の比較つまり対比文学研究――史的には直接の因果関係が実証できないような国際間の文学現象の比較――を含む広義の「比較文学」が提唱された。日本における重要な研究の詳細については日本比較文学会編『比較文学』、東大比較文學會編『比較文學研究』、早稲田大学比較文学研究室編『比較文学――方法と課題』を参照。アメリカの「対比研究」の興味深い具体例については以下を参照。A・O・オールドリッジ著（亀井俊介序論、秋山正幸編訳）『比較文学――日本と西洋』南雲堂、一九七九年。その中には極めて日本的な作家と思われている川端康成や三島由紀夫における外国文学の影響について次のような研究がある。三島について『仮面の告白』のエピグラフにドストエフスキー『カラマーゾフの兄弟』からの一節が使われている。『金閣寺』の主題にサルトルの『水入らず』（J・P・サルトル全集五巻「壁――短編集（改訂版）」人文書院、一九七五年）の「エロストラート」の影響がある。モーリアックの『テレーズ・デスケルー』から『愛の渇き』、古代ギリシャのロンゴス『ダフニスとクローエ』から『潮騒』と。川端については『山の音』とH・ジェイムズの『使者たち』に関しての対比研究がある。

（6）遠藤周作（聞き手佐藤泰正）『人生の同伴者』新潮文庫、一九九五年、二二八～二二九頁参照。

（7）米川正夫訳『ドストエーフスキイ全集第九巻　悪霊（上）』（以降『ドスト全集』と略す）河出書房新社、一九七〇年、四五〇頁。

（8）同四五三～四六七頁参照。

（9）『遠藤周作文学全集』第一巻、新潮社、一九九九年、一四四～一五六頁参照。

（10）本書II―4参照。

（11）江川卓『ドストエフスキー』岩波新書、一九八四年、六〇～七二頁参照。

（12）例えば盛期ルネッサンスのラファエロの「キリストの変容」一五一八～二〇年、バチカン美術館。

上半分ではキリストの変容が、下半分にはキリストによって癲癇に苦しむ少年が癒される姿が描かれている。この二つの場面はもともと聖書の異なる箇所（マルコ九・二〜八他と九・一七〜二六他参照）の記述だが、ラファエロは同一画面に描くことである効果を狙っている。もう一つは少し時代が下るがスペインのベラスケスの「台所の情景　マルタとマリアの家のキリスト（ルカ一〇・三八〜四二）」一六一八年頃、ロンドン・ナショナル・ギャラリーである。これらはいずれも『新約聖書』の「場面（聖）」と「人間の日常生活の場面（俗）」とを同時に描くことである相乗的な効果をもたらす。

（13）　例えばナスターシャ・フィリッポヴナ・バラシュコヴァのナスターシャは復活、バラシュコヴァは小羊、父姓フィリッポは愛馬であるから彼女の名前が示唆するのは、奔馬のごとき性質を秘め犠牲の小羊として殺される運命にあるのだが後に復活する。彼女の復活には二つの意味、すなわち愛人の境遇（生き地獄）からの脱出という意味とキリスト教でいう復活の意味がある。拙論『横浜女子短期大学研究紀要』二三号、二〇〇八年参照。

（14）　ユロージヴィ（男）ユロージヴァヤ（女）、聖痴愚は苦行のためしばしば首から重い鎖を垂らし寒空にも半裸体である（トレチャコフ画廊所蔵スーリコフ「モロゾヴァ公爵夫人」の画面右下の苦行者の図を参照）。聖痴愚については中村喜和『聖なるロシアを求めて——旧教徒のユートピア伝説』平凡社、一九九〇年、付論二章「瘋癲行者覚書」二三九〜二七四頁参照。聖痴愚の三条件とは清貧、貞潔に加え智慧を望まないこと。他の作ではプーシキン『ボリス・ゴドノフ』のハック、『罪と罰』でもラスコーリニコフがソーニャを「ユロージヴァヤ」（米川訳では「狂信者」となっている）とよぶ所がある。『ドスト全集第六巻　罪と罰』一九六九年、三一八頁。

（15）　遠藤は「愛の男女不平等について」『婦人公論』一九六四年三月の中で「ドストエフスキーは彼がもっとも理想的人間（つまりキリストにちかい男）を『白痴』という題で書きました。……中略……

私も自分のキリストを『おバカさん』という同じような題で小説にした」と述べ、『聖書のなかの女性たち』講談社、一九六七年、二〇六頁でも「私は『おバカさん』という作品でこのベルナノスの『田舎司祭の日記』やモウリヤックの『仔羊』に描かれた主人公をもっと一般的な形で書こうとした」と述べる。

(16) A・ド・フリース『イメージ・シンボル事典』大修館書店、一九八四年参照。
(17) 遠藤周作『おバカさん』角川文庫（解説江藤淳）、一九六二年。
(18) R・ジラール（鈴木晶訳）『ドストエフスキー』法政大学出版局、一九八三年。
(19) ヨハネ一二・二四参照。
(20) ラファエロの「シストの聖母」は左右に大きく開かれた緑色のカーテンの下に幼子イエスを抱き白い雲に乗った聖母マリアが右足を地上界に踏み出さんとする様子が描かれている。画面左手の教皇シクストゥス二世はたったいま天上界から降り立った聖母子に向かって、画面と画面を見ている我々の間に置かれている柩の主の救霊（天国での永遠の命）のとりなしを願っている。詳しくは富岡道子『緑色のカーテン——ドストエフスキイの『白痴』とラファエッロ』未來社、二〇〇一年、及び拙論（注13）参照。
(21) 亀山郁夫『ドストエフスキー　父殺しの文学（下）』NHKブックス、二〇〇四年、江川卓『謎とき『白痴』』新潮選書、一九九四年、一一八頁参照。
(22) 『ドスト全集第八巻、白痴（下）』一九六九年、一三〇頁。
(23) 同七〇頁参照。
(24) ガストンが渋谷で泊めてもらう占い師の蜩亭老人の蜩《ひぐらし》とは蟬《せみ》の一種で、蟬はキリスト教図像学ではキリストの復活を宣言するものとされている。ガストンが白鷺《さぎ》となって飛翔していくのもキリストの象徴である。詳しくは拙著『遠藤周作の世界――シンボルとメタファー』教文館、二〇〇七年、三四〜三六頁参照。

参考文献（本文及び注で言及していないもの）

遠藤周作『ヘチマくん』角川文庫（解説奥野健男）一九六三年
同　『おバカさん』中公文庫（解説矢代静一）一九七四年
P・エフドキーモフ（古谷功訳）『ロシア思想におけるキリスト』あかし書房、一九八三年
岡田温司『もうひとつのルネサンス』人文書院、一九九四年
亀山郁夫『ドストエフスキー　共苦する力』東京外国語大学出版会、二〇〇九年
A・サミュエルズ他（浜野清志、垂谷茂弘訳）『ユング心理学辞典』創元社、一九九三年
M・バフチン（望月哲男・鈴木淳一訳）『ドストエフスキーの詩学』ちくま学芸文庫、一九九五年

2　『沈黙』と『権力と栄光』[1]の重層的な構造分析による対比研究
――主役はユダか、それともキリストか

「良い羊飼いは羊のために命を捨てる」
――ヨハネ一〇・一一

「あなたにたいする信仰は昔のものとは違いますが、やはり私はあなたを愛している」
――『沈黙』

序　重層的な構造分析による対比研究の一事例として

前章で私は遠藤の『おバカさん』とドストエフスキーの『白痴』を重層的な構造分析[2]により比較・対比することによって新たな文学研究の可能性を提示した。今回はその中でも特に物語層と象徴層を中心に遠藤の『沈黙』とG・グリーン[3]の『権力と栄光』を比較・対比したい。両者を比較する論文[4]はすでに何点か存在する。では小論はそれらとどう違うのか。端的に言うと、私が論証したいことは重層的な構造分析（物語層と象徴層）を使って、表面的な「物語層」における類似性にも

かかわらず、背後の「象徴層」の次元では両者が明らかに相異することである。

言い換えると両者の相違は真の主役が「ユダ」なのか「キリスト」なのかという点にある。全体的な物語上の展開としてはどちらも歴史的な禁教下(5)における潜伏司祭の逃避行、官憲による追跡、「ユダ」の裏切りによる司祭の逮捕とその後の背教や殉教のドラマである。それらの大筋で両者はたいへんよく似ている。したがって表面的なストーリーの展開という、すなわち「物語層」の次元における違いは少ない。しかし「象徴層」つまり物語の背後にある、作品の形而上的な意味の次元における差異は大きい。

一 「物語層」における比較・対比——ストーリーの大きい所から細かい所まで

両者の類似点はどちらも潜伏司祭の惨めな逃避行にあるのだが、さらによくみると細部に至るまでじつによく似ている。例えば『権力と栄光』では革命の理想に燃える辣腕《らつわん》の警部（Lieutenant, 彼には固有名詞がない）が巧みに逃走する司祭の身代わりとして村人から人質をとり殺害をも辞さない。同様に『沈黙』でも一筋縄ではいかぬ村人に対し役人は人質作戦にでる。スパイものを多く手掛けてきたグリーンには潜伏司祭の逃避行を描き、読者をハラハラさせることは容易である。以下の引用はお尋ね者の司祭がわが子の住む村に立ち寄り、紙一重で警部の追及をかわす箇所(6)である。

今、警部の前に立っているのは司祭一人だった……中略……「名は？」

コンセプシオンでのあの男の名前が浮かんできた。司祭はいった。「モンテス」

「あの坊主に会ったことがあるか？」

「いいえ」

「おまえは何をしてる？」

「小さな土地を持ってます」

「結婚してるか？」

「はい」

「どれが女房だ？」

マリアが不意に叫んだ。「女房はわたしです。なぜそんなにたくさん質問するんですか？その人が司祭に似てるとでもいうんですか？」……中略……

警部は、もう一度、くぼんだ無精ひげの顔を見て、また写真を見た。「よし、次」と、彼はいい、いい、それから司祭がわきへ寄ろうとすると、「待て」と、いった。彼は、ブリジッタの頭に手をおいて、女の子の黒い、こわばった髪の毛をそっとひっぱった。「こっちを見るんだ。おまえはこの村のものをみんな知ってる、そうだな？」

「知ってる」と、彼女はいった。

「じゃ、その男は誰だ？　名前は何という？」

「わかんない」と、子供はいった。警部は息をのんだ。「おまえは、この男の名前を知らんのか？」と、彼はいった。「じゃ、この男はよそからきたんだな？」

マリアが叫んだ。「あのね、その子は自分の名前も知らないよ。その子の父は誰かきいてみるんだね」

「誰がおまえの父《とう》さんか？」

子供は警部を見上げ、それから抜け目なく目を司祭に向けた……司祭は心の中で「申し訳ありません。わたしのすべての罪をおゆるし下さい」と、幸運を祈って指を十字に交差して、くりかえしていた。子供はいった。「その人よ、ほら、そこの」

「よし」と、警部はいった。「次」質問は続いた。名は？　仕事は？　結婚は？　その間に、太陽が森の上にのぼった。

同じく『沈黙』では農民信徒の組織的な連携によって司祭が地下活動する様子が緊迫感をもって描かれる。そしてあくまで司祭をかくまう村人に対し役人は身代わりの人質をとり殺害する。みせしめのため水磔の刑に付された農民信徒を飲み込んで沈黙する海。

参ろうや、参ろうや
パライソ（天国）の寺に参ろうや
パライソの寺とは申すれど……
遠い寺とは申すれど

みんな黙ってモキチのその声をきいていました。監視の男も聞いていました。雨と波の音で、途切れ途切れてはまた聞えました……中略……ただ私にはモキチやイチゾウが主の栄光のために呻き、苦しみ、死んだ今日も、海が暗く、単調な音をたてて浜辺を嚙《か》んでいることが耐えられぬのです。この海の不気味な静かさのうしろに私は神の沈黙を——神が人々の歎きの声に腕をこまぬいたまま、黙っていられるような気がして……。(7)

ロドリゴが日本で経験する初めての殉教である。『権力と栄光』ではモンテスと言う名前の村人が司祭の身代わりとなって射殺されたが、人質の殺害そのものは警部の報告と司祭の逗留《とうりゅう》を歓迎しない村人たちの話で終わる。対する『沈黙』では最初の殉教は「神の沈黙」を示唆する重要な場面として、映画で言うとロングショットで描かれる。

「参ろうや、参ろうや　パライソ（天国）の寺に参ろうや……」と気丈にも自分を励まし、また自分がまだ生きていることを浜辺の家族たちに知らしめていたモキチの歌声もやみ、三日目の夕方には海はモキチとイチゾウを飲み込んでしまう。ロドリゴは今まで聖人伝にある輝かしい殉教を夢見てきたが、現実の日本人信徒の殉教はただただ、惨めで辛いものだった。すべてが終わった後も、雨は静かに降り続き海は不気味に押し黙っている。「主よ、あなたはなぜ沈黙しているのですか」。ロドリゴはこの海の不気味な静かさの背後に「神の沈黙」を感じざるをえないと遠藤は記す。

司祭にうるさくつきまとう「ユダ」の設定にもまた重要な類似が見られる。『沈黙』ではキチジローがユダであり『権力と栄光』では混血児（Mestizo）の青年がユダである。もちろん両者には明確な相違もあり、それについては後述する。さらに細かい類似点でいえば、どちらの作品でも悪童連が転向司祭を揶揄《やゆ》する場面が挿入される。ロドリゴは「転びのポウロ」と子どもたちに囃《はや》され、また妻帯司祭パードレ・ホセは「ホセ、ホセ。ベッドへおいで」ともっと際どく揶揄される。後者には人間的なリアリティがしつこくまとわりついている。[8]

二―1 『権力と栄光』の作家の技法（その一）――古典的な循環構造と劇中劇の効果

この作品は古典的な悲劇の型を踏んでいる。奥野政元氏の指摘のごとく『沈黙』においては地理上の「円環」[9]に深い意味があるが、『権力と栄光』では時間軸上の「循環」が使われる。すなわちグリーンが『権力と栄光』の冒頭で酔どれ司祭（Whisky Priest）を登場させ歯科医のテンチ氏とお喋りさせるのも偶然ではない。じつに巧いと遠藤も感嘆するのは、警察署の中庭で進行する処刑をグリーンは直接描かず、代わりに篤信の婦人が子どもたちに「殉教物語」を読むことである。それはかえって読者の想像力を刺激する。しかもその処刑の場面に、冒頭で登場した歯科医のテンチ氏が再登場し、署長との掛け合いで補完するから見事である。このときに読まれる「ファン少年の殉教伝」は一種の「劇中劇」の役割をはたしている。(10)

二2　『権力と栄光』の作家の技法（その二）——コミカルな描写とソドム的世界の描写

『沈黙』の場合には全編を通じもっぱら悲壮（pathetic）なムードが漂い人間を取り巻く自然までがもの悲しいが『権力と栄光』の場合は徹底して人間模様がコミカル（comical）に描かれる。それは例えば司祭が州知事の従兄弟から闇のブランデーとワインを手にいれた後のちょっぴり祝祭的な場面にも見られる。タイミングよく現れる署長、密売の手引き、州知事の従兄弟と司祭は仲良くベッドに座り、何度も「サルー（乾杯）！」を繰り返しながら司祭がミサ用にやっと手にいれたワインの最後の一滴まで飲み干す。ここは司祭に同情しながらもかなり笑えるシーンである。これはW・シェイクスピアやC・マーロウの悲喜劇の伝統を想わせる、いかにも英国人作家グリーンらしい皮肉に満ちた笑いの箇所である。

なおグリーン自身が高い評価を与える場面にも言及しよう。それはドストエフスキーの言うソドム的な場面のただ中でさえ、崇高な光が一瞬、感じられる瞬間である。主人公は皮肉にも（反逆罪ならぬ）禁酒法違反の罪で留置場で一夜を明かす。真っ暗闇の狭い空間で次々とポリフォニー的に繰り広げられる囚人たちのお喋り、バケツから立ちのぼる糞尿の悪臭、間欠的に聞こえる男女の愛の営みの声。人間的に最も俗悪な環境の中で「真実の愛」が酔どれ司祭によって語られる。

暗闇に慣れた神父は自分が懸賞金つきの司祭であり、女犯し子どもまで設けたことを隠そうとしない。司祭は淡々と、しかしある種の威厳さえもって「善い本」を隠し持っていたために収監された女性、愛の営みの声の主を「けだもの！」とののしるその信心深い女性相手に、誤解してはいけないと述べ、自分たちには無理だが、聖人はこのような苦しみや醜ささえ美に感じることができるのだ、と苦しみの美学、罪の美学を語るのである。(11)

三―1　類似点と相違点（その一）――二人のユダ＝「弱者」と「サタンの手下」

主人公の司祭は二人とも彼らにしつこく付きまとうユダにより官憲に売り渡される。しかし準主役のこれらのユダは異なる性格をもつ。すなわち『沈黙』のユダ、キチジローは心ならずもロドリゴを裏切るのであり、彼は決して根っからの悪人ではない。彼は小狡いところも備えたお調子者で極端な弱虫に過ぎぬ。もちろんユダとしての彼のアトリビュート（キリスト教絵画や仏像でその人物が特定できる固有の持物）は作者によって蠅や蛇[12]の挿入によってさり気なく、あるいは繰り返し描写されてはいるが。

対する混血児（Mestizo）の青年は明確にユダ、というよりはむしろ、悪魔（サタン）の手下そのものである。彼は司祭に劣らぬ知能をもち対話における駆け引きも負けてはいない。裏切り者ユダに対する司祭の恐怖・疑念は司祭の剝《む》き出しの足元をたびたび脅かす想像上の蛇への言及によって示唆される。キリスト教文化圏の読者なら、司祭が何度も蛇をおそれる様子を見て作者の意図に気がつくだろう。

さらに外見に関する描写でもキチジローは人間としてぱっとしない特徴しか持たないが混血児はより攻撃的な外見を備えている。すなわち牙を思わせる二本の突き出た黄色い犬歯と、同じく黄色い足でそのユダ性が特徴づけられている。なぜなら「黄色」はキリスト教図像学の色彩分類から言えば、悪魔としてのユダの持ち色[13]なのであるから。キチジローは自らの棄教の理由もロドリゴの裏切りの言い訳もすべて己の弱さの所為にして居直り気味に弱さを誇るが、混血児の方は堂々とメキシコ革命の原因となる社会・経済的理由つまり、この世の中の貧しさによる不平等・不合理を糾弾する。これはこの作品の書かれたメキシコ革命の歴史的背景をよく説明する。

三2　類似点と相違点（その二）――「象徴層」における主役の姿＝弱者ユダとキリストの似姿

さて両作品はどちらもカトリック司祭の惨めな逃避行と背教や処刑であり、そこに共通性はあるものの、よく読むと「物語層」の見かけの類似性にもかかわらず、「象徴層」における主人公の姿が主題の明確な相違を示す。つまりロドリゴはユダに堕してしまうが、酔どれ司祭（Whisky Priest）はキリストの似姿に近づく。ここに明白な主題の違いが存する。言い換えると『沈黙』の主題はあくまで「弱者」たるユダの救いであるが、『権力と栄光』の主題は弱者がいつのまにか強められ、弱さから罪を犯す人間がキリストの愛によってついには「聖徒」となる神秘（mystery）である。

具体的に言うと『沈黙』の主人公ロドリゴは憐憫から絵踏みし、その後押しつけられるまま妻帯し江戸の牢屋敷で生き永らえる。彼は福音書に描かれたユダ、つまりイエスを裏切り絶望のあまり縊死《いし》した、あのイスカリオテのユダとは異なり、自らの裏切りを噛みしめつつ真実の「キリストの愛」に目覚め、それを支えに妻帯司祭として屈辱のなかに生きる。その彼の背中に注がれる「キリストの愛」はあたかも冬の陽[14]の温もりのように温かい。ロドリゴは屈辱に満ちた自分の余生で逆説的に愛の神の存在証明を完結する。

他方、無類の酒好きで逃避行の孤独感から女性と過ちを犯し、女児まで設けた酔どれ司祭は最後には自らの意思により敢えて国外に逃亡せず殉教する。彼は当初、「高慢」のために国外逃亡の機会を逃すが最後には自分の自由意思で殉教する。彼は殉教することによって、十字架に架けられたあのイエス・キリストの似姿に限りなく近づく。つまり両者は「物語層」における見かけ上の共通性にもかかわらず「象徴層」のキャラクターとしては本質的に相違する。ロドリゴは裏切りにもかかわらずキリストに赦されたユダだが、酔どれ司祭は彼自身がもう一人のキリストなのだ。

ここで「象徴層（神話層）」とは何かを改めて説明しよう。それは表面的な物語の背後に透けて見える元の物語のことである。周知のごとくイエスの受難物語やギリシャ・ローマの神話は西欧の芝居や小説の豊かな水源になっている。ながい西欧の文芸の伝統(15)ではそれらに由来する悲劇や喜劇が形を変え繰り返し現れる。それらはまた神や太古の神話的人物が活躍するという意味では「神話層(16)」とも呼ばれる。表面的には必ずしもそう見えないかもしれぬが、ここでイエスの受難物語が下敷きになっている例をあげよう。

四 「象徴層」の具体例――キリストの隠喩としての「おバカさん」

遠藤の『おバカさん』ならば分かりやすい。「おバカさん」ことガストン青年は高度経済成長下の渋谷に降り立ったキリストである。つまり「おバカさん」とはキリストの隠喩（メタファー）なのだ。と言うのも最終的に主人公は殺し屋遠藤の復讐劇を阻止し、わが子を殺人の大罪から守るキリストの現代版であるから。ガストンが友のために「身代わり死」（ヨハネ一五・一三）を遂げたあと、隆盛の夢の中で空高く昇天していく様や、帰りの列車の窓から隆盛たちがみる白鷺の飛翔などはそれを暗示している。このときの白鷺とはキリスト教図像学から言えば、わが子を殺人という大罪から守るキリストの象徴である。白鷺の「白」は霊魂の無垢、清純さ、命の神聖さを表し「鷺」は賢明さ、用心深さを象徴する。「鷺」は天空を高く飛び餌は水中に求めるが巣は高い頭上に作り「子を守るためには身命を賭して闘う鳥である」とされているからである。詳しくは拙著[17]を参照していただきたい。

五　類似点と相違点（その三）——象徴層における能動的な酔どれ司祭と受動的なロドリゴ

今まで述べてきたが二つの作品は表面の「物語層」におけるストーリー展開はよく似ているが、水面下の「象徴層（神話層）」における物語の意味は明確に異なる。外的な運命によってもてあそばれるロドリゴにはおよそ行為者としての主体性はないが、酔どれ司祭（Whisky Priest）には行為者としての主体性がある。キチジローによって売り渡され、フェレイラによって唆されるロドリゴは最終的に外部の力によって、殉教か背教かの二者択一を迫られる。つまり可能な選択は彼の殉教か（それは農民信徒の拷問死も意味する）さもなければ背教のどちらかに限られている。生来、憐憫癖の強いロドリゴは拷問によって苦しむ農民信徒への憐憫から読者の予想どおり絵踏みを選択する。その瞬間、彼は一人のイエスからイエスを裏切るユダの身に転落する。

他方、『権力と栄光』の酔どれ司祭（混血児や警部と同じく彼にも固有名がない。脇役たちには立派な意味深長な名前すらあるのに）の方は、西欧の作家グリーンによりカトリック司祭らしくより主体的な行為者として描かれている。すなわち彼の前には三つの選択肢がある。第一の選択は州外に逃亡し司祭としての名誉と自由を享受する選択、ただしその場合は羊飼いとしては信徒を見捨てることになり、彼の生来のプライドが許さない。二番目の選択は州内に留まり棄教し妻帯した上で命だけは生き延びる。これは妻帯司祭パードレ・ホセの選択である。そして三番目の選択は州内に留まりかつ結果として殉教の道を選ぶことである。それらの選択にあたり主人公は自ら自由意思を行使し、州内最後の司祭としてのプライドと義務感ゆえに殉教の道を選ぶ。

じつは酔どれ司祭は第一の道を選ぶ機会にも二度、恵まれる。その第一の機会が小説の冒頭に描かれるオンボロ定期船ジェネラル・オブレゴンに乗り込むことであったが、ちょっとした偶然も重なり、彼は司祭としての義務のためその機会を逃す。二度目の機会は逃避行の終わり近く、用意された騾馬《らば》に乗りラス・カサス（州外）を目指し脱出を図ったときである。しかし二度とも彼は司祭としての義務のためその機会を失う。とくに二度目の州外に脱出するときには、もう少しで司祭としての名誉を保ちつつしかも安全に脱出することが出来たのだったが。彼はその二度の機会とも司祭としての義務感（瀕死者の告解を聴き、罪の赦しを与えることで、その霊魂を堕地獄から救う）からチャンスを逃してしまうのである。彼は結果として州内最後のカトリック司祭の名誉を担う。ちなみにロドリゴもまた巻末で「私はこの国で今でも最後の切支丹司祭なのだ」と独語する。

以上のことを端的に言うとロドリゴには行為者としての主体性はないが、酔どれ司祭には行為者としての主体性がある。『沈黙』の主題は運命に翻弄される「弱者」ユダの救いであり、にもかかわらず彼にも注がれる極みない神の慈愛だが、『権力と栄光』の主題は弱く罪を犯しやすい人間をも次第に変えていくキリストの愛の不思議（mystery）である。

六　『沈黙』と『権力と栄光』における神学論争――多か、一つか

『沈黙』では一三、四回にわたってロドリゴはキリストの顔を想いうかべる。最初はビザンチンのパント・クラトール（全能の神）風の厳かな顔。次には例えばピエロ・デラ・フランチェスカの描く「復活のキリスト」の勝利顔。そして最後にロドリゴが見るのは日本人職人の手になる見すぼらしいキリストの顔である。

象徴的にキリストの顔がすべてを物語る『沈黙』では、このキリストの顔の変化[18]が重要な意味を

担うのだが、「キリストとは誰か」というキリスト論以外にも『沈黙』ではじつに多くの神学的命題が提出される。日本宣教論の大問題である「沼地論」が筑後守によって提起され、さらにまた小説のタイトルとも関わる神は無辜の民への迫害を前になぜ沈黙したままなのかを問う「神義論」がロドリゴの最大の関心事として要所で顔をだす。

『権力と栄光』にはこれらの問題提起は一切ない。あるのは無類の酒好きで、捕まって処刑されるのが怖くてたまらない弱虫の一人の司祭が、ただ司祭としての義務感から罠と知りながらも心中で葛藤しつつ死地に赴くこと、そしていつのまにか彼が聖徒になっていく神の不思議な「恩寵」をめぐる問いである。彼は決して「神の正義」すなわち、なぜ神は信徒の苦難を前に正義をただし歴史に介入しないのかとは叫ばない。それどころかこの世の中には一方で働いても働いても貧乏から抜け出せない貧乏人がおり、他方では豊かな土地を独り占めしつつ、年貢を払えない最下層の農民を打擲する金持ちたちがいる不条理を神に愚痴ったりはしない。つまりこの作品では警部によって、キリスト教のコロニアリズムとの関係や、阿片《あへん》としての罪が問題視されることはあっても、「沼地論」も「神義論」も提示されない。したがって『権力と栄光』における神学的問いは唯一つ、臆病で小狡いところもある酔どれ司祭に働く神の「恩寵」の不思議（mystery）である。なぜ欠陥だらけの神父が聖徒となりえたのかという問い、彼に働きかける「神の愛」とは何かという問いである。その問いこそキリスト教に特別、熱心でもなかった作家グリーンが結婚のためにカトリックに改宗しその後、生涯にわたって問い続けたテーマであった。

思えば、酔いどれ司祭が留置場の中で遠慮がちに説く「神の愛」とは信徒信心会のご立派な信者たちが口にする愛ではなく福音書にある、あの神殿で決して目を上げようとはせず、ひたすら胸を打ちながら「神様、罪人のわたしを憐れんでください」（ルカ一八・一三）と訴えた徴税人に与えられた恩寵としての「神の愛」なのだろう。

七1　登場人物の造形（その一）――警部（Lieutenant）と井上筑後守

相違点の大きなものはまだある。それは登場人物の造形と行動の原理に関するものである。『権力と栄光』では、逃亡者を追い詰める執拗さにおいて、あのジャベール警視を思わせる理想家肌の警部の存在は大きい。夜、彼は禁欲的なまでに質素な自分の部屋で、この国に未だに愛と慈悲をたれ給う神を信ずる者がいるのかと思って腹をたてる。神を直接、経験したといわれる神秘主義者たちの存在もしゃくの種だ。しかし彼自身もまた別の意味で神秘主義者、完璧な唯物論的ヒューマニズムの信者だった。

対する『沈黙』ではやはり井上筑後守に言及しないわけにはいかない。絵踏み後にロドリゴは筑後守と対面する。彼はロドリゴが負けたのは自分にではなく、この「日本という泥沼」に負けたのだと言う。ロドリゴは自分が闘ったのは自分の心にある切支丹の教えだったと答える。「そうかな」井上は皮肉な笑いを浮かべ、「踏絵の中の基督が転べと言うたから転んだと申したそうだが、それは己が弱さを偽るための言葉ではないのか」。仏の慈悲は己の弱さを許してもらいひたすらがるものだが、ある「パードレは、はっきりと申した。……中略……切支丹の救いとはデウスにすがるだけのものではなく、信徒が力の限り守る心の強さがそれに伴わねばならぬと。してみるとそこもと、やはり切支丹の教えを、この日本と申す泥沼の中でいつしか曲げてしまったのであろう」と述べ、さらに追い討ちをかけるようにロドリゴに五島や生月の信徒が密かに奉じている切支丹デウスは、今や本来のものとは似て非なるものになっていると言う。

ロドリゴが筑後守を見ると、微笑している彼の眼は笑っていない。「筑後守は……中略……溜息を洩らし……中略……苦しげな諦めの声があった」と遠藤は書く。ここだけが両者に通じ合うものである断片で、後はまったく立場の違いが鮮明になる二人である。いささか理屈っぽい所が勝っているが、この小説における井上筑後守の存在感は際立っている。しかしそれはふくよかな外見に包まれた冷徹な悪役、敵役としての存在であって『権力と栄光』の警部のように人間的な魅力をのぞかせたり、権力行使の正当性を自己弁護的に語ったりはしない。『沈黙』に描かれている権力側の描き方は圧倒的な力の差を見せつけ、反撃の手段を持たぬねずみをもてあそぶ猫の姿である。グリーンのほうはメキシコ革命の正当性もまたその限界や相対的な不当性もよくわきまえた上で登場人物に立場の違いを吐露させている。だから主人公二人の間にはある種の友情とも言うべき共感が芽生え、悲劇の主人公の立場の違いによる対立を際立たせている。

七 2 登場人物の造形（その二）――警部と司祭の対立をこえた共感

警部は自らが幼少年期に体験した構造的な社会の貧困が全ての悪の元凶であり、それを助長しているものが教会制度としてのキリスト教であると言う。キリスト教は富の不平等を肯定し助長さえしていると信じている。ゆるせないのは現世では貧困に耐えて天国で幸せを手にいれろと説く坊主たちの存在だった。宗教は阿片であり遺棄すべき制度だ。彼は人間というものの本質を知るには経験不足だったが、その分、正義を追求する情熱は人一倍もっていた。他方で人間の本質的な弱さを熟知する経験豊富な酔どれ司祭と、人間社会の恒常的な不正義に対して憤る警部の間に、ある種の共感が産まれても不思議ではない。州境近くの逮捕から警察署までの護送の道中で二人は会話する。そしていよいよ明日が司祭の処刑という晩に警部は言う。(19)「こんな夜にひとりでいるのはよくない。雑居房がよければ、そちらへ移し……」。司祭が断ると「おれはな、おまえに何かしてやりたいんだ」「少しブランデーを持ってきてやったが」と警部は言う。「法にそむいて？」「そうだ」「あんたは、ほんとにいい人だ」と会話が続く。「ときどき、おれはおまえの口車にのせられそうな気分になるんだ」「どうのせるんだね？」「うん、まあ、おまえを脱走させてしまおうかとか――あるいは、神聖カトリック教会や、聖徒との霊的交渉……を信ずるようになるとか」

警部はもう何も欲しいものはないと聞くとドアを空けて出ていこうとした。彼の気持ちはふさぎこんできた。彼はこの小男を憎む気持ちにはどうしてもなれなかった。彼は苦い優しさをおぼえて言った。「眠るようにしろよ」。彼がドアを閉めようとしたとき司祭は言った。「人が銃殺されるのを見ているね」「苦痛は続くのかね」「いや、いや、一秒だ」と警部は声を荒らげてドアを閉めた。

司祭はそれから独房の孤独の中でいろいろと考え事をした。そして夢をみた。彼が目をさましたのは夜明けだった。彼の希望は完全に消えた。それは彼の死の朝だった。彼は片手に空のブランデーの瓶をもち床にうずくまって痛悔の祈りを思い出そうとした。「ああ神よ、わたしのおかしたすべての罪を後悔し、赦しを願い……十字架にかけられます……」

七3　登場人物の造形（その三）――歯科医テンチ氏と『聖人伝』を読む婦人

ところで小説の冒頭に出てくる歯科医テンチ氏とは一体、何者なのか。彼はなぜこの小説の最初と最後に顔をだすのか。冒頭で歯科医テンチ氏は州都の港近辺で州外逃亡をはかる司祭と遭遇し、出帆までの時間潰しにと自宅に誘いブランデーを飲みながら家族についておしゃべりする。そしてこの小説の巻末にも彼は警察署長の部屋の窓から中庭で執行されるその司祭の最期を見届ける。つまり彼の役目は酔どれ司祭の殉教の証人なのだ。

グリーンは司祭の処刑の場面を直接には描かず、平行して読まれる聖人伝とテンチ氏という歯科医の報告に委ねている。警察署長は治療台の前の椅子に腰をかける。テンチ氏は前に身をのりだすと、穿孔器《せんこうき》のアームをぐるりと廻しペダルを踏みはじめた。ぶんぶん、ぎしぎし。ぶんぶん、ぎしぎし。署長は体全体を強張らせ椅子の腕にしがみつく。

「しっかりつかまってろ。ほんのちょっと角をとるだけだ。もうすぐ終る。さあ、そらね」。ところが彼は突如、治療を中断し「あれっ、あれは何だ?」と署長をほったらかして窓際に行く。下の中庭では警官の一隊がちょうど武器を地面においたところだった。テンチ氏は「また革命じゃなかろうな?」と言った。署長は両手をてこにして上体を起こし、詰め綿を吐き出した。「もちろん、そんなもんじゃない」「ある男が銃殺されるところだ」「なんの罪で?」「反逆罪だ」「わしはあの男を知っている」。その後、司祭の最期が描写される。署長は「何を待っているんだ?」とテンチ氏をせっつくが、テンチ氏は考えごとにふけっている。あの男は自分の子供たちについていろいろ話をきいてくれた。銃が一斉に発射される。テンチ氏は内臓が飛び出すように感じ吐き気を催した。やがて一発の銃声が聞こえ、全ては終わった。

一方、篤信の婦人は子供たちに殉教者フワンの最期のところを読み聞かせていた。「射て、と命令しました」と婦人は言った。「そして、フワンは、両腕を頭の上にかかげ、たくましい勇者の声で、兵士たちと、狙いをつけた銃に向かって、〝主なる神、万歳！〟《ビーパ・エル・クリスト・レイ》と叫びました。次の瞬間、彼は十二発の弾丸に打ちぬかれて倒れました。指揮官は彼の死体の上にかがみこむと、フワンの耳もとにピストルをあてて、引金をひいたのです」

「それで、あの人」「きょう射たれたた人ね。あの人も英雄だったの？」「そうですよ」「あのとき、うちで泊って行った人ね？」「そうですよ。あの人は教会の殉教者の一人だったんですよ」「あの人、変なにおい（酒――筆者注）がしたわね」と妹の一人が言った。「そんなこと二度といってはいけません」「あのかたは聖徒の一人かもしれないからね」

少年はわずか二四時間だったにせよ、とにかくこの家にかつて英雄がとどまっていたことに深い感動を覚えた。処刑を済ませ、ある種の達成感を感じながら警部は少年の家の前を通りすぎようとした。いつかの少年が見えた。警部は少年に近づいた。すると予期せぬことに少年はピストルの台尻に唾を吐きかけた……。その後、少年はベッドに眠りに行くが何かある大事なものが失われたような失望感を感じていた。

八　少年のみた夢――傷つき血を流している魚

少年は夢[20]をみた。その日の朝、処刑された司祭が父からもらった服を着て埋葬の準備を整えてもらい、この家に戻ってきた夢だった。少年はベッドのそばに座っており彼の母親の足元には魚の籠があった。魚は彼女のハンカチに包まれ血を流していた。少年は疲れていた。誰かが廊下で柩に釘を打っている。すると死んだ司祭が不意に少年に目配せした。間違いなくまぶたがぴくっぴくっと動いた、少年にはそうとしか思えなかった。

夢の中の傷つき血を流している魚[21]とはキリストのことであり、今朝、処刑された司祭のことでもある。また死んだ司祭が彼に目配せしたのは司祭の「復活」を示唆している。事実、少年の家には新手の潜伏司祭がやってくる。彼の手にした小型のスーツケースにはミサに必要な道具一切が入っているに違いない。因みにこのシーンは遠藤の戯曲『薔薇の館[22]』の最後でそっくりそのまま使われている。

少年は目をさました。誰かがドアを叩いている。少年は少し怖かったが、家の中にいる唯一の男だったので表のドアを開けに行った。するとそこには見たこともない男が小さなスーツケースをさげて、自分はたった今船でやってきた司祭なのだと名乗った。少年は男が名前を口にするよりまえに、彼を内に招じ入れ彼の手に唇をつけていた。

結び　「物語層」における類似と「象徴層」における差異
——逃亡司祭はユダか、それともキリストか

「物語層」における表面的な類似性の背後に大きな差異が存することが「象徴層」の分析によって明らかになった。「物語層」における表面的な類似は禁教下の司祭の逃亡とその追跡であるが、酔どれ司祭は結果として殉教の道を選びとり、そこに悲劇特有の「カタルシス」が生まれる。しかも彼の処刑の直後に新たな司祭が到着したことでグリーンによって「キリストの復活」と「教会の永遠性」が示唆される。カタルシスの生まれる所以《ゆえん》は処刑をあれほど怖がっていた酔どれ司祭がいつのまにかキリストの愛の炎の中に自己を滅却しキリストの姿に変えられていくことにある。それはまさに「わたしは、キリストと共に十字架につけられています。生きているのは、もはやわたしではありません。キリストがわたしの内に生きておられるのです」というパウロの言葉（ガラテヤ二・一九〜二〇）そのままにである。

他方ロドリゴは自らユダとなることで「同伴者イエス」の愛を発見し、新たな信仰と生きる力を与えられる。それは遠藤の言うようにそれまでの制度としての教会の教える神ではなく、ロドリゴ自身の個人的な神[23]「ともに苦しむ神」である。彼の人生が屈辱にまみれたものであればあるほど、

彼の神への愛は一層、確かなものとなる。ただしロドリゴの人生、真正な悲劇の主人公たり得なかったロドリゴの人生は、ある種の共感は生むとしても悲劇がもたらす「カタルシス」[24]とは無縁である。それゆえ、ロドリゴは自分を捧げつくし（kenosis）、十字架にかかったあのキリストではなく、終生、悔い改めた「ユダ」として生きねばならぬ運命[25]にある。

参考　四層（物語、象徴、歴史、自伝）構造による比較・対比の図式

遠藤周作『沈黙』	G・グリーン『権力と栄光』
○物語層 禁教下の潜伏司祭の逃亡と追跡 （村人の司牧、人質作戦、ユダの裏切り、捕縛、入牢、絵踏み（棄教）、妻帯） 牢屋敷内で真実の神の愛の発見と新たな宣教 人物――キチジロー、フェレイラ、井上筑後守	禁教下の潜伏司祭の逃亡と追跡 （村人の司牧、人質作戦、ユダの裏切り、捕縛、入牢、女犯） 牢獄内の一夜と真実の神の愛の説教 混血児、パードレ・ホセ、警部
○象徴層 裏切り者ユダの救済 キリスト像の変化（神の母性化、同伴者イエス） 神の沈黙（神義論）	キリストのまねび（自己無化） よき羊飼いに与えられる恩寵

○歴史層[5]	一七世紀初頭の日本、徳川政権初期 禁教と潜伏切支丹、絵踏み制度	三〇年代のメキシコ革命（教会破壊） 司祭・信徒の弾圧、司祭の妻帯強制
○自伝層[26]	妻帯司祭の強迫観念 母を裏切った悔恨	三八年タバスコ州への取材旅行 精神分析治療の経験、フロイト夢判断

注

（1）斎藤数衛訳『権力と栄光』（『グレアム・グリーン全集』第八巻、以降『全集』と略す）早川書房、一九八〇年、二六九頁で訳者もふれているが、タイトルの *The Power and the Glory* に対する邦題『権力と栄光』は誤解を招く。なぜならプロテスタント教会が「主の祈り」の後に「国と力と栄光は限りなく汝のものなればなり」と唱え、カトリック教会がミサで「国と力と栄光は代々に至るまで」と言う時の「力と栄光」はいずれも神のもので世俗的権力の意味ではないから。

（2）本書III―1参照。

（3）遠藤周作『作家の日記』の一九五一年一二月一〇日の記述。福武文庫、一九九六年、三〇五頁「グリーンの小説技術はモーリアックのように心にくい程うまいとはいえない。技術的な仕組みが鮮やかに読者にわかるからである。しかしそれだけに小説技術を学ぶ上には非常に都合がよい」。また遠藤は

J・マドールのグリーン論（邦訳あり。『愛と罪の作家 グレアム・グリーン』野口啓祐訳、南窓社、一九六六年、「『権力と栄光』研究」参照）を読み、カトリック小説と探偵小説の間の関係を面白く思い「やはり、ぼくは、小説の技術を学ぶには、映画と探偵小説に頼るのがいいと思う」と述べている。同文庫、三二六頁。

（4）渡辺仁「二つのカトリック――『権力と栄光』と『沈黙』」『西南女学院短期大学研究紀要』一七号。瀬尾勲夫「遠藤周作とグレアム・グリーン――「神の像」探究について」『徳島大学学芸紀要』二三号。島根国士「遠藤周作とG・グリーン――『沈黙』におけるグリーンの影響」『キリスト教文学研究』六号。安徳軍一「G・グリーン『力と栄光』（一九四〇）――〈愛〉の輻射状的構図」『キリスト教文学研究』一二号。Kazumi Yamagata "Endo Shusaku and Graham Greene"『キリスト教文学研究』二〇号参照。

（5）「歴史層」日・墨におけるキリスト教禁止令――徳川禁教令とメキシコ革命

『沈黙』は一七世紀初頭のキリシタン禁教下の潜伏司祭の史実に依っている。禁教令下の日本への潜入、潜伏・逃亡と捕縛、拷問（穴吊るし、絵踏み）とその後の長崎及び江戸の牢屋敷における南蛮改めの職務が下敷きにある。穴吊るしの拷問にあい絵踏み（棄教）したフェレイラと同じく、イタリア人神父J・キャラの存在は史実で、ロドリゴのモデルだが、小説中の牢屋敷における密かな宣教の記録「切支丹屋敷役人日記」は遠藤の巧みな創作である。すなわち新井白石の『西洋紀聞』、『続々群書類従』中の「査祆余録」の記録から遠藤が小説の趣旨に沿うよう改変したものである。

『権力と栄光』の史的背景は一九三〇年中頃のメキシコにおける教会と革命政府との対立である。潜伏司祭の逃亡と捕縛、棄教と妻帯、処刑（殉教）の史実が下敷きにある。ヨーロッパの情勢と同じく、中米のメキシコでも一八五七年に始まる政教分離政策（ライシテ）以降、数度の揺り戻しを経て政治と宗教の対立は続く。一九一七年には急進社会党の政策（憲法改正）で学校教育における宗教教育が禁止される。二八年から三一年まで大統領ポルテス・ヒルと教皇使節、つまり政府と「教会」の間に和解（休戦）が成立した。その後、三四年から事態が再び悪化したが、迫害は後に緩和される。大統領とローマ教皇の間の休戦はメキシコ全土に及んだが、小説の背景となるタバスコ州では激しい迫害が続く。タバスコ州で赤シャツ隊を使い苛烈な弾圧政策をとった知事はトマス・カリド・カナバルである。

（6）『権力と栄光』九五〜九六頁。

（7）「沈黙」『遠藤周作文学全集』第二巻、新潮社、一九九九年、二三六〜二三八頁。

（8）『作家の日記』二八二頁参照。J・フォード監督による映画「神は死なず」（邦題「逃亡者」一九四七年）ではパードレ・ホセの存在はストーリーから割愛された。J・フォードのこのやり方に遠藤は不満を抱いている。

（9）遠藤の空間的な円環はたしかに意味深長である。奥野政元「『沈黙』論」笠井秋生・玉置邦雄編『作品論　遠藤周作』双文社出版、二〇〇〇年、一四八〜一六三頁参照。

（10）『作家の日記』二八五頁。

（11）『全集』第八巻、一四七〜一五八頁。この箇所はグリーン自身も高い評価を与えている。『全集』第二三巻『ある種の人生』一九八二年、一六二頁参照。

（12）拙著『遠藤周作の世界――シンボルとメタファー』教文館、二〇〇七年、一三七〜一三九頁参照。

（13）同書一六三〜一六四頁参照。

（14）「日向の匂い」山根道公『遠藤周作　その人生と『沈黙』の真実』朝文社、二〇〇五年、一〇頁参照。

（15）J・ハリソン（佐々木理訳）『古代芸術と祭式』筑摩書房、一九六四年、E・アウエルバッハ（篠田一士・川村二郎訳）『ミメーシス上・下』筑摩書房、一九六七・六九年、とくにG・ハイエット（柳沼重剛訳）『西洋文学における古典の伝統上・下』筑摩書房、一九六九年を参照。
(16)　江川卓『ドストエフスキー』岩波新書、一九八四年、六〇～七二頁参照。
(17)　前掲拙著、八二頁参照。
(18)　加藤宗哉・富岡幸一郎編『遠藤周作文学論集　宗教篇』講談社、二〇〇九年、一四八～一四九頁参照。
(19)　『権力と栄光』二四二～二四六頁参照。
(20)　グリーンは若い頃に精神分析を受けており（田中西二郎訳『全集』第二三巻、七八～八四頁参照）またフロイトをも読んでいるので、司祭の見る夢や少年の夢はフロイト流の夢の解釈の影響を感じさせる。F・クンケル（野口啓祐訳）「グリーンの作品にあらわれた夢の役割」『愛と罪の作家　グレアム・グリーン』南窓社、一九六六年参照。
(21)　元々、魚（ichthys）は古代地中海世界で葬送美術にかかわる象徴として存在したが、とくにキリスト教の誕生以降はギリシャ語の「イエスス・キリスト・神の子・救い主」の頭字語とその綴りが同じことからキリストの象徴として使われた。前掲拙著、一三九頁参照。
(22)　「薔薇の館」『遠藤周作文学全集』第九巻、新潮社、二〇〇〇年参照。
(23)　U・ベック（鈴木直訳）『〈私〉だけの神』岩波書店、二〇一一年参照。
(24)　「カタルシスという語は、もともと、ある特定の供犠がもつ浄化の効果をさしている。シェイクスピアはアリストテレス詩学を見抜き、劇とはすべてスケープゴート・プロセスのミメーシス的再演である……」。R・ジラール（浅野敏夫訳）『ミメーシスの文学と人類学』法政大学出版局、一九八五年、二五二頁参照。
(25)　注9の前掲書一六二頁で奥野氏は「遠藤は、転びの正当化と弱者の復権を悲劇的に描こうとしたのであったが、ロドリゴはむしろ残酷喜劇の主人公に相応しくなっていく」とややアイロニカルに的を衝いている。

（26）自伝層——遠藤の妻帯司祭によるトラウマとグリーンの取材旅行

遠藤の『沈黙』におけるユダとは妻帯司祭のことだ。それは『黄色い人』『火山』のデュランにも見られるが、仁川で経験した遠藤自身の妻帯司祭に対するトラウマに発している。これが決定的になるのは遠藤母子の指導司祭ヘルツォーク師の還俗と妻帯である。つまり『沈黙』制作の動機には強迫観念としての妻帯司祭の問題がある。対するグリーンの場合の「自伝層」に挙げるべき出来事とは一九三八年の一月から五月までのメキシコ、主としてタバスコ州における弾圧を対象にした取材旅行である（ノン・フィクション *The Lawless Roads*『掟なき道』一九三九年）。小説の「序文」をみると彼はテンチ氏のモデルに会っている。彼は英国人ではなく米国人ではあるが、小説中のテンチ氏に瓜二つだ。

3　神学と文学の接点『深い河』と「創作日記」再訪

――宗教多元主義 VS. 相互的包括主義

様々な宗教があるが、それらはみな同一の地点に集まり通ずる様々な道である。

――ガンジー（『私にとっての宗教』）

序　『スキャンダル』から『深い河』へ――遠藤のテレーズを求めて

『深い河』の女主人公、成瀬美津子は小説中で明かされる通りF・モーリアックの「テレーズ三部作」[1]の主人公テレーズ・デスケルーの生まれ変わりである。遠藤は前作『スキャンダル』で彼自身のテレーズ、成瀬夫人（万理子）を創造した。彼女はテレーズゆずりの広い額と大きな目をもつ魅惑的な女性だが、内に善と悪の二面性を持つ妖《あや》しい存在でもある。彼女はまた勝呂――内面の「影」二重身[2]の出没に悩まされるキリスト教作家勝呂――を悪の世界へ誘うメフィストでもある。彼女は亡夫との閨房《けいぼう》の秘事により自らの内面にサディストの性向を発見し、わざと告白めいた手紙を勝呂に送りつけてくる。たしかに成瀬夫人が作家勝呂の前で中華料理をかみ砕きながら、じっと見つめる目には獲物を捉える前の蜘蛛のような不気味な雰囲気が感じられる。彼女は小児病棟のボランティアとして重篤な幼児の為に神に祈るかと思うと、他方でS・M・プレイの相方が自殺するのを時間を計りながら待つという、あのスタヴローギン(3)を想わせるような悪魔的な側面も持つ。

遠藤は『スキャンダル』を書くことによって罪ではなく悪、底の底まで下降しても、なお底知れぬ悪への傾きが残る人間の内面性に挑戦した。言い換えると、それは遠藤の若い頃のサドへの傾倒、熟年になってからの「無意識」の世界への関心、個人的には自らの内面のアニマ(4)のもつテレーズ性に対する究極の究明、さらには宗教と文学の相剋を問うという壮大な文学的営為であった。

しかし『スキャンダル』は不評だった。自らの内面性を深く掘り下げ無意識の領域にうごめく悪への傾き、モーリアックや遠藤にとっては罪をきっかけにバウンドして救済に向かうという人間の罪深さと、にもかかわらずすべてを見通す神の恩寵の世界の神秘（mystery）を描いた意欲作であったが、『スキャンダル』は不評だった。河合隼雄(5)や少数の人を除く大方のファンや読者からの非難に遠藤は意欲的な試みだけに失望した。彼はモーリアックが自ら生み出したテレーズの下降にどこまでもついて行こうとしたように、自らのテレーズである成瀬夫人の魂の救済を諦めることは出来なかった。それゆえ、次作『河』（後に深い河）で彼女の救済を図ろうしたのである。「創作日記」冒頭の記述（一九九〇年八月二六日）を読めば、そのことがまず第一の目的だったことは明らかである。

一　『深い河』の美津子とその自由――サルトルの「作中人物の自由」にてらして

　ごく大ざっぱな言い方をすれば『深い河』は大津、美津子と「玉ねぎ」による三角形と、企業戦士で今は退職まぢかのサラリーマン磯辺、妻啓子――夢幻能の主人公のように夫の回想の中でのみ生きる霊――とその「生まれ変わり」の二つの三角形で構成される。これらは美津子を介して互いに隣りあう。主人公美津子は前半はモイラ＋テレーズ、後半はオリジナルの美津子である。このことは小説の出来にどう関わるか。ベナレスに到達するまでの彼女にはサルトルをまねて言えば作中人物としての「自由」がない。つまり美津子はまずモイラを演じその後でテレーズとして振る舞うことが作者遠藤によって決定されている。

　磯辺は「生れかわるから、この世界の何処かに。探して」という妻のいまわの譫言《うわごと》に取り憑かれ運命的なまでの強い力に導かれインドにやって来る。彼は必死に妻の「生まれ変わり」を探す。彼の行動は一見、唐突で予測不可能にさえ見えるが、その行動の目的は明確で客観的な行為の連続から成っている。それらは所与のあるキャラクターの単なる「説明」ではない。だから読者は磯辺の行動には素直に「感情移入」できる。

　他方「一体、何がほしいのだろう、わたしは」と言う美津子に読者は戸惑いを覚える。彼女には若いときから「渇き」はあるが「なぜ彼女は渇くのか」、そもそも「何に彼女は渇くのか」という「客観的事由」(6)の提示がないからである。彼女の行動は「渇く」という所与の事実と、テレーズというキャラクターから導出される「説明」のみで、彼女が自分を「愛に枯渇している」と考える理由は読者には与えられない。わずかに窓外の少女が歌う歌詞にその孤独な心象風景が暗示されるが、彼女を突き動かしているものは読者には不明である。

しかし小説の展開にすなおに従えば、こう「説明」はされている。誰よりも人生の真実を求め、内心の空しさを刹那的快楽で紛らわす美津子は名門カトリック校に学びながらも、極め付きのキリスト教嫌いである。大津というういっぷう変わった神学生を対象に「神さま、あの人をあなたから奪ってみましょうか」と挑戦する美津子は一度は勝つが、やがて大津を通して見えない「玉ねぎ」の磁力にジワジワと引きつけられることになる。

彼女が本当に自分の力で動き始めるのはガンジスの辺りベナレスに到達してからだ。それまでの彼女は作者の操り人形に過ぎない。「皆さん、あのモイラとテレーズですよ」と作者が言えば、その造形は十分だと言わんばかりである。モーリアックやサルトルの言う「神」と「被造物」の例えで言えばこの時の遠藤は「神」で美津子には「自由」がない。

二　美津子の「渇き」
――サルトルの「作中人物の自由」から「私がこの女を作ったのではないですか」

サルトルはモーリアックを批判して一九三九年二月ＮＲＦ誌の「フランソワ・モーリヤック氏と自由」の中でこう述べる。「作中の人物を生かそうと思ったら、これらの人物を自由にしてやることだ。定義するのではない。まして説明することでない……中略……予見できない情念と行為を提出するべきなのである」(7)と。大戦後のある時期にヨーロッパのみならず世界がサルトルの犀利《さいり》な哲学的分析や、小説・戯曲、さらに辛辣《しんらつ》な文芸批評(8)にも魅了された。

一方のモーリアックは、戦前・戦後の思想や文学・宗教のスタンスにおいて、左から右へと揺れ動いた経歴をもつ。無神論者のサルトルからすればブルジョワ的キリスト教作家として揺るぎなき地歩を築きつつあったモーリアック（当時五四歳）はある意味で格好の攻撃目標だった。「小説家と作中人物」(9)というモーリアックの小説論の内容をサルトルは相手の武器を逆手にとり完膚なきまでに批判した。かつてモーリアックはそのエッセイの中で「われわれの人物は、生きていればいるほど、われわれにしたがわない」と述べたのだったが、サルトルは、『夜の終わり』の中ではモーリアックはテレーズを神のように支配し、その自由を奪っている、と言う。つまりサルトルはモーリアックの小説作法における言行の不一致・矛盾を衝いたのだ。

サルトルが言うには[10]モーリアックは以前に小説家はその創造した人物に対して、ちょうど神がその被造物に対すると同じ関係を持つと書いているが[11]、モーリアックの技巧のおかしな点はすべて彼がその作中人物を神の観点から見ていることで説明できる。すなわち神は内部も外部も魂の奥底も肉体も、全宇宙を同時に眺める。これと同じやり方でモーリアックは彼の小世界に関係ある全てについて何でも知っている。だからテレーズが用心深い絶望の女だということを、どうして知っているのですかと訊く者があれば、彼はきっとひどく驚いて「私がこの女を作ったのではないのですか」と答えるだろう……。しかし小説家は人物の目撃者となるか共犯者となることはできようが決して同時に両者にはなりえない。内部か外部か。この掟に注意しなかったためにモーリアックは作中人物の意識を殺している……。『夜の終わり』は小説ではない。また見かけを突き通す神の眼から見れば（そこには）小説もないし芸術もない。神は芸術家ではないが同様にモーリアックもまた芸術家ではないと、サルトルは断定する。モーリアックは自ら神のごとき立場に立とうとする「傲慢の罪」を犯していると決めつけられ衝撃でしばらく小説が書けなかったという。

それはさておき、『深い河』の読後には『沈黙』のときのような感動はない。なぜか。作中人物、美津子にはテレーズと同じくやはり「自由」がないからである。少なくともガンジスの辺り、ベナレスに来るまでの美津子には「自由」がない。彼女は勝手気ままに生きているように「説明」されながらも自分の意思で行動する「自由」は持たない。モーリアックを批判するサルトルの言い方をまねるならば、遠藤の「作中人物」美津子にはインドに来るまでは「行動の自由」がないのである。

三　美津子の「渇き」――「私は一度も、人を愛したことがない」

離婚後の美津子は自らの「愛の枯渇」を癒すため夜の高級ホテルで行きずりの紳士に身を任せたり病院ボランティアとして「愛のまねごと」を試みる。そのボランティアがきっかけで美津子は末期癌の磯辺の妻と知り合う。彼女の献身的な「愛のまねごと」を周囲は褒めるが、彼女が本気で誰かを愛することができない女であることに変わりはない。「一度も誰をも愛したことがない。そういう人間がどうしてこの世に自己の存在を主張しうるだろう」。これは遠藤がその時の美津子の心の闇を表すピッタリの表現だと「創作日記[12]」中に記す言葉だ。もとの『ホレイショー日記』の箇所[13]を見るとその理由はこうである。

オールド・ヴィック座の演出家兼ホレイショー役者のD・ジョーンズ氏は著名なハムレット役者だったが今は狂言回しのホレイショー役に徹している。彼は自己の内も外もすべてを日記に記すが、周囲の誰をも愛してはいない。舞台上で芝居の進行を見つめる理知の人ホレイショーのごとく徹底して自己の内外を見続けるだけである。

美津子は巴里《パリ》で夫が今何をしているのかと、ふと思う。しかし夫にたいする懐かしさは一向に起きない。美津子は窓硝子《がらす》に映る自分のやや険しい表情や大きな眼を見つめテレーズの心が痛いほどわかる。（昔はモイラ今はテレーズ）頭の奥で誰かの声がそう歌う。美津子は自分が他の女性たちと違い誰かを本気で愛することができないと思う。砂地のように渇ききって枯渇した女。愛が燃えつきた女（一体、あなたは何がほしいの）。ボルドーに一泊し彼女はサン・サンフォリアンに赴き、テレーズを運ぶ鉄道がじつはモーリアックの創作であることを知る。そうしてみるとテレーズは現実の森の闇の中を進んだのではなく、心の奥の闇をたどったのだ。美津子は巴里に夫を残しこんな田舎に来たのも、実は自分の心の闇を探るためだったと気がつく――このあたり、遠藤は徹底して美津子にテレーズを演じさせる――彼女は今後はベルナールのような夫の傍らで生きていこうと思う。しかしその夜、夫に身を任せながらも彼女は陶酔できず自分が本質的に人を愛せぬ女と思う。しかし愛とは何だろう。大津は「玉ねぎ」を愛の塊だと言ったが。美津子は修道服を身にまとった大津の姿を想い出す。そもそも、その大津の手紙がきっかけで彼女は巴里への帰途、リヨンで修道院にいる大津に会ってみたのだった。

四　大津、美津子と「玉ねぎ」――「神は手品師のように何でも活用する」

大津は昔とはすっかり変わっていた。かつて自分に捨てられた大津。あなた、変わったわねと言う美津子に、大津はぼくが変わったのじゃなく手品師の神に変えさせられたのだと言う。神という言葉はやめてと美津子は抗議する。大津はその言葉が嫌ならトマトでも「玉ねぎ」でもいいと答え、戸惑う美津子に「玉ねぎ」は存在ではなく、愛の働きの塊だと言う。二人はベルクール広場に面したレストランで食事をするが、大津は運ばれてきた玉ねぎのスープを美味しいと言う。

「創作日記」の記述によると、この頃（一九九二年の一月〜三月）遠藤は創作に行き詰まるとモーリアックよりG・グリーンの小説を読んで、うまいと思いつつヒントを漁っていた。例えば日記（九二年一月二六日）には『ヒューマン・ファクター』の主人公カースルの台詞(14)も引用されているが、この「玉ねぎ」もG・グリーンの『情事の終り』から借用した。グリーンはつやっぽいイメージで使ったのだが遠藤は別の効果(15)を狙ったようだ。大津は教会の説く愛は信じられなくとも、幼い頃の母の手の温もりを通じ、自分に染み込んでいる「玉ねぎ」の愛だけは信じられる。「玉ねぎ」はいつも自分の傍にいる。「玉ねぎ」はまた美津子の傍にもいて、その苦しみも孤独も理解できる。美津子が以前に手紙で告白した「愛のまねごと」も夜の行動も「玉ねぎ」は手品師のように変容すると大津は手紙の中で告げるのだった。

五　大津——イザヤ書の「苦難の僕」か「神の道化師」か

彼は醜く、威厳もない。みじめで、みすぼらしい　人は彼を蔑み、見すてた
忌み嫌われる者のように、彼は手で顔を覆って人々に侮られる
まことに彼は我々の病を負い　我々の悲しみを担った

（『深い河』より）

イザヤ五三章二〜一二節の「苦難の僕」の一節は大津の登場を予告する、オペラで言えば「音楽モチーフ」だ。それは彼の運命を象徴するようにクルトル・ハイムを初め要所でさり気なく使われる。美津子に棄てられた大津は神の「召命」を感じ、今やフランスで司祭になるための修行にいそしむ。しかしそこでも彼は規格外れの出来の悪い見習い僧だった。同僚の神学生や指導教授たちとのやり取りは遠藤の盟友、井上洋治師の修行時代[16]をも思わせるが、具体的な会話はむしろ遠藤の西欧カトリシズムに対する反発を伝えている。

大津は美津子に宛てた手紙で自分の考えの中のジャンセニスム[17]やマニ教的な「異端的なもの」のせいで神父になるのを延期されたと述べ、神学校で一番批判されたのは自分の無意識に潜む「汎神論的[18]」な感覚だと言う。小さな生命と大きな生命を等しく尊ぶ日本人の自然観とヨーロッパ人の秩

序だった自然観（遠藤の言うトマスの「存在の秩序」）との対比が言及される。さらにまた「宗教間対話」の問題点も取り上げられる。すなわち第二バチカン公会議[19]以来、対話は促進されてはいるが結局ヨーロッパの教会にとって他宗教は一種の無免許運転みたいなものという遠藤の口癖が披露される。対等な対話こそ肝要だという大津の主張は神父たちの不興をかう。ここで大津の口にするヒック流の「神は多くの名前を持つ」は確かに多元主義の主張で、カトリックの指導教授たちがそれを認めるはずもないが、遠藤に神学上の誤解もある。例えば「神とは何か」という問いに大津は「神とは外在的かつ内在的なもの」と答え、指導教授は直ちに「それは汎神論的だ」と否定するが、パウロの書簡（Ⅰコリント六・一九）をみれば人間の体は神の神殿であり、神は人間の外にも内にも存在するし、ヨハネ福音書六章五六節でもキリストの血を飲む者はいつもキリストの内におり、キリストもまたその人の内にいると言われるので指導教授たちの反論はステレオタイプで疑問だ。

ここまでの大津の言葉は異端的に聞こえるかもしれないが、小説中のその行動はまったくキリスト教的である。大津がヒンズー教徒の行き倒れを火葬場に運ぶ行為はまさに『キリストのまねび[20]』である。『沈黙』でフェレイラが言う「農民信徒の苦しみを前にキリストは絵踏みするだろう」は微妙だが、もしキリストがここにおられたら、キリストは行き倒れをガンジスの河辺まで運ぶと言う大津の台詞は妥当だ。毎晩、アーシュラムの粗末なベッドで「さまざまな宗教があるが、それらはみな同一の地点に集り通ずる様々な道である」というガンジーの言葉[21]を反芻しながら大津は眠りにつく。大津がドーティを身にまといガンジーの「語録集」を枕頭《ちんとう》に置いても、彼は紛れなき一人の司祭である。なぜなら彼の祈りの対象はつねにキリストであり、彼の生き方はまさに二千年前のイエス・キリストの生き方そのものだからである。彼は最期に身勝手なカメラマン三条のため「身代わり死」を遂げるが、それは十字架上のキリストの「犠牲の小羊」としての死をなぞっているのだ。

六　磯辺とその妻の場合――「俺は妻を愛していただろうか」

「わたくし……必ず……生れかわるから、この世界の何処かに。探して」。磯辺の妻は息を引き取る前にそう言い残す。磯辺は妻の死後、突然空虚になった日常生活に彼女の姿を捜す。妻の遺品を目にするたび、磯辺は寂しさと悔いをかみしめ「俺は妻を愛していただろうか」と自問する。しかし多くの日本人男性の常として「愛する」とは一体、何なのか。それまでの結婚生活で真面目に考えたことはない。妻は夫にとって空気のような存在であればよい。西欧人のようにわざわざ、愛しているなどとは言わなくてよい。夫婦の間には時間の経過とともに連帯感が育っていく。夫婦愛とはこの連帯感を指すものではないか（滞日経験の永い私の尊敬するフランス人司祭O・S師は日本の文化や文学に造詣が深いが、この小説で一番、興味深い存在はじつは磯辺だと漏らしたことがある)。

遺言ともいうべきあの譫言《うわごと》、妻の激しい情熱は驚きだった。約束は少しずつ重く深い意味を持ちそれが彼をインドに導く。インドに来てから磯辺は日本にいる時よりもっと妻を思い出すようになった。磯辺はアメリカの大学研究員から「生まれ変わり」に関する報告をもらっていた。近代合理主義が支配する、ある意味では欧米的な「世俗化」の進んだ現代日本の男性として磯辺は、科学的に「生まれ変わり」の可能性を報告する手紙に対しても、依然半信半疑だった。確かなのはあの時の妻の声だけで、信じられるのは心に隠れていた妻への愛着だけだった。

タクシーは砂煙をあげて田舎道を通り抜ける。どこまでもまったく同じように続く田舎の景色を通り過ぎると、目的地のカムロージ村に到着する。磯辺は目をつむり妻の声を聞こうとするが、なぜか今朝まで耳の奥で聞こえた妻の最後の声は蘇ってこない。裸の子供たちが集まり母親や姉らしい女たちが車から下りた運転手と磯辺を不安気に見つめ、子供たちは手を出して金をねだり始める。その子供の中に黒髪で目の黒い少女がいた。磯辺は「ラジニ」とヒンディ語で問いかける。少女は首をふり、子供たちは「ラジニ、ラジニ」と磯辺の口まねをしてはやし立てる。悲しみが磯辺の胸にこみ上げた。

ここで磯辺にとり唯一確かな妻の声が聞こえないという件は意味深長である。第一章「磯辺の場合」で遠藤は流行のニューエイジ・サイエンスや生まれ変わりや、七〇年代にアメリカで流行し、日本でも広まりつつあった疑似科学やオカルトっぽい超心理学などを導入して読者サービスに徹するが、よく読むと磯辺に妻の声が聞こえる時の区別をキチンと立てている。明らかに妻は磯辺の外にではなく磯辺の心の中に住んでいるのだ。それをはっきり遠藤が示すのは磯辺が帰りの空港行きのバスを待っている時である。

「ひどい暑さですわね」美津子は磯辺に尋ねた「お疲れじゃないですか」。「いや、いや。来てよかったですよ」。「少なくとも奥さまは磯辺さんのなかに……中略……転生《てんせい》していらっしゃいます」と美津子は言う。そして無論、この「転生」は仏教・ヒンズー教的な「輪廻《りんね》転生《てんしょう》」[22]ではなく『死海のほとり』で勝呂と戸田が言う「復活」の意味[23]である。かつて磯辺の妻に「転生」の可能性について問われた時に美津子は冷たく突き放したのだが、ベナレスで人を愛する意味を少しだけ知った彼女は心から磯辺をそういたわるのである。

七　ヒックの多元主義とラーナーの包括主義――よき仏教徒は無名のキリスト者か

ここでJ・ヒックの提唱する宗教多元主義を若干、補足しつつおさらいしよう。ヒックの著作[24]によると現在の宗教的態度に次の三つがある。すなわち排他主義（exclusivism）、包括主義（inclusivism）そしてヒックの立場である相補的宗教多元主義（complementary religious pluralism）

である。この他に一般には多元主義を極限まで押し進めた相対主義（relativism）があり、これら四つの宗教的態度に対し神の存在については不可知という立場がある。それは古代ギリシャの昔から不可知論と呼ばれ近世では懐疑主義さらには、それが徹底すると無神論（atheism）となる。

次に排他主義を詳しく述べると、一九六二～六五年の第二バチカン公会議までローマ・カトリック教会のテーゼは「ローマ教会以外に救いなし」（Outside the Church, no salvation）であり、他のキリスト教諸派も救いの対象外で、仏教にいたっては邪教の扱いであった。ローマ教会以外のキリスト教諸派のテーゼは「キリスト教の外に救いなし」（Outside Christianity, no salvation）であり、現在でも原理主義的なキリスト教福音派の一部とイスラム教の一部には自分たちの信仰だけが唯一の正しいものという排他主義が存在する。

排他主義の次には第二バチカン公会議の理論的な指導者の一人イエズス会のK・ラーナー師の包括主義がある。有名な師の言葉にキリスト教の洗礼を受けていなくても、その道徳的な言行においてキリスト教徒と同じ人々が存在する。この人たちは言わば無名のキリスト者（anonymous Christian）[25]である。ヒックはこのラーナーの包括主義を穏やかな排他主義と批判するが、たしかにローマ教会の包括主義は他宗教の「啓示（宗教的真理）」については尊重するが「救済の効力」については否定的である。

つまりローマ教会は相互に対等な包括主義[26]を認めているわけではない。遠藤はよくキリスト教会は本音では他宗教のことを無免許運転だと思っていると言うが、それはこのローマ教会の救済論における一方向性（特殊主義）をさしている。しかし真の「諸宗教間対話」を可能にするためには両者が対等でなければならない。そしてその最良の果実は遠藤（あるいはガンジー）が言うように互いに他を尊重しつつ、しかしあくまで自分の信仰に留まることである。これが要諦《ようてい》で相手を吸収するとか大同団結しようということではない。

八　ヒックの多元主義に対する疑問と遠藤の相互的包括主義——究極的実在は可能か

ヒックの相補的宗教多元主義は人間が思考で捉え体験する個別的な神や仏とは異なる「神そのもの」「仏そのもの」という究極の神的実在を前提にする枠組みである。現象としての個々の神的実在を超えた本質的に究極の神的実在そのものである。それは有神論的（人格的）なキリスト中心ではなく、また非有神論的（非人格的）な空（シュニヤター）でもない一層メタの「究極的実在」である。哲学をかじったものなら神学者A・マクグラスが指摘するように、[27] このヒックの発想がカントの「もの自体」(Ding an sich) にあることは容易に推察できる。しかしここで疑問が起きる。すなわちヒックのいう「唯一・同一な究極的実在」とはあくまで理論上の要請（theoretical postulate）であって、その実在性を現実には把握できぬもの[28]ではないか。つまり「神そのもの」「仏そのもの」という究極的実在については唯一性・同一性をどうすれば確認出来るのだろうか。またヒックの言う「究極的実在」は相補的だと言うが、光がボーア的（物理的）な意味で相補的だとすれば、物理的な方法でそれを捉えることは出来る。しかしヒックの言う宗教的に相補的な「究極的実在」はどうなのか。それはまさに本性上、確認不可能ではないだろうか。

　むしろ可能なのは遠藤の言う包括主義的でかつ相互的なものではないのか。これは遠藤が『沈黙』の英訳者ジョンストン師との対談[29]で述べていることでもある。そこで遠藤は「問題は内在する大きないのち――われわれの外にあるのではなく、われわれを包んで、われわれの内にある聖霊というもの、大きないのち、これが仏教とオーバーラップするけれども、同時に違うものだということをもう少しハッキリさせないと、危険があるのだとは言えないでしょうか？」と言う。つまり重なり合うけれども決して同一（identical）ではない。しかも確認できるのは個々の現象としての宗教の段階であってその背後の究極的実在そのものにおいてではない。

九　木口の場合――「人の肉を食べたのは塚田さんだけではない」

「創作日記」の冒頭一九九〇年八月二六日をみると遠藤は成瀬夫人の救済とともに「人肉食」を扱おうとしていたことが分かる。第二次大戦中の出征兵士の人肉食や、それに関する遠藤の複合的な強迫観念については笠井秋生氏や山根道公氏の詳細かつ適切な論考[30]がすでにある。しかし私は塚田が永く苦しんできた秘密をガストンに告白し安心立命のうちに死んでいったと言う時、遠藤には別の意図があったのではと思う。つまりこの「人肉食」テーマはキリスト者遠藤にとって『深い河』の中心とも言える挿話であり、そこで遠藤のテレーズ・美津子の救いと「人肉食」テーマが、「愛と赦し」によって止揚され結びつくのではないか。

木口はビルマ戦線で飢餓とマラリアのために死んでいった戦友を弔うためこのツアーに参加しべナレスにやって来た。彼は戦友で命の恩人塚田が上京後、浴びるように酒を飲み死に急ぐ理由を彼の大量の吐血後、初めてきく。他の誰にも心を許さなかった塚田が道化を演じる病棟ボランティア、ガストンにだけは懐いた。塚田の死の床でガストンは「人肉食」の罪の告白を聴く。「ビルマでな、死んだ兵隊の肉ば……食うたんよ。何ば食うもののなか。そげんせねば生ききらんかった。そこまで餓鬼道に落ちた者ば、あんたの神さんは許してくれるとか」。ガストンは普段と異なり真面目な顔をして祈るように体を折り曲げ、じっと眼をつむって聴いていたが「ツカダさん。人の肉を食べたのはツカダさんだけではない」と、木口も聞き知っていたアンデス山中の飛行機事故と「人肉食」で餓死を免れた生存者の話をした。死んでいった酒飲みの男は生涯で一度だけいいことをした。彼は自分が死んだらその肉を食べ、生き残ってくれと仲間に言い残したのだ。七二日目に奇跡的に救出された生存者は、死んだ男の妻も含むすべての人から祝福されたと言う。

ガストンはたどたどしい日本語のすべてを使って塚田を慰めた。以後、毎日のように病床を訪れ塚田を慰める。その慰めが塚田の安心立命に繋がったかどうかは木口には分からない。しかしベッドの横に跪いたガストンの姿勢は折れ釘のようで、折れ釘は懸命に塚田とともに苦しもうとしていたと遠藤は記す。二日後、塚田が息をひき取った時、ガストンの姿は消えていた。『おバカさん』のガストンも殺し屋遠藤を殺人の大罪から救うと姿を消す。ここでのガストンも塚田の苦しみをぬぐい取ると姿を消した。遠藤はまた「折れ釘」のイメージを使うが「釘」は十字架にイエスを打ちつけた連想からキリスト教美術でアルマ・クリスティ(31)といい、キリストのアトリビュートだ。つまりここで遠藤はガストンを復活したキリストだと示唆している。そう言えば祈るような姿勢で瞑目《めいもく》し罪の告白を聴くのは告解室における（キリストの代理人）聴罪司祭の姿勢そのものだ。

一〇　木口、美津子とガストン――美津子の回心（真似《まね》ごとの看取り）

美津子は病棟ボランティアの「愛の真似ごと」によって啓子と磯辺を知るが、ここでもまた看取りによって木口を知る。「人肉食」のテーマで遠藤は単なるカニバリズムに対する人道的・倫理的問題、あるいは戦中派の「すまない」という思いからかかわったのではない。彼はその「人肉食」の罪と罰をキリストの体を食べることで赦される「聖体祭儀(32)」で、昇華させようとしたのだ。

美津子はガイドの江波の窮状を見かね、半ば運命に導かれて木口の看護を申し出る。江波が大学病院から現地人医師をつれてくる間、美津子は二人だけで部屋に残った。彼女は木口について何も知らない。何のため一人で印度《インド》旅行に加わったのか。だがその老人の寝顔を見下している時、彼女には一瞬テレーズと同じ、ヒンズー教の女神カーリーと同じ破壊的なものがよぎる。その時、老人は「ガストンさん」と譫言を言う。老人の頭に浮かんだ汗をコロンを垂らしたタオルでぬぐう。すると彼女の衝動はその声で鎮められる。

一一　木口、美津子とガストン――美津子の回心（転生とはこのことではないか）

「人肉食」の告白はもう一度、ガンジス河畔で繰り返される。それは「人肉食」テーマが、次第にその構想の中で練られ『死海のほとり』以来の遠藤の復活観(33)（転生）と結びつく、重要な場面においてである。一二章「転生」で美津子と木口は早暁《そうぎょう》の沐浴見物のためバスでホテルを出、ガートへと続く小道を歩く。

「熱の間、私、譫言を言うたでしょう。ガストン、ガストンと」と木口は言い、美津子は気にしていないと答える。すると木口はガストンとは昔、戦友を臨終の時まで看病してくれた外国人の名前だと言う。

その時、ガンジス河畔の上空は薔薇《ばら》色に割れ、太陽が姿を現した。たちまち河面は金色に輝き、左右のガートから一斉に歓声があがり、男たちが河に飛び込む。木口は美津子に戦時中のビルマでの戦友（塚田）の人肉食の経緯を述べる。塚田の告白を聴いたガストンは飛行機事故と生存者の挿話について触れ、良い動機に基づく人肉食もあると塚田を慰める。すると塚田の死に顔は意外にも安らかであった。

「なぜ、そんなお話、急になさるんです」と美津子は問う。「なぜ言うてはならぬことを今うち明けたのか、自分でもよくわからんですが」「ひょっとすると、ガンジス河のせいですわ。この河は人間のどんなことでも包みこみ……わたくしたちをそんな気にさせますもの」。美津子は本気でそのことを感じ始めていた。日本のどこにもこのベナレスのような町はない。戦友の死後、ガストンはこつ然と姿を消した。木口はガストンが戦友の巡礼に同行するお遍路さんだったと述べる。その時、美津子が連想したのは大津のことだったが、木口は言う。耐えられぬ飢えに負けて人肉を食べた戦友は罪の呵責《かしやく》に負け自暴自棄になったが、ガストンはそんな地獄にも神の愛を見つけられると言った。木口はその言葉を嚙みしめ今日まで自分も生きてきたと言う。

「成瀬さん、印度人はこの河に入ると、来世でよりよく生きかえると思うているそうですな」と言う木口に、美津子は「ヒンズーの人たちはガンジス河を転生の河と言っているようです」と答える。すると木口は自分が譫言《うわごと》を言ったあの夜、戦友を抱き抱えたガストンが、人肉食の行為は怖ろしいが慈悲の気持ちゆえに許されると言った夢をみたと言う。仏教に親しんできた木口がここで「転生」という言葉を使うのは自然で、塚田を阿弥陀菩薩が極楽浄土に生まれ変わらせたとも読めるが、木口の言う「転生とは、このこと」はやはり説明不足だ。善悪不二《ぜんまくふに》ゆえにおぞましい悪行もまた赦される件は分かるが、「人肉食」を直ちに「転生（生まれ変わる、遠藤の復活）」と結び付けるには何かが不足している。その何かこそ最後の晩餐でイエスが弟子たちに自分の体を食べよと命じ、罪の赦しを与えた「聖体祭儀（拝領）」という秘儀の秘義[34]であろう。

一二　象徴と隠喩から『深い河』を探る——「命の水」と「白い光」

この『深い河』でも象徴は多く使われており詳しくは拙著の第一章を参照[35]していただきたいが、二つだけ挙げれば深い河のほとりに「永遠の命」の水[36]を求めて集う人々には水に関わりのある名（大津、成瀬美津子、江波など）が付されていること、そしてまた遠藤作品では恩寵を感じさせる箇所にしばしば「白い光」が差すが、本作でもそれは同じである。例えば第九章「河」で妻の生まれ変わりの探索が無駄足だったと悟った磯辺が翌日、悲しみを酒で紛らわしながら自室で過ごす午後の描写がそうである。

部屋の中は磯辺の心のように空虚だった。カーテンの隙間から白い光の棒が洩れ、油虫が一匹すばやく擦り切れたカーテンの裏にもぐりこむ。磯辺は妻の声をきくまいと熱い酒精を咽喉に流しこんでいた。酔いは回り彼は床に流れる午後の白い光をじっと凝視する。同じく美津子もその白い光を見ながら自室のソファに腰かけている。彼女は他の観光客のようにタージマハルやインド舞踊に興味はなかった。唯一、印象深かったのはガンジス河と江波の説明してくれたチャームンダー女神（ハンセン氏病にただれ、毒蛇にからまれ、瘦せ、垂れた乳房で子供たちに授乳している姿）だった。そこには現世の苦しみに喘ぐ東洋の母がいた。それは西欧の清らかな聖母とは全く違っていた。その時、彼女は白い光の差し込む放課後のクルトル・ハイムのチャペルと大津とを想い起こす。[37]

遠藤は落胆した磯辺とまねごとではない愛に気づき始めた美津子にやさしい光を注がせる。これらの「白い光」は単なる自然描写に見えながらも、やはりそこには重ね書きされた「神の恩寵」の徴《しるし》があると読み取れるのではないだろうか。

一三　象徴と隠喩から『深い河』を探る――『沈黙』と『深い河』を柩《ひつぎ》にいれるように

しかしこの「白い光」が神の恩寵の徴だとしたら、美津子が沐浴するあの感動的なシーンの河面にはなぜ「白い光」が輝いてはいないのだろうか。

美津子は河の流れる方角に向いた。
「本気の祈りじゃないわ。祈りの真似事よ」と彼女は自分で自分が恥ずかしくなって弁解した。「真似事の愛と同じように、真似事の祈りをやるんだわ」

視線の向う、ゆるやかに河はまがり、そこは光がきらめき、永遠そのもののようだった。
「でもわたくしは、人間の河のあることを知ったわ。その河の流れる向うに何があるか、まだ知らないけど。でもやっと過去の多くの過ちを通して、自分が何を欲しかったのか、少しだけわかったような気もする(38)」

その口調はいつの間にか本物の祈りに変わっている。筆者にはこの河面にキラキラと輝く光がキリスト教に限定せず「永遠そのもの」のようだったと言う遠藤の表現に、むしろ仏教やヒンズー教の永遠（nirvana）が連想され、「深い河」の救いはすべての宗教に通じるという作者の思いを感じるのである。

「創作日記」を読むと遠藤の心技体の衰えが痛々しいまでに伝わってくる。それをおしてやっと完成に漕ぎ着けた『深い河』である。しかしそれは芸術的に完成された『沈黙』とは完成度において異なる。ではなぜ、遠藤は『沈黙』と一緒に『深い河』を柩にいれるよう遺言したのだろうか。私は『深い河』は遠藤が諸宗教的な装いの下に現代の宗教のあるべき姿を示そうとした作品だが、同時にまたうがって考えれば、死を意識したキリスト教作家遠藤が自らの生涯の総括としてカトリック信仰を告白する小説[39]を書いたのではと思うのである。それは図らずも遠藤の「無意識」がそう導いたのかもしれないが。

注

(1)『テレーズ・デスケールー』（一九二二年）、『医院におけるテレーズ　ホテルにおけるテレーズ』（一九三三年）、『夜の終わり』（一九三五年）。
(2) 本書III—1の注1及び2参照。
(3) 米川正夫訳『ドストエーフスキイ全集第九巻　悪霊（上）』河出書房新社、一九七〇年、四六〇〜四六二頁参照。
(4) C・G・ユング（林通義訳）『元型論』（増補改訂版）紀伊国屋書店、一九九九年参照。
(5) 三浦朱門×河合隼雄「対談・『深い河』創作日記を読む」『三田文学』一九九七年一一月参照。
(6) T・S・エリオットは『ハムレット』を客観的事由（objective correlative）の欠如を理由に芸術的失敗作（artistic failure）と断定した（HAMLET AND HIS PROBLEMS, 95–103, *The Sacred Wood Essays on Poetry and Criticism*, Methuen London 1929）。
(7) サルトル（小林正訳）「フランソワ・モーリヤック氏と自由」『サルトル全集第一一巻　シチュアシオンI』人文書院、一九六五年、三一頁。
(8) 渡辺一夫他監修『サルトル全集』第一〜三八巻、人文書院、一九五〇〜一九七七年参照。
(9) モーリアック（川口篤訳）『小説について』「小説家と作中人物」『世界文学大系』第五九巻、筑摩書

房、一九六一年、一八八頁。遠藤周作『私の愛した小説』新潮社、一九八五年、一六九頁参照。
(10) サルトル、前掲書、三九～四九頁参照。
(11) モーリアック、前掲書、一八一頁参照。
(12) 『『深い河』創作日記』一九九二年四月二五日、講談社文芸文庫、二〇一六年、八六～八七頁。
(13) 『福田恒存全集』第八巻、文藝春秋、一九八七年、六四～六五頁参照。
(14) 笛木美佳「遠藤周作「深い河」論」『学苑』九一五号、昭和女子大学、六九頁及び注5、6参照。
(15) 『グレアム・グリーン全集』第一二巻、永川玲二訳、早川書房、一九七九年。玉ねぎには芯がないの で遠藤は河合隼雄の日本の神観念の中空構造に引っかけているとも考えられる。『中空構造日本の深層』中公叢書、一九八二年、三五頁参照。
(16) 井上洋治『余白の旅　思索のあと』日本基督教団出版局、一九八〇年参照。
(17) アウグスティヌス恩恵論の影響を受けた一七世紀オランダのジャンセンの思想。その著『アウグスティヌス』五箇所が異端とされポール・ロワイヤル修道院は廃院となる。その思想的影響はラシーヌ、パスカルにも見られ二〇世紀に至るまで、底流にある。
(18) 広松渉他編『岩波哲学・思想事典』岩波書店、一九九八年参照。
(19) 一九六二～六五年の全世界の司教による第二回公会議。信教の自由（基本的人権である信教の自由を認め、カトリックの国教化廃止）、教会憲章、典礼の改革（従来ラテン語だったミサが各国語で司式可能）、信徒使徒職（聖職者と信徒の階級差を失くす）、諸宗教対話（キリスト教以外の宗教との対話）、エキュメニズム（カトリック以外のキリスト教諸派に対する一致運動）、修道生活の刷新他多くの現代化への改革が成された。『第二バチカン公会議公文書（改訂公式訳）』カトリック中央協議会、二〇一三年参照。

（20）Imitatio Christi. トマス・ア・ケンピスの著と言われるが確かではない。中世以来のキリスト教の霊的手引き書。

（21）マハトマ・ガンディー（竹内啓二ほか訳）『私にとっての宗教』新評論、一九九一年、四五頁。

（22）インド古来の死後に関する思想。仏教では人間は三界（欲界、色界、無色界）に六道（地獄、餓鬼、畜生、修羅、人、天）の生死を永遠に繰り返すとされる。ただし悟り（正覚）を得て解脱すると輪廻しない。中村元監修『新・佛教辞典』誠信書房、一九六二年、五四二頁参照。

（23）『死海のほとり』『遠藤周作文学全集』第三巻、新潮社、一九九九年、一四三〜一四四頁参照。

（24）『増補新版　宗教多元主義——宗教理解のパラダイム変換』法藏館、二〇〇八年。とくに訳者間瀬啓允氏の解説とその著『現代の宗教哲学』勁草書房、一九九三年、第五章「ジョン・ヒックの宗教多元論」参照。

（25）K・ラーナー（百瀬文晃訳）『キリスト教とは何か——現代カトリック神学基礎論』エンデルレ書店、一九八一年参照。無名のキリスト者、あるいはその逆の可能性について。E・コンゼ「この人々（聖人——筆者注）はよいキリスト者ではあっても、悪い仏教徒なのである」（A・E・マクグラス〔神代真砂実訳〕『キリスト教神学入門』教文館、二〇〇二年、七三八頁）。より有名な逸話は京都を代表する宗教哲学者、西谷啓二が講演したラーナーに「では貴方がたキリスト教徒は無名の仏教徒ですね」と返した。

（26）A・マクグラスは前掲書、七四四頁でラーナーとバチカン公会議の違いを、ラーナーは啓示においても救済論においても包括主義的であるが、公会議は啓示については包括主義的だが、救済論的には特殊主義的であると言う。

（27）同七四五〜七四六頁参照。

(28) キリスト教の三位一体と仏教の三身の比較は可能。中村元監修前掲書、四五三頁参照。
(29) 遠藤周作『「深い河」をさぐる』文春文庫、一九九七年、一九三～一九四頁。
(30) 笠井秋生氏は「『スキャンダル』から『深い河』へ『創作日記』を読み解きながら」『遠藤周作研究』七号で、遠藤の人肉食テーマの書誌的な経緯といわゆるカニバリズムに関する戦後作品等を紹介。山根道公氏は『遠藤周作『深い河』を読む――マザー・テレサ、宮沢賢治と響きあう世界』朝文社、二〇一〇年、第五章「木口の場合――戦友の死後の平安を祈る旅」で戦中派、遠藤の死んだ世代へのある種の罪責感・こだわりの問題と人肉食タブーを犯した人間の罪と赦しの普遍的な問題を読み解き、遠藤「最後の晩餐」に言及。また『深い河』におけるガストンの役割を諸宗教的文脈の中で説明する。武田秀美氏は控えめにだが遠藤の人肉食タブーとカトリックの聖体拝領の結びつきを示唆する「『深い河』――多元的宗教観のテーマ」『キリスト教文学研究』一六号、注2参照。
(31) Arma Christi（キリストの武具）。キリストの受難に関わる様々なモチーフ（十字架、茨の冠、槍、釘、鞭、鞭打ちの柱など）を集めた図像。『岩波キリスト教辞典』岩波書店、二〇〇二年、四八頁参照。
(32) ヨハネ福音書六・三四～五八。
(33) 『遠藤周作文学全集』第三巻、新潮社、一九九九年、一六九頁。
(34) O・カーゼル（小柳義夫訳）『秘儀の秘義』みすず書房、一九七五年参照。
(35) 拙著『遠藤周作の世界――シンボルとメタファー』教文館、二〇〇七年、七～三二頁参照。
(36) 同一三頁。
(37) 『遠藤周作文学全集』第四巻、新潮社、一九九九年、三一〇頁参照。
(38) 同三四〇頁参照。
(39) 大津は（同伴者）イエスを演じ、江波（遠藤の分身）は母への想いをこめ熱っぽくインドのマリア像・チャームンダーを語る。それは遠藤のキリストとマリアで母性的キリスト教の具体化。登場人物たちは七つの秘蹟と関連深い。すなわち、大津は叙品、木口は人肉食を介し聖体、美津子・磯辺と三条夫妻は婚姻。美津子の沐浴は洗礼（堅信）、木口の看取りによる病者塗油。看取りの挿話中でガストンによる告解（聴罪と赦し）。

4　『死海のほとり』歴史のイエスから信仰のキリストへ

——〈永遠の同伴者イエス〉を求めて

「イエスの復活とは、人間がそういう愛の行為を受けつぐということかしらん」

——『死海のほとり』

一　『死海のほとり』の課題——現代・日本人に実感できるイエス像

『沈黙』はキリストの顔の変化を効果的な象徴として用いた力作である。しかしそこで描かれたイエスの顔は西欧キリスト教の正統的なイエスの顔ではない、あれはもはやキリストではないと批判された。それゆえ、そういう批判に耐え得るイエス像、しかも現代日本人に実感できるイエス像を描くことが、遠藤の次作の課題であった。また遠藤は『沈黙』を彼の文学における第一期の円環を閉じる作品と位置づけるので、以後の作品はその第一期を超えるものでなければならない(1)と考えた。

文字どおり『沈黙』を超えられたかどうかはさておき、右の理由からこの作品にかける遠藤の意気込みは大変なものであった。何度も現地を踏み、その体験は『死海のほとり』と、創作ノートの一部である評伝『イエスの生涯』の中で、ユダの荒野という砂漠的風土や、それとは対照的なガリラヤ湖周辺の緑の色濃い風景描写の随所に生き生きとしたリアリティを与えている。『イエスの生涯』が遠藤の「史的イエス」の探究ならば、この小説『死海のほとり』は、(ともに遠藤の分身である)中年の作家と、かつての寮友で聖書学者戸田の「信仰のキリスト」への「巡礼」の旅と言える。

小論では『死海のほとり』を読み解く上で問題となる箇所を取り上げ、それに関する私見を述べてみたい。それらは大きくまとめれば以下の四点になる。

(1)〈非神話化〉理論と遠藤の〈無力なイエス〉――〈苦難の僕〉としてのメシア

遠藤の〈無力なイエス〉は、堀田雄康師が遠藤との対談[2]で言うようなブルトマンの〈非神話化〉理論の受肉化ではない。それはむしろ遠藤自身のイエス像、すなわち第二イザヤの〈苦難の僕〉によって予告される無力なメシア像の受肉化・小説化である。

(2)『死海のほとり』の主題――〈復活〉の神秘

遠藤の言う〈復活[3]〉とは何か。歴史のイエスを求める旅「巡礼」はことごとく失望に終わる。しかしイエスの愛を実践する現代人の行為に、主人公の中年作家は〈イエスの復活〉を感じとる。この遠藤の復活観には〈ねずみ〉が大きな役割をはたす。イエスは卑劣な弱者〈ねずみ〉をも見捨てたもうことなく（「札の辻」の「ねずみ」は殉教するが）『死海のほとり』の〈ねずみ〉は殉教はしなくとも少し強められる。

（3）「知事〈群像の一人　四〉」――Ⅷ章における〈母なるイエス〉――歪んだイエス像

遠藤の描く永遠の〈同伴者イエス〉は井上洋治師が言われるように〈無力なイエス〉〈母なるイエス〉と分かちがたく結びついている。しかし遠藤の描く〈母なるイエス〉は神学的に可能なのか。それは普遍的な母性としてのイエスをもはや逸脱してはいないか。母性としてのイエスではなく、遠藤と母との個人的関係があまりにもイエス像をいびつにしてはいないか。[4]

（4）剽窃の冴《さ》え「大祭司アナス〈群像の一人　三〉」（Ⅵ章）――愛かパンか

ドストエフスキーの「大審問官」を遠藤はいかにうまく盗んだか。では「大審問官」との違いは何か。

二　聖書の〈非神話化〉と遠藤の〈無力なイエス〉――聖書学者は自分の足を食う章魚《たこ》

「西洋人のイエスなんか、どうでもいいんです。日本人のぼくにわかるイエスのほうが……」

第IX章「ガリラヤの湖」で主人公の作家はやや旧弊とも言える信仰の持ち主、熊本牧師に思わず呟く。それに対して熊本牧師は「信仰に日本人も外人もないでしょうが……」と答え、生真面目な顔でさらに畳かけてくる。

「どうもよくわかりませんな。この頃の聖書学者はどの人も、結局、イエスを自分たちの人間的な次元に引きおろして考えようとする傾向がある。つまりイエスを卑小化して知識として摑んどるだけだ。これは信仰じゃないね」

牧師が私だけではなく戸田を皮肉っていることを私はすぐ感じた。そして信仰じゃない、と言う牧師の言葉が戸田の痛いところをついていることもたしかだった。

「今の聖書学者は自分の足を食う章魚《たこ》ですな。自分で聖書を食って聖書の本質的なものを見失っている。……(5)」

この引用はたしかに遠藤の偽らぬ本音を述べたものである。遠藤は聖書を何度も読み返したが、その際に参考にしたのはR・ブルトマンたちの様式史派、編集史派の主としてプロテスタントの聖書学者たち(6)の研究であった。それは『イエスの生涯』で遠藤によって次のようにやや具体的に述べられている。

ドイツの聖書学者ブルトマンの研究以来、我々は聖書のなかには原始キリスト教団の信仰告白《ケリュグマ》から生れた部分が沢山そこに織りこまれたことを知っている。聖書作家たちはイエスの死後、彼を目撃した弟子たちや地方に伝わっているイエス民話や伝承を集めて、当時、入手できた史料（キリスト語録集）を使い、イエスの生涯を彼等なりに組みたてたということも知っている。したがって聖書に書かれたイエスの生涯はたしかに一貫した真実をもっているが、ひとつひとつの事実という点では必ずしも正確に書かれていないのである。学者たちのなかには聖書のなかでイエスの言葉として語られているものも、実は原始キリスト教団の信仰告白が多いことを指摘する人は多いし、またある町や村でのイエスの行為も実は、その町や村に伝わっているイエス民話をあたかも事実のように書いたのであるとのべる人もいる。ブルトマンはこうした聖書のなかの事実と創作との区分けをしながら、遂に「聖書のなかの史的イエスの姿はますます我々に遠くなる」と絶望的な言葉を洩らした。(7)

つまりこれらの学者たちは従来、絶対的に正しいものと信じられてきた聖書を対象に、批判的に史実としてのイエスと、信仰（宣教）によって神話化されたキリストとを区別して研究を行ったのである。遠藤の『イエスの生涯』や『死海のほとり』を読むと、遠藤がR・ブルトマンたち聖書学者の〈非神話化〉理論に目配りをしていることは確かで、その意味でまったく影響されていないとは言えない。なぜなら遠藤が聖書（福音書）というテキストを対象に、特に〈イエスの奇跡〉に対してはその事実性を全否定し、つまり徹底した〈非神話化〉を行い、また他の聖書的出来事にしても、イエスの同時代人にイエスがどう捉えられたかという言わば〈実存論的解釈〉[8]にのみ〈真実〉としての意義を認めるので、たとえ様式史・編集史派的な分析方法を明示的に用いなくとも、堀田神父のいうブルトマン云々の発言はあながち見当違いとは言えない。

しかしではどうして遠藤は右の対談において、堀田神父の言う、この小説は言わばブルトマン理論の受肉化だ、という発言に対して猛反発しているのであろうか。

三　遠藤の〈無力なイエス〉——第二イザヤの〈苦難の僕〉

私の見るところ、その理由として次の二点が考えられる。それは（1）遠藤のイエス像は本来、旧約の第二イザヤ書〈苦難の僕〉のメシア理解から来ているものである。（2）第二にこの小説をブルトマン理論の受肉化だと言ってしまっては、遠藤の〈復活〉理解がこの小説において果たしている重要な役割をまるで無視することになるからである。つまりこの小説の主題はあくまで〈復活の神秘〉なのだという点が遠藤にとっては非常に大切なのだ。

そのへんの経緯を遠藤は次のように述べている。

先ほど、堀田神父さまは私の作品はブルトマンの肉化とおっしゃったけれども、冗談じゃない。神父さまはよく御存知のように、ブルトマン以後の様式史編集派の聖書学者は、みんな一人一人聖書における史的イエスと信仰のイエスの把え方について意見が違うんだ。このイエスのことばは事実だ、ここはそうじゃない、その点について一人一人がちがう考えを持っている。そうすると、われわれがとる態度は一つしかないわけです。たとえこれが事実でなくとも真実だ、ということです。……[9]

ここでの遠藤の〈事実〉と〈真実〉の区別について端的に言えば、前者は〈史実そのもの〉、後者は先に述べた〈実存論的〉に評価された出来事、あるいはより端的に文学的な表現を使えば〈詩的真実〉の意味である。問題はこの先である。

それからもう一つ、私の作品がブルトマンのような近代聖書学者のインカーネーションと神父さまが先ほどおっしゃったので、誤解のないように言っておきますけれども、これら聖書学者の一番の欠点は、復活という問題を避けて通っているということです。ここのところは事実性がないからといって、おそらく大半の聖書学者、とくにプロテスタントの聖書学者はこれを、原始キリスト教団のイデオロギーから生れたことだろう、というふうに考えているでしょう。

私はそうじゃないんだ。はっきり言えば、あの最大の奇跡物語はそのまま信じる、といっているわけです。ですから先ほど、ブルトマンのインカーネーションだという、誤解されるような言葉が神父さまからあったのですが、とんでもない、もう少し私の本をよく読んでいただきたい。(10)（傍点筆者）

もう少しよく読んでくれと言うことによって、遠藤は〈復活〉を巡る立場がブルトマンたち聖書学者と自分では明白に異なるのだと言っているのである。言い換えると〈復活〉がこの小説の一番、大事なところで、そこを見落としてもらっては困ると遠藤は堀田神父との対談の中で抗議しているのである。

四　〈無力なイエス〉――『旧約聖書』における二つのメシア像

つまり遠藤の〈無力なイエス〉は第二イザヤの〈苦難の僕〉（イザヤ五三章）にその起源を遡《さかのぼ》れるのだが、〈苦難の僕〉とはいかなるものなのか。周知のごとく『旧約聖書』のメシア像には伝統的なメシア、すなわちイスラエルの民をその迫害から救う力強いメシア（ダニエル七・一三〜一四）の系譜と、それとは対極の、第二イザヤにみられる〈苦難の僕〉としてのメシアすなわち無力で人類の身代わりとなって苦しむメシア像の二種類がある。イエス自身はルカ四・二一に記されている所によれば、会堂でイザヤ書六一・一〜二を朗読し「この聖書の言葉は、今日、あなたがたが耳にしたとき、実現した」とご自身のことを言われた。

イエスは〈神の子が地上に降りて人間として受肉したものであり、本来、無辜《むこ》でありながら人類の罪を代わりに贖うのである〉から、言うまでもなく身代わりとなって苦しむ〈代受苦〉（vicarious suffering）のメシアの系譜にあたる。しかしもちろんキリスト教信仰によれば、イエスは単に代受苦のメシアであるだけでなく、身代わりの死を経たのち三日後に復活し昇天する（「このため、神はキリストを高く上げ、あらゆる名にまさる名をお与えになりました」フィリピ二・九）という栄光を神から与えられ、人々から尊崇されるのだから、代受苦としてのメシア像と栄光ある力強いメシアという、二つの性格を併せ持つと言える。

遠藤のイエス像は、すぐれて第二イザヤ的な〈代受苦のメシア像〉なので必然的に無力で迫害され人々から侮辱を受け、そのあげく罪を一身に背負って屠《ほふ》られるのである。つまり〈苦難の僕〉としてのメシア・イエスには栄光に包まれた奇跡など本来、無縁なのだ。このように遠藤はイエスを無力の人、奇跡に無縁の人として描き、イエスの〈苦難の意味〉を旧約聖書の第二イザヤの〈苦難の僕〉によって予告されたものとして捉える。これは『イエスの生涯』[11]を読めば明白である。

それはまた『死海のほとり』では「奇蹟を待つ男」〈群像の一人　一〉において小説的に忠実に

肉付けされている。[12] そこでは奇跡とは無縁の人イエスが描かれ、石もて村から追い出されるその姿は我々に正しく、あのイザヤ書の〈苦難の僕〉を想起させる。徹底して遠藤はイエスから奇跡治癒の力を奪っている。イエスは原始キリスト教団の信仰からくる神話的尾ひれを一切奪われた形で、無力で憐れみ深い人間としてのみ描かれている。つまり〈非神話化〉の理論的影響の大小に関係なく、遠藤のイエスはもともとイザヤ書の〈苦難の僕〉であるがゆえに無力なのだ、ということに遠藤はこだわっているのだ。

しかも問題はそこで終わりではない。遠藤は〈復活〉したイエスを信仰の中核に据えているので、無力だけではなく無力の力強さ（パウロ的な弱さにおける強さ　IIコリント一二・九）というような逆説を小説の途中から垣間見せるのである。それは例えば、「大祭司アナス」（VI章）において明白である。追い詰めたと思ったイエスが最後に放った神に対する全幅の信頼の言葉は大祭司の胸を深くえぐる。またローマの百卒長（XII章）がイエスに対して抱くとうてい人間技とは思えないという印象も、小説の展開とともにクレッセンド的に強くなっていく。バラバならば最期の瞬間に獅子吼し、衆議会の祭司や自分たちに呪詛の言葉を投げて死んでいくだろう。それなのにこの男は今もかぼそい声で他人の苦しみを一身に背負おうとするのだ。それは人間技ではない。人間のすることではないだけに、この男は本当の救い主なのかもしれない。しかし救い主ならば……。

さらにイエスの〈復活〉が俗に言われるごとき、空虚な墓に代表されるような信じがたい馬鹿げたことではなく、イエスの愛の教えが人々の行為のうちに伝播していくこと。時代や場所はかわっても、イエスの愛の教えがイエスとなんらか触れ合った人間のなかに生かされ、その最も弱い人間でさえ実存的な意味で強められる（聖化される）こと――遠藤の奇跡観――が終章XIII章の〈ねずみ〉の最期でカデンツァとして、力強く謳い上げられるのであるから、作者遠藤としては自分の小説の大事なところをもう少しよく読んでくださいと言いたくなるのであろう。

そういう意味で、この小説は〈同伴者イエス〉の属性である〈無力のイエス〉にばかり注目が行くが、それは遠藤の〈無力のイエス〉のじつは半面でしかない。私は『イエスの生涯』や『死海のほとり』を論じる際に(13)、このことはまずもって言っておかなくてはならないことと思う。それゆえ遠藤の復活観を具体的に小説の中で見ていこう。

五　復活――究極の神秘

IX章「ガリラヤの湖〈巡礼　五〉」の中で、主人公の作家は日本人巡礼団を引率している、やや旧弊とも言える信仰の持ち主熊本牧師に「今の聖書学者は自分の足を食う章魚」だと言われたことを思いだし、車を運転している戸田に君の場合にはなぜそうなったかと尋ねる。

「さあねえ、どうしてだろう」

だが戸田は、私のつくった調子にあわせたのか、同じように陽気に、

「聖書には色々な謎《なぞ》があってね」

「そうだろうな」

「第一、無力だったイエスと……」彼は一瞬、口を噤《つぐ》んでから、「生きている時は何もできなかったイエスのために、なぜ弟子たちが後半生あれほど身を捧《ささ》げたのか、俺にはまだ解けないんだ」

「聖書にはそのわけ、書いてないのか」

「イエスの復活という形でしか書いてないさ。だが復活を除けばどこにも書いてないさ。イエスを見棄てた弟子のほうにあんたは気をひかれると言ったが、どんな弟子たちも結局は、みんなイエスを見棄ててるさ。その連中が……イエスの死んだあと、どうして立ちなおったんだろう。復活って一体なんだろう(14)」

〈復活〉とは一体、何かというこの問いに答える作業がこの小説の主題だということは今さら、言うまでもない。つまり『死海のほとり』では〈復活〉とはこういうものではないか、あるいはイエスの〈復活〉がこういう意味であるならば、弱い意気地なしの自分にも信じられると主人公に

よって表明される。だから『死海のほとり』という小説は〈無力の人〉イエスの探究であると同時にイエスの〈復活〉という最も深奥な、最も聖なる神秘（mystery）を主題とした小説だとも言える。最も聖なるものであるがゆえに小説という文学形式の中では、ああいう形で微かに暗示することしかできないのかもしれない。〈復活〉について小説のなかで、具体的にその意味が問われているのは次の二箇所である。

六　遠藤の〈復活〉観——愛の実践の伝播

戦時中に寮の舎監をしていたノサック神父とゲルゼン収容所で若い男の身代わりになったマデイ神父との間の共通性に思いを馳せていた主人公は車を運転している戸田にきく。

「その神父（マデイ神父——筆者注）はなぜ、そんなことができたんだろう」

「なぜって……」戸田は、私が考えていたのと同じことを口に出した。「イエスの死を真似ようとしたんだろう」

「じゃ、イエスの死がもし頭になかったら……彼はそんな行為をしなかったかな」

「だろうね」

「イエスの復活とは、人間がそういう愛の行為を受けつぐということかしらん」

「ああ」

戸田が素直にうなずいたので私は意外な気がした。だが、うなずいたあと、戸田は天井を向いたままぽつりと呟《つぶや》いた。

「だけど、その神父は死んでも……当の若い男は結局は助からなかったんだろ。我々の現実も、何も変らん。そういうもんだろ(15)」


マデイ神父の献身にもかかわらず、その男は死を免れなかった。ノサック神父が危険をおかして手にいれた病気の寮友の牛乳は結局、その友の口には入らなかった。美しい愛の自己犠牲や献身という理想的行為も冷厳な現実の前にはいつも徒労だった。ニヒリストの戸田も懐疑家の「私」もそう呟かざるを得ない。

収容所のなかには〈マデイ神父型〉の強い人間と〈ねずみ型〉の弱い人間がいる。〈マデイ型〉の人間は大切なコッペパンを友に譲ってやるし処刑の身代わりにもなれる。だが〈ねずみ型〉の人間には、どうもがいてもそんな芸当はできない。世界にはどうしてもイエスが見捨てざるを得ない人間がいるのかもしれない。主人公の作家はそう悲観する。

七　復活――弱者〈ねずみ〉(16)も救われるのか

作家の「私」は中途半端な信仰にケリをつけるためにイスラエルに立ち寄ったのだが、そこで発見したものは絶望的とも言えるほどイエスに関する史実的な証拠のないことだった。ただ〈事実のイエス〉を追いかけている間に、「私」はあの〈ねずみ〉の最期がどうしても知りたくなった。

以下は〈ねずみ〉という仇名をもつ小心なポーランド人修道士コバルスキが、ナチの絶滅収容所でも自己保身に立ち回り、最後にはちょっぴり勇気ある行為を示すことが手紙で伝えられる箇所である。「私」はエルサレムの閉館間際の虐殺記念館にたった一人でいる。蠟燭《ろうそく》の煤で汚れた周りの壁には鳥撃ち帽をかぶって両手を上に上げた少年や、こちらを見ている疲れ切った老人、幼児を抱きしめ銃殺を待つ女の写真が見える。

「あそこでは生きることは馴れることでした。……中略……生き残るためには他の人間のことを愛してはならぬのでした。思いやりとか憐憫《れんびん》とか愛とかは、この収容所では自分を自殺させる有害な感情だったのです。だから私は今でもコバルスキを含めて、生きるために他人に関心のなかった人たちを非難しようとは思いません……」(17)

「私」は急いで〈ねずみ〉の消息を伝えるイーガル医師の手紙の先を読んだ。

マデイ神父が死んだからといって、毎日は何も少しも変わらず、コバルスキは医務室を辞めさせられ強制労働の列に加えられたという。皆はまもなく彼が姿を消すだろうと考えていた。コバルスキは誰からもずるさのために軽蔑されていて、仲間にパンを分けてやらなかったし、彼を「助けようにも我々には何もできなかったのです」。

イーガル医師の手紙の終わりにはコバルスキの最期の様子が記されていた。コバルスキが朝の点呼の列から外されるときが来た。背広のドイツ人の命令でイーガル医師がコバルスキの腕をとると、その膝頭は痙攣したように震え、足元に水が流れ始めた。彼は恐怖のあまり他の飢餓室に行く囚人のように尿を洩らしていた。行こうと言うと、彼は泣いて首をふったが、私（イーガル医師）に彼の最後の日の食料になる筈だったコッペ・パンをくれた。背広を着たドイツ人が彼の左側にたって歩きだし、うしろで私はじっとそれを見送っていた。コバルスキはよろめきながらおとなしくついて行った。その時、私は一瞬、ほんの一瞬だが、彼の右側にもう一人の誰かが、彼と同じようによろめき、足を引きずっているのをこの眼で見た。その人はコバルスキと同じようにみじめな囚人の服装をして、コバルスキと同じように尿を地面にたれながら歩いていた。

主人公の「私」は自分のなかに〈ねずみ〉と同質の弱さ、その弱さに由来する小ずるさを共有するがゆえに、〈ねずみ〉がどうなったのかがどうしても知りたい。あのように弱く、そして弱いがゆえにイエスの命じる愛を実行できない人間、あの〈ねずみ〉のような最低の人間ですら最期の瞬間までイエスは見放さず傍に付き添っていたのだということを知る。だから「私」は二〇年以上も「私」につき纏い、こんなイスラエルの地に足を運ばせ、最後に〈ねずみ〉の消息まで知らしめた「私」の神にほとんど泣きださんばかりに呟く。

「二十数年前、私はねずみの人生のほんの一部しか知らなかった」。あのねずみが収容所で死んだあと、石鹸にされてしまったのか……。「そして、死のまぎわ、いつもお前のそばにわたしがいると呟かれた」「だからあなたは、私のねずみも石鹸にされたのか」「そしてあなたは、尿をたれて引きずられていくねずみのそばで、御自分も尿をたれながら従いていかれ、最後には自分の運命に似たものを私のねずみにもお与えになったのか。それを認めるのは辛いが、それは、私があなたの復活の意味をほんの少しだけでも考えだしたからなのでしょうか[18]」

ここのところは読者のセンチメントに過度に訴え過ぎているような気がする。しかもなんとなく舌たらずでさえある。にもかかわらず長々と引用したが、私の本意はこの小説は徹底して遠藤の〈復活〉をめぐる小説だということを強調したかったからである。つまり自分のイエスにけりをつけるために、イスラエルに立ち寄った主人公は〈ねずみ〉の最期を通してイエスが〈永遠の同伴者〉であること、永遠の同伴者イエスは二千年前と変わらず今も働いておられることを確認する。それが主人公である「私」が、このイスラエル旅行で微かに知ったイエスの〈復活〉の意味なのだ。

「付きまとうね、イエスは」と「私」はかつての寮友戸田に言い、昔を回想する。「あの時、神父や、彼や、そしてねずみが押す寮のこわれた扉のギイという音……中略……あれから、すべてが目だたぬように始まったのだ。あれから長い長い歳月が経ったのに、私も戸田もまだイエスにこだわっている。いつも、お前のそばに、わたしがいる」と言うイエスに。「付きまとうね、イエスは」「私の言葉に戸田は黙っていた……中略……私が創りだした人間たちのそのなかに、あなたはおられ、私の人生を摑まえよう摑まえようとされている。私があなたを棄てようとした時でさえ、あなたは私を生涯、棄てようとされぬ[19]」と作家は呟く。

この旋律は遠藤文学の読者にとっては既にお馴染みのものである。

八　問題の箇所――〈母なるイエス〉は可能か

このようにつきまとう存在であるイエス像は小説の中でまた別の表象――息子に捨てられてもけっして息子を捨てない母親――をもって描かれる。それは言わば〈母なるイエス〉像である。井上洋治師は『イエスのまなざし――日本人とキリスト教[20]』の中で、遠藤の〈悲愛をトコトンまで生きぬいた同伴者イエス〉を高く評価し、これはオーソドックスなもので、何人も異論を唱えることはできないと言う。しかし、もし伝統的なキリスト者が違和感を覚えるとすれば、それは〈同伴者イエス〉と分かちがたく結ばれた〈無力なイエス〉と〈母なる神〉だとして、この〈母なるイエス〉の問題を指摘されている。

つまり日本人キリスト者は遠藤の『イエスの生涯』や『死海のほとり』に描かれたイエス像の徹底した無力ぶりに違和感を覚えたり、遠藤がそれに自らの個人的体験の色濃い〈母なるもの〉を重ね合わせようとすることに当惑を感じるかもしれない。しかし、この〈母なるイエス〉は新約学の観点からなんら間違いではないと肯定されるのである。

私たちが今日、福音書から受けるイエスの印象はけっして女性的でも母性的でもない。相手が女性の場合、例えばヨハネ八・一〜一一「姦通の女」、あるいはルカ七・三六〜五〇「罪深い女」の罪を赦されるときの優しさ。またルカ八・四三〜四八「長血を患う女」に対する憐れみなどには、神経が細やかで限りない優しさが見られる。しかしそれは自らが女性的というよりは、女性や他人には優しいが自分には厳しい、強靭な神経の持ち主の男性という印象を受ける。それは福音書から受けるかなり普遍的なイエス像であり、日本人でも西欧人でもその印象は変わらないと思う。しかるに遠藤の『死海のほとり』におけるイエス像は[21]〈女性的〉であり、さらに〈母なるイエス〉として母性的ですらあることは〈第Ⅷ章「知事」〉の場合において明白である。そこではピラトは出世のために母親を見棄てるが、母親はピラトを見つめ続ける。小心なピラトはそれを気にやみ母親が死んだときほっとしたが、母親は消えたのではなかった。孤独な夕暮れ、母はいつも哀しそうな眼でどこからかピラトを見つめている。母は夢の中でも姿を見せたが、その時も非難の言葉は口に出さず、ただ哀しそうな表情をしているだけで、それがまたピラトには余計に辛い。（あなたは、いつまで私に……つきまとうのか）

たとえ息子が見棄てても、つきまとって自分からは息子をけっして見棄てることのない母親。遠藤の神のイメージは、だから放蕩息子の帰りを待つ慈父ではなく、慈母なのだ。遠藤の神はイエスが「アッバ、父よ」と呼びかけられた慈父ではなく、むしろ湿っぽい慈母なのである。それも内に強靱な精神的強さを秘めた慈しみあふれる慈母なのではない。それは夫にも息子にも見棄てられた〈哀しげな眼〉をもつ女の姿なのである。遠藤の説くごとくにイエスが父母的[22]であるとしても、夢の中に登場してくる悲しみに溢れた眼をした母がイエスと重なるというのはどうして可能なのだろうか。イエスもまたペテロや弟子たち全員から見捨てられ、哀しい眼で見返されたからであろうか。

九 〈母なるイエス〉は可能か――心理的誤謬

〈哀しげな眼〉は悲しみの聖母（マーテル・ドロローサ[23]）かピエタ[24]にこそふさわしいのであって、それがイエス自身の眼であるというのは、見るものと見られるものが曖昧さのうちに混同されている。読者は覚えておられるだろうか。『母なるもの』という短編の最後の方に、主人公の作家（遠藤の分身）が〈隠れ〉の家で納戸神を見せてもらう場面があることを。他人の眼を欺くための偽装と室内の暗さにようやく慣れた主人公の眼に映じたものは、予想外の稚拙な彩色と絵柄からなる〈授乳する農婦〉を描いた一種の聖母子絵だった。〈隠れ〉は踏絵を踏んだ後、この聖母の絵に向かってオラショを唱え、罪の赦しの〈取りなし〉を願うのである。父なる神を裏切った後、とりなしを母なる聖母に願うのである。しかし日本的宗教風土の中で、父なる神に対する信仰はいつのまにか〈母なるもの〉に変質していった。それを遠藤はこう描いている。

彼等はこの母の絵にむかって、節くれだった手を合わせて、許しのオラショを祈ったのだ。彼等もまた、この私（作家——遠藤の分身——筆者注）と同じ思いだったのかという感慨が胸にこみあげてきた。昔、宣教師たちは父なる神の教えを持って波濤《はとう》万里、この国にやって来たが、その父なる神の教えも、宣教師たちが追い払われ、教会が毀《こわ》されたあと、長い歳月の間に日本のかくれたちのなかでいつか身につかぬすべてのものを棄てさりもっとも日本の宗教の本質的なものである、母への思慕に変ってしまったのだ。私はその時、自分の母のことを考え、母はまた私のそばに灰色の翳のように立っていた。ヴァイオリンを弾いている姿でもなく、ロザリオをくっている姿でもなく、両手を前に合わせ、少し哀しげな眼をして私を見つめながら立っていた。(25)

母のことを考えたと書かれているが、ここで自分のそばに立っている母はもちろん現実の母ではない。〈隠れ〉の島を訪ねる作家は、その幼年期に両親が離婚した経験を持つ。彼は母につれられて内地に戻り、放蕩息子よろしく不良少年の真似事をすることによって母を裏切る。また後年、父に従ってその母を見棄てた経験も抱いている。彼の記憶の中の母、現実の母はつねに厳しい顔付きで、たった一つの音を探して何時間もヴァイオリンを弾き続ける。また夫に見棄てられた辛さを乗りきるため、電車の中で懸命にロザリオを繰りながら神に祈る姿を持つ。

しかしこの『母なるもの』の最後の所で、主人公の記憶に蘇ってくる母の姿は、実際の記憶とは違ってヴァイオリンを弾いてもいないしロザリオを繰ってもいない。そうではなく、彼女はただ両手を前に合わせ少し哀しげな眼をして私を見つめながらじっと立っているのだ。この姿はたしかに母であるが、(現実の)母ではない。同様に手術後の病室や書斎や、はたまた夕暮れの陸橋で作家の夢に現れる母もやはり現実の母ではない。それは作中の作家の言葉を借りれば、貝の中の真珠のように少しずつ出来上がった〈母のイメージ〉なのである。

この〈母のイメージ〉とは言うまでもなく〈母なるイエス、母親の如きイエス像〉なのだ。そばにいて黙って、ただ両手を前に合わせ、少し哀しげな眼をしてじっと私を見つめている〈同伴者イエス〉なのである。しかしここで思い出してほしい。〈隠れ〉たちが裏切るのは神イエスであり、〈とりなし〉を願うのが聖母マリア(この場合は納戸神のご神体である授乳する農婦像)であること、そして作家が過去において裏切り見棄てるのは母なのであることを。だからともに裏切られる者が有する〈哀しげな眼〉という一点では共通するが、本来イエスと作家の母とは別物であるのだ。なるほど作家の言うとおり、日本的宗教事情でいつのまにか父なる神に対する信仰が聖母（あるいは納戸神である授乳の農婦）にすり変わったとしても、授乳の農婦である聖母に対する敬慕の念の発端は、〈隠れ〉が裏切った神イエスに対する〈とりなし〉であって、母マリアに対する裏切り行為の赦しではないのである。

つまり『母なるもの』において、隠れの神と作家の母が平行関係（parallel）にある、あるいは相似的存在として主人公の作家（遠藤の分身）によって想起されるのだが、その相似性を成立させているものは、唯一、裏切られる二つの存在がもつ〈哀しげな眼〉という一点だけで、〈隠れ〉が裏切る神イエスと息子によって裏切られる作家の母との間には、本来なんらの相似性も存在しないのである。しかるに遠藤は〈隠れ〉の信仰においては〈父の宗教〉が〈母の宗教〉に変質しているという事実の指摘によって、この関係をむりやり成立させようとしているけれども、納戸神である聖母は毎年の踏絵で裏切られるイエスへの〈とりなし〉を願う母性的存在であって、けっして〈隠れ〉によって裏切られる対象、神そのものではないのである。

したがって遠藤の〈母なるイエス〉を擁護しようとするいかなる論法[26]も畢竟《ひっきょう》、成功することはない。それらはすべて心理的誤謬を犯しているにすぎない。遠藤の論法では、日本の宗教は母性的であり『新約聖書』の神は父母的である。したがって日本人に実感される神（イエス）の像は母性的であらねばならぬという要請（postulate）であって、個人的体験にそれを被せているだけだ。しかしカトリシズムの歴史上の聖母の位置づけを考えると、聖母の崇敬は公式にはイエスをけっして超えてはならないし、母なるマリアに対する敬慕・尊崇の念がキリスト教の母性的性格をすべて吸収してしまうので、イエスは可能な限り〈母性的〉であっても母そのものである必要は論理的にあり得ないのである。論理的にあり得ないものをあるように錯覚するのは心理的誤謬でしかない。

一〇 「大祭司アナス」遠藤の「大審問官」――「下手な詩人は真似るが、巧い詩人は盗む」

さて大祭司アナスの章は『死海のほとり』全一三章中の圧巻で、T・S・エリオット流に言えば遠藤はドストエフスキーからこの場面のアイデアを「盗んで」、この小説のやま場に仕立て上げたのだ。しかし「大祭司アナス」について述べる前に、盗まれたドストエフスキーの「大審問官」のくだりを少しばかり紹介する必要があるだろう。

イワン・カラマーゾフは弟アリョーシャと対話する。それはイワンの言う所によれば、詩劇の形を借りた譬え話であり、舞台は一六世紀のスペイン。

ふと人間を訪れてみたくなったキリストが異端審問のさなかのセビリアに降り立つ……するとた

ちまち福音書に記されている奇跡が起き、人々の間に驚愕と賛嘆の声が巻き起こる。それを目撃した大審問官はキリストを捕らえさせる。大審問官にしてみれば、いまさらキリストは邪魔者なのだ。彼は尋問のために一人で牢獄にやって来て次のような長広舌をふるう。

お前（キリスト）は我々に一切の権限を委ねて行ったのだから、今更のこのこやって来ても何一つ付け足す権利はない。お前は人間を買いかぶって精神的自由を与えたが、あれは間違いだった。人間は結局それを持て余し、自由の重みに耐えきれず地上で教権を預かる我々に返上してきた。人間が求めるのは自由ではなく地上のパンと天上のパンだ。自由とパンとは両立しない。天上のパンを求めるようにとお前は人間に自由を与えたが、そのために人間はかえって不幸になったのだ……。

二　精神的〈自由〉対〈地上のパン〉——ドストエフスキーの「大審問官」の場合

大審問官は福音書中の三つの試みを賛嘆する——石をパンに変えてみろという試み(27)（悪魔の第一の試み）をお前は退けた。お前は悪魔が拠り所としている地上のパンを、天上のパンと自由の名で退けた。この三つの問い（石をパンに変えること。神殿の頂上から身を投げて神を試みること。そしてサタンにひれ伏して地上の栄華を手に入れること）こそ地上における人間性の解決不能の歴史的矛盾をすべて言い尽くした問いなのだ。この問いこそ奇跡だ。しかし人間は精神的自由ではなく、奇跡を求めてパンを求めて右往左往して不幸に陥るのだ。だから我々は人間を愛するあまり、お前の御名により代わりに（時として暴徒と化す）人間の群れを牧するのだ。我々は彼らのパンを取り上げ、再配分してやる。彼らは自分たちの献上した同じパンを喜んで受け取る。また彼らの犯す罪をもお前の御名で許してやる。彼らに日常的なたわいもない楽しみを与えてやる。ただこういうやり方は本来的に欺瞞なので、それを知っている我々だけは苦しむことになる……そして大審問官はついに本質的な告白に入る。[28]

我々はお前（神）ではなく、もう永い間、悪魔（反キリスト）と手を組んできた。お前の仕事を訂正した人々の群れに投じたのだ。……老人はたとえなんでもいいから囚人に口をきいて欲しかった。囚人はしかし終始、沈黙したままである。最後に囚人は無言のまま老人に近づき、そのカサカサの唇に接吻した。それが答えの全部だった。老人は彼を焚刑に処することはやめドアから追い出し、もう二度と来るなと言う。「で、老人は？」とアリョーシャがきくとイワンは答えた。「かの接吻は胸に燃えていたが、依然としてもとの理想に踏みとどまっていた」「そして、兄さんも老人といっしょなんでしょう、兄さんも？」……アリョーシャは別れ際に兄の唇に黙って接吻する。イワンは笑いながら叫ぶ「剽窃だ！」「……ぼくの詩劇から盗み出したね！」と。

一二　剽窃の冴え「大祭司アナス」──〈無力な愛〉対〈地上のパン〉

「愛の神、神の愛──それを語るのはやさしい。しかしそれを現実に証《あかし》することは最も困難なことである。なぜなら「愛」は多くの場合、現実には無力だからだ」と遠藤は『イエスの生涯』のなかで強調する。ドストエフスキーの「大審問官」では〈人間の自由（天上的なパン）〉対〈地上的幸福（地上のパン）〉の相剋の問題提起があり、またナザレ人イエスの愛の教えから乖離する教権組織への批判、反キリストの指摘がなされている。もちろん、そこで言う組織とはローマ教会またはイエズス会を指し、返す刀で切られているのはフリーメイソン的無神論であろうか。

これに対し遠藤の「大祭司アナス」（VI章）では〈人生対生活〉の相剋、〈無力な愛対地上のパン〉の相剋の問題が問われている。アナスの心は地上の最高権力を手にしたもののみが抱くニヒリズムに覆われている。彼は空虚な思いと寄る年波のせいで、もはや何物にも好奇心を抱くことはない。しかしたったいま婿から告げられたガリラヤの大工、婿の手によって政治的な犠牲の小羊に仕立て上げられるイエスの存在は、彼の枯渇しかかった好奇心をかき立て、遂には直接会いたいとさえ思うようになる。それはアナスのほとんど虚無的とも言うべき精神状態にあかい火を灯す。

カヤパの報告書を繰っているうちに、アナスにはひょっとすると、この大工の狙いは過越の祭りに逮捕され殺されるのを待っているのではないかとさえ思われる。彼は好奇心のあまり黄昏のエルサレムの街を駕籠にのって探しにいく。しばらくの間、無為に探し廻った彼の眼に、ついに血のような夕陽に染まったゲヘナの谷の斜面を背に人間の姿らしきものが見え、あの大工ではないかと思う。そのとき初めてアナスはこの大工が多くの自称預言者たちとはまったく違う存在だということを感じた。大工が巡礼客たちの罵言を浴び、石を投げられながらも、なお言い続けてやまないものが何であるかつかめたような気がした。

皮肉なことにイエスと袖触れ合った多くの人の中でアナスという人物だけが、いわば初めてイエスをイエスの説く愛――アナスとは生きかたにおいて正反対のものであったにせよ――を正しく理解できたのである。アナスの老いさらばえた肉体に久しぶりに微かな妬みの心が生じる。かつて自分が遙かな高みに垣間見たもの、自分はとっくにその道に見切りをつけ正反対の道をたどってきた。しかしそれだけに自分にはその愛の不毛性、無力さが痛いほど分かるのだ。その大工とは誰なのか、大工の説くこととは何なのか。それが知りたい。

帰宅して書類を読み返して彼ははっきり悟る。大工が言っていることはただひとつ愛だけである。そして囚われたイエスがいるカヤパの邸に彼は大工を訪ねる。もちろん、その目的は大工の背後の、大工を遣わした神に対する復讐である。地下の暗い牢のなかで大工は寒さ、恐怖、不安で体を震わしている。

「私が誰か、知っているか」

大工はうなずいたが、地下の寒さのためか、それとも恐怖のせいか、震えていた。

「おそらく……お前は石打ちの刑になるだろう。場合によっては死刑になるかもしれぬ」

彼はだまっていたが、その体は更に震えた。

「こわいか。こわいなら、何故、エルサレムに来た。この都で神殿や律法《トーラ》を冒瀆した言葉を吐けば、どのような裁きを受けるか、お前とて知っていたであろう。こわいなら、何故、そのような冒瀆を皆の前で口にしたのか(29)」


これに対して大工は沈黙したままである。

一三　本当の勝者——〈無力のイエス〉によるアナスへの一撃

アナスはさらに続ける。結局、誰一人として、大工の言うことに耳を傾けたものはいなかった。愛など砂漠に浮かぶ蜃気楼のようなものだ。それに比べて大工が冒瀆した神殿や律法は蜃気楼のごとき実態のない愛よりは人間の役に立つと。

ドストエフスキーの大審問官流に言えば、律法は〈地上のパン〉であるが、イエスの説く愛は

〈天上のパン〉である。〈大審問官〉アナスは神殿や律法は皆に秩序を作るかわりに、裁きもするし罰も与えると言う。突然アナスは要点をつく。「お前は神を信じているか」と。「私はもう、神など信じてはおらぬが……」とアナスは告白する。彼は祭司として民に地上のパンと秩序を与えてきた。それに対して大工は実際的な役に立つことを何一つしていない。大工は「癩病《ママ》」を癒すことも子供を生き返らせることもできなかった。結局、何もできなかった。その大工が律法や神殿を冒瀆できるだろうかと。

すると大工は意外なことを言う。そんなことは初めから分かっていた。何もできず何もかも失敗すると自分でも分かっていたと答える。「惨めな失敗に神が酬いてくれると思っていたのか」。「神は何一つ、お前に酬いぬぞ」。神があのヨブに酬いられなかったように、神はお前に酬いはしないと言い、アナスはようやく大工を追いつめたと感じた。

だがアナスは最後に反撃を食らう。彼が大工にお前は最後にはあの詩篇に書かれた言葉「主よ、なぜ見棄てられるのか」と唱えるだろうと勝ち誇って言うと、大工はこう答える。「主よ、すべてをあなたに委《ゆだ》ねます」と。「主よ、すべてをあなたに委ねます」というその言葉こそ神に対する全幅の信頼の言葉である。「もういい。もう、二度とお前に会うことはないだろう」。「いいえ、と大工は叫んだようだったが、なぜそう言ったのか、わからなかった」。「枯枝のように細い手足とみにくい貧弱な大工の肉体よ、あの肉体を神や愛のためには死なせぬ。お前が馬鹿にした別の世界のなかで死なせてやると、私はせせら笑った。……中略……その時、突然、さきほど大工が叫んだあの言葉が胸を刺すように走った。主よ、すべてをあなたに委ねます、という言葉が」。

死海のほとり、すなわちユダの荒野でイエスは試みられた。そしていかなる地上的パンでもなく愛のみを説こうとされた。ユダヤ教の教権勢力、神殿供犠と律法遵守に象徴される〈形骸化した信仰と馬鹿馬鹿しい程の権威主義〉がイエスの前に立ちはだかった。宗教的救済を真に必要とする〈地の民〉に人々の求める奇跡ではなくただ愛だけを説いたイエス。だからこの章で遠藤が描く劇的対立は、ドストエフスキーの〈地上のパンか自由か〉という相剋を〈地上のパンか愛か〉という遠藤の用語に置き換えているだけで、本質的には全く同じ問題意識に貫かれていると言えよう。全編のちょうど中間に置かれたこの章はアナスとイエスの対話によって、地上のパンを守ろうとするユダヤ教指導者の姿勢と、愛という一見無力そのものにしか見えないキリスト教的行為の根底が象徴的に対立させられていると見ることも可能だ。つまりこの章はイエスの説かれた愛がユダヤ教（荒野の宗教）的根底からキリスト教（愛の宗教）的根底へとシフトされていくことを象徴的に表している箇所ではないだろうか。もちろん、そう言ったからと言って、私はイエスがキリスト教徒だったとあえて主張するつもりはないのだが。

結　び（復活の神秘）――〈歴史のイエス〉から〈信仰のキリスト〉へ

『イエスの生涯』の中で作者は今後も自分はイエスの生涯を書いていくと述べる[30]。それは復活の謎に迫ることだ。『死海のほとり』と『イエスの生涯』の大きな違いは復活という神秘を小説の中では自在に描きうることだ。聖なるもの――謎や神秘（mystery）という曰く言いがたい（ineffable）もの――を学問の枠を超えて扱うことができるのは小説や詩、劇作というフィクションである。そういう意味で『死海のほとり』はイエスの同時代人の証言からなる〈群像の一人〉と、現代に生きる日本人作家と聖書学者の信仰への旅〈巡礼〉を交互に進行させ、最終章で見事に統合[31]させた意欲的な作品である。前者では奇跡とは無縁のただ愛の人、奇跡など行い得なかった人として歴史のイエスを徹底して非神話化し、同時に後者、すなわち現代に生きる日本人作家と聖書学者の信仰への旅〈巡礼〉においては（復活した）イエスの愛の痕跡からイエスの存在を逆説的に検証していく。さらにそこから人間イエスの神の子キリストとしての可能性を遡っていく。それゆえこの小説は誤解を恐れずに言えば、遠藤による究極の〈下からのキリスト論〉的試みだと言えようか。

注

（1）「異邦人の苦悩」『遠藤周作文学全集』（以後『全集』と略す）第一三巻、新潮社、二〇〇〇年、一七六頁。
（2）遠藤周作『日本人はキリスト教を信じられるか――対談集』講談社、一九七七年、一七二頁。
（3）『イエスの生涯』第一三章「謎」、及び山根道公氏の詳細な解題『全集』第三巻、一九九九年、四三九～四四三頁参照。
（4）中世の生理学では血と乳が同質とされ、自分の血で子を哺育すると言われるペリカンはイエスの表象でもある。母が子を哺育するようにイエスは自分の血と肉で（聖体拝領）信者を育てるのであるから。西洋絵画ではイエスの脇腹から血が絞り出され、乳のように女性修道者の口に入る図像もある（「救世主キリスト」ベネツィア、アカデミア美術館）。バイナム女史 C. W. Bynum, *Jesus as Mother*, U. C. Berkeley, 1982, pp.125–128 によると中世では孕み、生み、授乳し・育てる（知識を与える）ことが聖ペテロや聖パウロのような偉大な宗教的指導者の属性としてよく言及された。これはクレルヴォーの聖ベルナルドゥスに特有な中世の発想ではなく、既に『旧約聖書』にみえる神の母性性の表現（イザヤ六六・九～一三）にまでさかのぼる。岡田温司『キリストの身体――血と肉と愛の傷』中公新書、二〇〇九年参照。したがって遠藤が神の子イエスの母性性に言及することは神学的に誤りではない。問題はそれを遠藤が自分の母と過度に結び付けることにある。
（5）『全集』第三巻、一三八頁。
（6）第一次大戦後のK・L・シュミット、M・ディベリウスとR・ブルトマン等。大貫隆・佐藤研編『イエス研究史――古代から現代まで』日本基督教団出版局、一九九八年、一六八～一九一頁参照。また大貫隆『イエスという経験』岩波書店、二〇〇三年参照。

（7）「全集」第一一巻、二〇〇〇年、一〇三頁。
（8）ブルトマンは自分自身の実存にかかわるやり方でしか共観福音書の記述に関心を示さない。すなわち今、この時において、この私に神の恩恵と審判とを告知して、信仰への決断を迫る語りかけの意味である。大貫・佐藤編前掲書、一八九～一九一頁参照。
（9）『文學界』一九七四年二月号、一六一～一六二頁。
（10）同。
（11）『全集』第一一巻『イエスの生涯』一九九～二〇〇頁。
（12）『全集』第三巻『死海のほとり』三三頁。
（13）注3参照。
（14）『全集』第三巻『死海のほとり』一四三～一四四頁。
（15）同一六九頁。
（16）『死海のほとり』では〈ねずみ〉が絶えず現れ重要な役割をはたす。戸田の揶揄《やゆ》のごとく、主人公がはるばるイスラエルに追跡してきたものは、イエスではなくむしろ〈ねずみ〉だと言えるかもしれない。主人公は自分もまた〈ねずみ〉のもつ小ずるさ、弱さ、卑怯な性質を共有しているがゆえに、あの〈ねずみ〉の存在を忘れることができない。『札の辻』の〈ねずみ〉は、初めのうちはおよそ殉教などしそうもない人物として描かれる。だから〈ねずみ〉がポーランドで同胞の身代わりとなって英雄的に死んだときいて、かつての彼を知る皆は〈ねずみ〉の変わりように驚く。しかし『死海のほとり』では〈ねずみ〉は英雄的な死を迎えるのではなく、その役はむしろマデイ師のような強い信仰の持ち主に振られ、〈ねずみ〉には相変わらず卑怯者の役が振られている。が、その卑怯者の〈ねずみ〉すら人生の最期には微かな愛の行為に目覚める。つまり〈ねずみ〉でさえも救われる、〈ねずみ〉でさえもキリストの愛の力によって強められることが肝心なので、イエスを直接、感知することはできなくともイエスの通過を言わば〈ねずみ〉という最低の感光紙についた足跡で知る、そういう仕掛けになっているのだ。だからこの〈ねずみ〉の登場の意味は単に遠藤好みの弱者、小心で小ずるく卑劣な裏切り者の再登場ではない。〈ねずみ〉を価値ある存在にする力――それはイエスの復活の力によるものではないのかという遠藤の復活観に注目するべきだ。遠藤が言うには、その〈ねずみ〉を強め、聖なる存在に近づける力こそ復活したイエスの愛なのであるから。また、武田友寿『「沈黙」以後』女子パウロ会、一九八五年、一〇六～一六一頁も参照。

(17)『全集』第三巻『死海のほとり』一九五～一九六頁。

(18)同二〇二～二〇三頁。

(19)同二〇四頁。

(20)井上洋治『イエスのまなざし――日本人とキリスト教』日本基督教団出版局、一九八一年、二〇四～二〇五頁。

(21)「女か子供のような体つきをしている。胸毛など一本もない、白い胸なのにちがいない」『全集』第三巻、一一九頁参照。女性的あるいは両性具有的イエス像は西洋美術の中でも見られる。永い間ダ・ヴィンチのものと信じられてきたルイーニの「博士たちとの論議」(ロンドン、ナショナル・ギャラリー)のイエス像の顔には(少年だからか)髭がなく、卵みたいにのっぺりしている。その優しい目つき、前に大きく出された両手の細くて長い指も女性的(あるいはダ・ヴィンチの「洗礼者ヨハネ」のような意味で両性具有的)だ。またマドリードのラサロ・ガルディアーノ博物館にあるボルトラッフィオの「若きキリスト」もほとんど女性の、冴えない顔に描かれている。

(22)『父性的宗教　母性的宗教』(東京大学出版会、一九八七年、三〇頁参照)の中で著者の松本滋氏は遠藤の言葉として次の内容を紹介している。「日本人の宗教心理のなかには、仏像などをじっとみつめたとき、父親のイメージがあるような場合だと、宗教として日本には根をおろさない。ところが、これが赦す神という形をとってくる場合だと違いますね。日本人のキリスト教の神に対する誤解が無意識にある。父親であると同時に母親であるという感じのものが、根本的に欠けていたのではないかと思うんです」

遠藤はまた他の有名な箇所（「父の宗教・母の宗教」『全集』第一二巻、二〇〇〇年、三七六頁）でもこう述べている。「断っておくが基督教は白鳥が誤解したように父の宗教だけではない。基督教のなかにはまた母の宗教もふくまれているのである。それはたとえばマリアにたいする崇敬というようなかくれ切支丹的な単純なことではなく、新約聖書の性格そのものによって、そうなのである。新約聖書は、むしろ「父の宗教」的であった旧約の世界に母性的なものを導入することによってこれを父母的なものとしたのである」と。『イエスの生涯』の中で「人間は永遠の同伴者を必要としていることをイエスは知っておられた。自分の悲しみや苦しみをわかち合い、共に泪《なみだ》をながしてくれる母のような同伴者を必要としている」と述べている。

(23) ブリュージュ、グルーニング美術館、マルミオン派？「マーテル・ドロローサ」参照。

(24) フィレンツェ、サン・マルコ修道院、フラ・アンジェリコ「ピエタ」参照。

(25) 『全集』第八巻、一九九九年、五五頁。

(26) イエスの母性化については武田友寿『遠藤周作の世界』中央出版社、一九六九年、三八〇～四一五頁、第五章「遠藤文学とカトリシズム」〈Ⅰ　カトリックの母性化〉参照。佐藤泰正「遠藤周作における母のイメージ――「母なるもの」の原像をめぐって」『國文學』一九七三年二月。井上洋治、前掲書、「同伴者イエス――遠藤周作のイエス観」〈Ⅲ　母なる神〉二一二～二一三頁参照。

(27) マタイ四・一～一〇。
(28) 米川正夫訳『ドストエーフスキイ全集第一二巻　カラマーゾフの兄弟（上）』河出書房新社、一九六九年、三〇五頁以下。
(29) 『全集』第三巻、九三頁。
(30) 『全集』第一一巻、二〇四頁。
(31) この章で「あの人」と「イエス」は統合されるが、それには、熊本牧師からもらった「少年のためのエルサレム物語」が自然な導入の効果を発揮する。

文献（本文及び注で引用のないもの）

〈単行本〉
荒井献『イエスとその時代』岩波新書、一九七四年
加藤隆『新約聖書はなぜギリシア語で書かれたか』大修館書店、一九九九年
田川建三『イエスという男――逆説的反抗者の生と死』三一書房、一九八〇年
A・E・マクグラス（柳田洋夫訳）『歴史のイエスと信仰のキリスト』キリスト新聞社、二〇一一年
ダニエル＝ロプス（波木居斉二・波木居純一訳）『イエス時代の日常生活』I、II、III、山本書店、一九六四・六五年
R・ブルトマン（加山宏路訳）『〈ブルトマン著作集〉共観福音書伝承史』I、II、新教出版社、一九八三・八七年
教皇庁聖書委員会（和田幹男訳）『聖書とキリスト論』カトリック中央協議会、二〇一六年
〈論文〉

宮野光男「文学のなかの母と子――遠藤周作「母なるもの」の場合」佐藤泰正編『文学における母と子』笠間書院、一九八四年
佐藤泰正「遠藤周作における同伴者イエス――「死海のほとり」を中心に」『国文学　解釈と鑑賞』一九七五年六月

〔付録〕

書評1　小嶋洋輔著『遠藤周作論――「救い」の位置』

この書は遠藤研究の方法に関する挑戦的と言える批判の書である。「まえがき」で著者は一九五四年から二〇一三年までに六〇年弱の研究の歳月が経過しているにもかかわらず、研究者は遠藤を歴史化・相対化してこなかったと言う。その責任は小説の主題や技法について作者遠藤の言説を素直に受けとめてきた研究者にあると言えるが、同時に日本人カトリック作家という特殊な立場から発信する遠藤自身にもあった。従って遠藤没後、作家の示唆する着地点に向かって結論づけるという従来の遠藤研究は袋小路に入ったと言う。

では著者の目指す研究方法とは何か。それは遠藤を徹底して相対化・歴史化する試みであり、従来とは異なる新しい作家論、すなわち時代状況の中に作家をおき、いくつかの鍵概念をもとに対象を社会現象として記述する、言わば社会学的な作家論である。著者自身の言葉によれば「遠藤周作が生きた時代状況、場、そして遠藤がその時代から受容したもの、つまり歴史的コンテクストのなかに遍在する遠藤周作像を拾い集めることで遠藤周作を論じるもの」である。その方法が実際に適用された刺激的な示唆に富む論文集が本著作のⅡ部「遠藤周作を歴史化する試み」中の「中間小説」論と、Ⅲ部「カトリックの変容——一九六〇年代の転換」における「『沈黙』と時代——第二バチカン公会議を視座として」である。「中間小説」論では書き分けを行う作家の側からの戦略が時代状況の変化とともに述べられる。そこでは作家、語り手、作中人物の関係が分析される。

ところでそもそも、遠藤はなぜ「中間小説」を書くようになったのか。それは本書のサブ・タイトル「救いの位置」とも関わる最も重要な考察である。遠藤の作家的使命は初期の黄色を白い世界と混同せずに対立させる姿勢から、さらにそうした対立軸を超えるような普遍を求める姿勢に変化した。遠藤の着地点との関係で言えば、それまでのように啓蒙的に作品に解説を加えず読者に訴える方法が『おバカさん』に始まる中間小説なのだ。しかし著者の炯眼《けいがん》は単なる技法上の解決としてではなく、そこに盟友井上洋治師との交流の影響、両者に共通の東西の距離の克服を見て取る。それは西欧でも日本でもない、二項の対立を超えた次元の、著者の言葉によれば「ふかい」何かの模索の結果であった。

さて圧巻は上に述べたⅢ部中の「『沈黙』と時代——第二バチカン公会議を視座として」である。つまり遠藤が生きた時代のキリスト教の変遷を明らかにし遠藤自身がいかに受容したかを考察する。著者の、第二バチカン公会議という同時代状況から『沈黙』を論じる箇所の全てに賛成はできないが、著者の試みる歴史主義的・社会学的方法の面目躍如たる箇所である。若干の瑣末な事実誤認を別にして著者はキリスト教の枠外に立ちながら第二バチカン公会議の本質をよく理解している。遠藤の『沈黙』にはあたかも公会議の成果を先取りするかのような内容が含まれている。では遠藤は公会議の成果を予想して小説を書いたのか。そうではない。真相は評者が思うに遠藤、少なくとも井上が留学中にフランスのいわゆる、新神学 Nouvelle Theologie（かつては一部、危険思想視されたが、第二バチカン公会議に多大な影響を与えた）に共鳴していたので、方向性として一致したのだ。しかし著者のように『沈黙』と第二バチカン公会議をいろいろな観点から関連付けて自在に考察する手法は見事である。『公会議公文書（改定公式訳）』（二〇一三年）によると改革は典礼、聖職者と信徒との関係、修道生活、教会一致、諸宗教対話、信教の自由に関する改革を含む。例えば新典礼では司祭はミサの際に信徒と対面し使用言語も各国語の使用が可能となる。著者は『沈黙』で司祭ロドリゴが司祭不在の信仰共同体、あの地下組織コルディアを肯定的に評価する箇所、また祈りが日本語で行われることを信徒使徒職や典礼の改革と結び付けて考察する。他方で小説中、一七世紀という時代背景において公会議前のキリスト教理解に固執する井上筑後守と制度的教会ではなく「あの人」の福音的な愛に生きるロドリゴの対話のすれ違いを、他宗教対話のコンテクストにおける公会議と現実のズレになぞらえる。著者の言葉を借りれば「『沈黙』は、一七世紀の他文化宣教と、第二バチカン公会議の時代、一九六〇年代の他文化宣教を交差させる場」として、また

「『沈黙』は、こうした、二つの時代を交差させる場としての働きと、（日本におけるカトリック作家という――評者注）二つの極を内包した作家遠藤自体の揺れ動きによって、一七世紀日本を舞台に、第二バチカン公会議の開催を要請した時代の宗教の変遷、またそこから生じた課題をも描き得た」と言う。そういう表現のうちに評者は著者の若い研究者としての資質の中に通常の作家論・作品論を超える文明史観、歴史眼のようなものを感じるのである。

（双文社出版、二〇一二年、三〇四頁、四六〇〇円＋税）

書評2　マコト・フジムラ著『沈黙と美――遠藤周作・トラウマ・踏絵文化』

この書は、現代アート作家として国際的に活躍する日系アメリカ人による異色の『沈黙』(遠藤) 論である。同時にそれは日本の美に対する透徹した文化論でもある。マーティン・スコセッシ監督の『沈黙――サイレンス』で美術に関するアドバイザーを務めた著者は西海岸とマンハッタンに二つの活動拠点を持つが、彼と家族は九・一一に際しグラウンド・ゼロ近くで危うく難を免れた。彼のトラウマはその後、家族で訪れた広島、長崎と三・一一後の福島にも関わる。小学校を鎌倉で過ごした著者は以後、アメリカで成長した。遠藤との共通点は二重のマージナリティーにある。すなわち日本社会でカトリックとしてマージナルであり続けた遠藤は、フランス社会でも東洋人として差別を受ける。著者も日系人であり、また芸術家であることでアメリカ社会の中心からは遠い存在だ。日本の独裁権力は時代とともに崩れていくが、同質性に屈服する文化 (著者の言う踏絵文化) は現代も「いじめ」として残っている。

「序　巡礼」で著者が述べるように本書は著者の信仰への旅 (日本滞在中にプロテスタントの信仰を再発見し、カトリックの妻に後押しされ受洗した) であるが、美的トラウマに満ちた日本文化の深層への旅でもある。著者は大学時代に『沈黙』を読んではいたがたまたま、留学先の東京藝術大学大学院に近い東京国立博物館で踏絵を見たことから『沈黙』に深い関心を抱いた。過去の日本の闇の中に浮かび上がる踏絵を通し著者の想像力は日本文化の深層へと降りる。千利休の黒楽茶碗や長谷川等伯の松林図屛風は著者の芸術上の導き手だが、それはまた『沈黙』への道でもある。遠藤作品の深奥へと旅する間、著者の脳裏には再三、利休と等伯に関わる三つの主題が浮上した。『沈黙』の理解に不可欠な、それらは「隠れ」「曖昧」と「美」で、そのことごとくが利休の美と深く共鳴する。分かり易く言うと迫害と孤立主義のせいで、日本文化において最も大事な思想は「隠（さ）れ」ることになり「曖昧」はその隠れから生まれる日本文化の中心的本質であり「美」は死や犠牲とも関わる美しさだ。西欧と異なり日本的な真理は、二項対立的な白か黒かではなく中間（いわば陰影の美——著者）に宿る。これらを遠藤と関連づけて言うと『沈黙』のロドリゴは絵踏みする（転ぶ）ことで教会に背くが、その後キリストの真実の愛を発見する。殉教か棄教か、善か悪かではなく日本（遠藤）では真理（神の愛）は二項対立的な選択を超えた地点に開けるのだ。

最後に『沈黙』を読み解く上で著者が西欧キリスト教的解釈にやはり拠っていると感じたことは、著者がロドリゴをユダではなくペテロと捉えていることだ（七章　ロドリゴ司祭の贖い）。我々日本人読者の多くは絵踏みするロドリゴをユダに擬し、『沈黙』をユダと堕したロドリゴの救いの問題と解釈する。だからこそ亀井勝一郎はそこに真宗的な匂いを嗅ぎつけたのだが、著者はロドリゴをむしろイエスを三度、否んだ後に悔い改めたペテロと捉えている。初めから終わりまで味読しながら筆者は何度も立ちどまって考えたが、本書（原題 *Silence and Beauty*）はじつに内外を問わず日本文化論や遠藤文学のゼミ生とのディスカッションに最適であろう。

（篠儀直子訳、晶文社、二〇一七年、三一二頁、二五〇〇円＋税）

書評3　加藤宗哉・富岡幸一郎編
『遠藤周作文学論集　文学篇』
『遠藤周作文学論集　宗教篇』

これらの論集は編集者、文芸評論家として活躍中の加藤宗哉、富岡幸一郎の両氏が「遠藤周作文学全集」等に収録されてはいても「文学・宗教論」として一本にまとめられていない作品群を新たに二巻本に収められた労作である。したがってここでの筆者の役目は通常の書評とは異なり（一）遠藤の「文学・宗教論」がこのような形で二巻本にまとめられたことの意義と（二）それが遠藤周作研究に与える効用の二点について述べる。

（一）遠藤の「文学・宗教論」がこのような形で二巻本にまとめられたことの意義

文学篇巻末の加藤氏の言によれば、没後一二年目に海外の出版社から遠藤の「文学・宗教論」出版のオファーが順子夫人に寄せられた。出版社によると「遠藤の文学・宗教論はきわめて予見的であり今日的な問題も提起しているから、充分に二十一世紀のヨーロッパの読者を満足させる」ものという。以前からその必要性を感じていた加藤氏だったが、その時に強く「文学・宗教論」出版の必要性を感じたそうである。

このことは遠藤周作学会にとっても次の課題を示唆するものではないか。すなわち海外での遠藤文学の読まれ方と最近の研究動向を把握しておくこと。遠藤文学の研究者としてV・C・ゲッセル氏やM・ウィリアムズ氏の名は知っていても、それ以外の人についてはどうであろうか。研究の動向を知るためのグローバルなネットワークの構築が今後の課題の一つとなろう。海外における『沈黙』の受け取りかたも全世界でキリスト教が直面する今日的問題と深く関わっている。衰退の一途を辿る（制度としての）ヨーロッパ・キリスト教、その文化圏の読者が読む『沈黙』は日本人で非キリスト者が読むそれとはたぶん少し違うはずだ。筆者も最近、第二バチカン公会議をリードしたK・ラーナーより若い人に人気のあるE・スキレーベックスというドミニコ会の神学者に関する本を読んで驚いた。彼によれば「救済」に関して大事なことは、イエスに対する明示的な信仰表明ではなく、イエスを信じる者が「自らの人生で第五福音書を物語ること」だという。この意味は、もちろん、隣人となる実践を説かれたあのイエスの教えに従うという意味なのだが、同時に私は『沈黙』のロドリゴの語りを想起する。すなわちロドリゴはこう言う。「あの人は沈黙していたのではなかった。たとえあの人は沈黙していたとしても、私の今日までの人生があの人について語っていた」と。

スキレーベックスと遠藤の関係は不知である。しかし海外で遠藤が読まれる理由は分かる。『深い河』ももっぱら諸宗教神学の観点から読まれ、我々日本人読者とは一味違って受け取られるのであろう。海外で同じく人気のある村上春樹や吉本ばななとは違い、遠藤の場合は脱キリスト中心主義の神学的内容を含む優れて今日的な文明批評・思想家として読まれるので、遠藤の「文学・宗教論」としてまとまったものが求められるのであろう。そういう意味からも今回の二巻本の上梓の意味は大きい。これらの翻訳により内外で文学のみならず思想の観点からも遠藤研究がさらに広がるだろうからである。

（二）遠藤周作研究に与える効用

次に我々はこの「文学・宗教論」から具体的に何を得られるのか考えよう。この点について二点指摘する。最初の一つは遠藤のすべての文学活動の根幹が（捩《よじ》れた）二つの距離感の克服にあったこと。その第一は日本人遠藤が西欧キリスト教に抱く距離感である。「ダブダブの洋服を日本人に合う和服に仕立て直す」という遠藤の衣装哲学の有名なスローガンはこの距離感の克服を比喩的に表現する。しかしこれは現代フランスの碩学J・ダニエルー師の「現代ヨーロッパ人が中世のキリスト教に対して抱く距離」という表現を井上洋治師と遠藤が彼我の精神的距離の意味に転用したのである。もう一つの距離感はポスト・モダンの現代人として遠藤が直面する現代日本と理想的な（現実の歴史的な中世ではない）精神共同体としてのヨーロッパ中世との距離感である。遠藤・三島由起夫のみならず現代日本の知識人はすべて「近代」と「彼我」の距離の超克という二重の重荷を宿命的に背負っている。初期の「文学と想像力」で遠藤はこう述べている。われわれ「黄色い人」日本人はヨーロッパ人のようには中世の精神共同体も、想像力が現実性を伴う「永遠の世界」ももたない。そうであれば、われわれは現代（ポスト・モダン――筆者注）という条件を背負いながら想像力の問題を解かなくてはならぬと。

次にこの二巻本から我々が受けるもう一つの効用とは、遠藤の説く「小説技法」の重要性である。バラバラに読んではあるいは気がつかないが、こうしてまとめられると初期の評論における彼のスタンスと後のスタンスの違いは明白である。そしてその違いが生み出された理由、すなわち遠藤における評論と小説作法の関係もよく分かる。「堀辰雄覚書」で遠藤は堀辰雄の運命に対する受動的な態度を、リルケの「ドゥイノの悲歌」における能動的な姿勢から、あるいはカトリックの闘う姿勢（吉満義彦経由のＪ・マリタンのネオ・トミズムの美学）から批判する。これは渡仏前の遠藤の批評のスタンスを示す優れた評論ではあるが、作家としての経験を積んだ後の遠藤のそれとは異なる。つまり「堀辰雄覚書」では堀の日本的な思想を西欧的な思想で裁く点で観念的、生硬な感は否めない。しかし後の「永井荷風」「大岡昇平論」では作家の思想ではなく、文学作品そのものが批評される。これは加藤氏が文学篇の解説に書いているごとく、遠藤の批評に異なる視点、つまり「小説の技法」に関する体験的視点が加わったことによるものである。彼は作家でしか書けない評論に目覚めた。そういう意味で彼の「小説技法」殊にその象徴と隠喩の使用について、われわれ研究者はもっと注目すべきであろう。「私の文学」で遠藤は、モーリアックが「夕暮の光は葡萄畠に落ちていた」と書けば、モーリアックの読者は彼らの生活的キリスト教感覚からこのイメージが風景描写だけではないことを感じ、夕暮れの光から恩寵の光（レンブラント光線）を連想すると言う。そのとき、この風景は平面的な風景でなく、二重の意味を担うものになる。しかしそれらの象徴を果たして読者は感覚的に分かってくれるだろうか、つまり自分が選んだ象徴をキリスト教感覚から縁遠い日本人の読者がどのように理解しうるか遠藤は悩む。このことは私が言うところの、遠藤の小説は表面の形而下的な物語とその奥にある形而上的な物語というメッセージの二重構造を持つということと同じ意味である。「小説を書きだしてから作家のぼくは批評家のぼくについて色々と反省しはじめた」。遠藤は小説技法に関する理論的な研究こそが作家の悩みに共感する道であり、それなしに批評は成立しないと提言する。上記の「永井荷風」「大岡昇平論」にはそれが色濃く反映されている。文学篇の解説で加藤氏が総括されているごとくそういう意味でも、遠藤の評論活動と作家活動は、陳腐な言い方になるが、彼の全文学活動の車の両輪であったと言えるのである。

さて、そのように優れた本書の編集であり、遠藤研究にとって益するところ甚だ大と思うのだが、ここで疑問点を二つあげる。（一）文学篇と宗教篇の分類には何か明確な基準があるのだろうか。例えば「堀辰雄覚書」が文学篇に収められているのは妥当だが、では「カトリック作家の問題」が宗教篇に収められているのはなぜか。逆にまた「ルオーの中のイエス」が——これはカトリック作家遠藤の信仰が自ずとにじみ出ている佳品なのだが――宗教篇に収められているのはよいが、では「人間のなかのX」が文学篇に収められているのはなぜか。次に（二）文学篇巻末の加藤氏の「解説」中の「フランス・カトリック文学展望――ベルナノスと悪魔」が「新たな処女作」の発見と言うのは少々、ミスリーディングな言い方ではないか。というのは「単行本未収録の作品」という意味では「新た」であり、また従来、文芸批評の処女作と言われてきた「神々と神と」よりも「以前の作」という意味では正しいが、その作品自体の存在は既に以下の文献において知られていたからである。笠井秋生「文学とキリスト教――遠藤周作をめぐって」（『キリスト教文学研究』二〇号、二〇〇三年五月）及び山根道公『遠藤周作――その人生と『沈黙』の真実』（朝文社、二〇〇五年三月）

（講談社、二〇〇九年、三五六頁・三六八頁、各二八〇〇円＋税）

映画評　二つの映画『沈黙 SILENCE』と『沈黙――サイレンス』
――「死んだ男の残したものは？」

「死んだ男の残したものは　ひとりの妻とひとりの子ども　他には何も残さなかった……」

ご存じの方もあると思うが、一度、聴くと決して忘れられない武満徹作曲（作詞は谷川俊太郎）の哀切な歌曲の一節である。マーティン・スコセッシ監督の映画『沈黙――サイレンス』を見終わって、なぜか私には「死んだ男の残したものは」というあの歌詞とメロディーが甦り、問いかけた。あの映画の「死んだ男の残したもの」とは？

ロドリゴが仏式の座棺で送られる最後の衝撃的なシーン、そのとき彼の懐中からポロリとのぞく粗末な十字架。あれはスコセッシ監督の『沈黙』（以後、スコセッシ版）では、殉教を前にモキチがロドリゴに遺した手作りの十字架だったかと思う。私の友人は「あれはひょっとすると最後に、妻が密かに持たせたものかもしれない」と言う。潜伏キリシタンのモキチがロドリゴに託した十字架を、彼は妻に残し、妻はそれを夫の棺に入れる。あのシーンは妻もまた密かにキリシタンになっていたという意味なのだろうか。

そういえば妻は何もかも胸に秘めながら素知らぬ顔をして、かつて自分にキリストの愛の教えを授けた夫の、天国への旅立ちに持たせたのだとも考えられる。スコセッシ監督（と脚本家J・コックス）の意図は分からないが、原作者の真意を映像化するとああなるのかもしれない。つまりロドリゴはたとえ絵踏みの後でも「キリストの愛」の教えを棄てたわけではなく、むしろ周囲の人にもそれを伝えていたのだと。スコセッシ監督が二八年間、温めてきた『沈黙』の解釈は、イタリア系移民の子としてニューヨークに育ち、映画製作者・監督として培ってきたそれまでのキャリアを考えると、なるほどと納得できるものだ。

その他にも一九七一年の篠田正浩監督の『沈黙 SILENCE』との違いを挙げるといくつかある。いちばん大きなものは、外人神父と農民信徒の関係の描き方ではないか。篠田版ではロドリゴたちと農民信徒との関係は、言うなれば教師と生徒との関係で信徒たちはあくまで教わる側という宣教における絶対的な高低差があったように思う。スコセッシ版ではそうではない。例えばスコセッシ版ではロドリゴたち宣教師の側が、信徒たちに秘密組織コルディアについて丁寧な説明を受け、彼らの信仰の在り方も、逆境のなかで、よくぞここまでと敬意をもって受け取られていたように思う。

じつは次に私が感じたことは、右に述べたこととちょうど表裏の関係にあるのだが、スコセッシ版と篠田版とでは、通辞や井上筑後守の描き方がまるで違うということだ。その二人の日本人も、かつてはキリシタンだった、あるいはセミナリオで学んだという過去への言及がまるでなかったことだ。スコセッシ監督はどこをカットしてあの長さにまで縮めたのか私は知らないが、もし原作のあの部分を最初から使わないとしたら、理由はおそらくこうだろう。篠田版にはあった通辞の告白はカブラル師に代表される西欧人宣教師の日本人や日本文化への差別意識の問題にさかのぼるし、奉行井上の告白は「日本沼地論（日本は基督教の根を腐らす沼地だ）」という神学的大問題へと発展するもので、ここでこれらの問題には軽々に触れたくなかったのかもしれない。これらのスコセッシ版と篠田版との違いは、一六世紀及び一七世紀初めの日本のキリシタンに対する評価の違いに由来するものかもしれない。外国人のスコセッシ監督の中には、当時の日本人のキリスト教信仰（殉教をも辞さない態度）に対するオマージュがあるのかもしれない。通辞の描き方は篠田版ではあたかも勝ち誇った猫が鼠《ねずみ》をもてあそぶような意地の悪いところがあったが、スコセッシ版ではそれがない。通辞の淡々とお役目を果たしている態度には、むしろ好感が持てたほどだ。これには俳優（浅野忠信）の英語の自然な口調も影響しているかもしれない。しかしことと井上筑後守の描き方については篠田版の方が（遠藤も脚本に加わっていたためか）はるかに原作の雰囲気に近く、俳優（岡田英治）も好演している。それに比べスコセッシ版ではすべてが戯画化され、演技も誇張されていたように思う。私は最初、井上筑後守を演じるのがイッセー尾形ではなく植木等かと思ったほどだ。このあまりにも戯画化され過ぎているという感想は私ひとりの独断ではなく、ワシントン・ポスト紙（一月七日）の映画評（M・オサリバン）にもあったほどだ。

以上に述べた大きな違い二つは、つまるところ映画が製作された時代の違い（日本文化の認知度）によるものかもしれない。スシやラーメンがパリやニューヨークで、もてはやされる時代に、西欧が常に先生で日本が生徒だという文化（宗教もふくめて）的高低差や、逆にまた「蝶々夫人」にみられるようなオリエンタリズムを少しでも感じさせる場面は映像化したくても時代錯誤的でできないのかもしれない。

さて結果としてどちらが原作により忠実な映画であったかというと、案外、その評価は難しい。というのもスコセッシ版には原作にはないが、しかし原作の精神をより忠実に表現した最後のシーンがあり、仏式の葬儀のうちにも妻帯司祭ロドリゴの信仰が分かりやすく映像的に描かれていた。が一方、篠田版では同じく原作にはないシーン、すなわち絵踏み後のロドリゴが処刑されたキリシタン岡本三右衛門の妻を与えられ、二人が牢内で結ばれるというおまけが付いていた。しかしそれは絵踏み後のロドリゴの信仰のあり方の表現としては十分なものとは言えない。第一、原作の刑死した岡本三右衛門がキリシタンゆえに殉教した侍であったとはどこにも書いてないのだ。もっとも絵踏みして今や転びものとなったロドリゴが、おなじく転びものの女性、夫を奪われ今や生きていく希望を失った女性の伴侶となり彼女を慰めるという解釈は、日本人には分かりやすいかもしれないが。

ところでどちらも映像の美しさ、、、、は素晴らしい。スコセッシ版だけではない。篠田版の海岸の波打ち際の描き方など、まるで日本の浮世絵を４Ｋの動画で見ているようだ。今見ても涙がでるくらい美的である。最後に「死んだ男の残したものは？」という問いに、「それは日本人が作った手作りの十字架だった」と私は強調したい。

おわりに

（高校時代の）恩師の辛島昇先生とインド大使館のご講演後のレセプションで再会した時、先生は「そのうち、遊びにいらっしゃい」と誘ってくださった。南インド出身のイエズス会士の友人と浄明寺の先生宅をお訪ねしたのは、二〇一五年三月一六日のことだった。先生は「美味しんぼ」のカレー博士のモデルとしても知られているが、本来、南インド史の国際的な権威である。二〇一四年にオックスフォード大学出版局から出された世界初と言われる南インド史の総説書の英文書評のコピーを嬉しそうに私にくださった。

夜も更け、いよいよ先生のお宅を辞する時、先生は書斎の奥まった所にある江藤淳さんの遺品の文机を見せてくださった。やや小ぶりながら掘り炬燵《ごたつ》のように足を伸ばせ、いかにも使いやすそうな江藤さん好みの文机である。私は感激した。江藤、辛島先生と石原（慎太郎）氏は私の母校湘南高校で親しい間柄だった。それは江藤さんの『渚ホテルの朝食』というエッセイにも出てくる。文学好きだった若い頃の私にとって江藤さんの切れのある文章、明晰な論理の運びはつねに称賛と憧

［著者紹介］

兼子盾夫（かねこ・たてお）

湘南高校卒。慶應義塾大学哲学修士。上智大学神学部後期博士課程満期退学。

横浜女子短期大学教授、朝日学生新聞社顧問、関東学院大学キリスト教と文化研究所客員研究員、上智大学キリスト教文化研究所客員所員を歴任。日本キリスト教文学会、遠藤周作学会、比較思想学会、上智人間学会会員。カトリック藤沢教会信徒。

著書　丸谷才一他共著『書きたい、書けない、「書く」の壁』（ゆまに書房）、『遠藤周作の世界――シンボルとメタファー』（教文館）。

装　　丁：長尾　優

カバー絵：《新しい天と新しい地》渡辺総一

編集・DTP 制作：山﨑博之

編集協力：森島和子

遠藤周作による象徴と隠喩と否定の道――対比文学の方法

2018 年 10 月 15 日　第 1 版第 1 刷発行

著　者　兼　子　盾　夫

発行所　株式会社 キリスト新聞社

〒 162-0814 東京都新宿区新小川町 9-1

電話 03（5579）2432

URL. http://www.kirishin.com

E-Mail. support@kirishin.com

印刷所　モリモト印刷

ISBN 978-4-87395-737-1 C0016（日キ販）